叶臻
YEZHEN
动必腥风血雨
流量担当 高颜值 实力派
美男环绕 绯闻不断 但无心恋爱
U0869413
只想暴富的
逆袭女王
画手@詹詹

云凛
YUNLIN
空降总裁
高冷 精英 毒舌
对不起，跟你说话浪费我
上亿收益
爱她就让她自由翱翔的
女主背后的男人
画手 @ 空调君

季崇安

JICHONGAN

国际顶级小提琴家

高岭之花 苛求完美

一出手就是畅销榜首

却在女主身上遭滑铁卢的

音乐教父

画手 @ 空调君

萧承煜
XIAOCHENGYU
大写的天蝎座
国际巨星 全民男神 导演
工作里的完美主义者
演技一流
画手 @ 空调君
自带修罗场的
风一般男子

星光
璀璨
05

拾柒 著

独占星光

百花洲文艺出版社
BAIHUAZHOU LITERATURE AND ART PRESS

图书在版编目（CIP）数据

独占星光 / 拾柒著. -- 南昌 : 百花洲文艺出版社, 2017.1

ISBN 978-7-5500-2083-2

Ⅰ. ①独… Ⅱ. ①拾… Ⅲ. ①长篇小说－中国－当代
Ⅳ. ①I247.5

中国版本图书馆CIP数据核字(2017)第010729号

出版者 百花洲文艺出版社
社址 江西省南昌市红谷滩世贸路898号博能中心A座20楼 邮编：330038
电话 0791-86895108（发行热线） 0791-86894790（编辑热线）
网址 http://www.bhzwy.com
E-mail bhzwy0791@163.com

书名 独占星光
作者 拾柒
出版人 姚雪雪
出品人 刘运东
责任编辑 王俊琴 李梦琦
特约编辑 廖晓霞
封面设计 刘艳
经销 全国新华书店
印刷 长沙鸿发印务实业有限公司（长沙黄花工业园三号 邮编410137）
开本 880mm×1230mm 1/32
印张 9.5
字数 236千字
版次 2017年6月第1版
印次 2017年6月第1次印刷
定价 29.80元
书号 ISBN 978-7-5500-2083-2

赣版权登字：05-2017-24

独占星光

目录

目录

楔子

XIEZI

朝堂之上，身着龙袍的天子跟他的将军吵得青筋暴起。

片场边上，皇后叶臻腿上盖着毯子，面带杀气地对着电脑屏幕吼道："这次出了装备，谁也别想跟我抢！"

今天是帮会固定活动日，帮主醉卧花前组了一群装备参差不齐的小号，心血来潮地带他们来潜龙渊副本体验生活。这群小号此刻正仰着头，敬畏地看着这个传说中有几率爆出一整套"潜龙"套装的BOSS，不知自己要死几次才能打得过它。

她的话音刚落下，耳机里就传出了帮主醉卧花前那洒脱不羁的声音，他完全不把这个BOSS放在眼里，亲切地安慰着手下的残兵败将道："慌什么，前面都打过了，这个也一样能过的。不过，你们刚刚听到副帮主说什么了吗？"

叶臻心里刚生出点不好的预感，耳机里就响起了小号们稀稀拉拉的附和，还有人在团队频道里发了一串“111111111”，表示自己听到了。

她听着醉卧花前发出不怀好意的笑声，在开口之前还特意停顿了几秒才说：“我只是想起，你们副帮主当年第一次来潜龙渊副本的时候也是这么说的。你们知道，这是她第几次这么说了吗？已经是第二十八次了！”

叶臻那双美丽的眼睛里一下子喷薄出了熊熊的怒火——

醉卧花前！

如果他现在站在她面前，肯定已经不知死了几遍了，然而隔着屏幕，此人还能继续黑她：“你们副帮主这脸啊，实在是太黑了，我看今天也是出不了的。”

这句话就像最后一根稻草，朝着她摇摇欲坠的理智之线压了下来，叶皇后的怒气瞬间蹿上了峰值。

她正要开口怒斥这个乌鸦嘴，碰巧的是，场上天子跟将军的气势也攀升到了极点，导演顿时激情澎湃地喊了一声“cut”，打断了两个男演员之间的对峙。

他坐在监视器后满意地一拍手，然后飞快地转向了女主角专属的座位，朝满面怒容的皇后招了招手：“快快快，叶臻，到你了——咦，你脸怎么绿了？”

“没事，这就来！”叶臻取下耳机，毫不迟疑地朝着那边吼了回去。

站在一旁的实习生连忙伸手接过蓝牙耳机，并不奇怪她会这么不顾形象地吼出声。毕竟这个片场实在太大，布景群庞大精良，在这里拍戏想要交流基本只能靠吼。

她利落地挪开了腿上的毯子，在起身之后又拿过耳机迅速压低声音交代了一句：“该我上场了，后面让我助理跟你们打。”

打本正在关键时刻，突然来了个临阵换将，团队频道里一下炸开了锅，连打瞌睡的都清醒了：

“怎、怎么了？”

“啊啊？不是吧，副帮主你又要去拍戏啊？”

叶臻顾不上听，把耳机飞快地往实习生助理手里一塞就上场了。

众人只见她满脸怒容地走上场，走了几步就跨进了镜头里，整个人就瞬间切换到了皇后模式。随着导演的一声“Action”，她的整个世界里仿佛就只剩下了眼前英武的天子一人。

在梨花盛放的宫殿外，帝后相会。

皇后一身华贵宫装，眉心花钿衬得她越发眉目如画，她款款地行至帝王身边，语气轻柔地开口道：“让臣妾猜猜，皇上今日又跟齐将军在朝堂上起争执了？”

天子的目光落在她身上，顿时由冷硬尖锐变得柔和起来。

在这样聪慧又体贴的美人面前，真是百炼钢都要变成绕指柔，就连世间最冷酷无情的君王也不例外。

导演在监视器后满意地摸着下巴，众人则在旁如痴如醉地看着他们，沉浸在了他们的表演当中。看叶臻演戏真是无论看几次都好，都还是一样会被这样的美貌跟演技所俘获，难怪业界会有人评价她说：既有如此的美貌，何必再有如此的演技？

她确实是少有的美人，天生就适合活在镜头下，让所有人都随着她的喜怒哀乐而起伏。

实习生抱着笔记本电脑，下意识地把自己代入这个情境中，只感到自己无论如何也不能演得比她更好。听着耳机里越来越响的声音，她如梦初醒地收回目光，赶忙在团队频道里闹翻天之前戴上了耳机。

刚摆正笔记本电脑，就听到频道里有人吐槽了一句：“副帮主也真是的，一到关键时刻就掉链子，每次都说自己要去拍戏，她真以为自己是叶臻啊。”

实习生：“……”没错啊，她就是叶臻!

人气天后、话题女王、永不落伍的时尚风向标，你愿意说她是什么，她就可以是什么。

她的手指无意中移动了鼠标箭头，落在了叶臻的游戏角色上，只见身着苗疆服饰的御姐保持着妖娆的站姿，在待机状态下不时扭动柔软的腰肢，头顶一行蓝色小字“叶臻臻臻臻臻”，那正是叶臻在游戏里的名字。

这……简直让人认不出这个“臻”字。

实习生深吸一口气，跟今天担任指挥的醉卧花前确认道：“帮主，你看我切治疗行吗？”

第一章

DIYIZHANG

入 行 第 四 年

【01】

少时听琴楼台上，引觞歌啸眷疏狂。

不信江湖催人老，皇图笑谈逐尘浪。

《帝王策》是名导林苡安的年度扛鼎之作，这四句诗就是全篇内容的真实写照。

作为青壮派导演中的佼佼者，林苡安的电影有个非常具有辨识度的特征，就是戏里的女性角色少得可怜。可以说，《帝王策》就是一部纯粹男人戏，哪怕是作为第一女主角的叶臻，在电影里的台词也一样少得可怜。

她在台上十分钟，台下……

“怎么样？”叶臻脸上的妆都还没卸，一回到场边就迫不及待地拿回了自己的电脑，抬眼去看站在旁边的实习生，“嗯？”

“那个……”实习生欲言又止。

叶臻的心头热血顿时被这个表情给浇熄了，她用力握拳捶在扶手上，怎么又没出！

实习生站在一旁看她痛苦不堪的表情，下意识地递上了手里的保温杯，笨拙地安慰道：“臻臻姐，这次没出也没关系啊，下次再接再厉。”

叶臻抬手接过保温杯，拧开杯盖灌了自己几口茶，终于叹着气接受了这个事实。

准天后沉迷网络游戏，这种事情真是说出来都嫌丢人啊。

她在心里算了算，从内测开始算起，《策马江湖》已经运营到了第三个年头，而自己也在这个虚拟的游戏里蹉跎了三年光阴。

作为从游戏内测就建了号的骨灰级玩家，叶臻经历了从菜鸟到老油条的蜕变，在这个拟真极高的江湖里见证了一个又一个游戏版本的更迭，目睹了一个又一个门派的诞生，被坑走了一笔又一笔的钱。

就连她自己也没有想到，她会对这个游戏这么长情！

垃圾游戏，费她钱财，毁她青春！

但要说《策马江湖》的独到之处，那还真是有很多的。

这个游戏以武侠风为基调，汲取了无数武侠小说大家的经验与情怀，构造出了一个庞大的武侠世界。这款游戏在这三年中也不断在进步，可以说是越做越好，培养出来的美工越来越拔尖，剧情策划也越来越强大。

再说客户体验，在游戏当中，每一个门派都有四个体型可供选择，十三个门派的设定无一不体现开发团队的高水准。而且游戏还开放了将近两百张地图，完美呈现了华夏各地的风土人情，再加上不断完善的世界设定和各种推陈出新的玩法，深深吸引了寂寞空虚的现代人，令人沉迷其中，不可自拔。

叶臻把保温杯放在了一旁。

时至今日，《策马江湖》已经成为客户端网游中的超级霸主，远远把其他对手甩在身后。开发这个游戏的辰天科技也被一路看好，股价大涨，叶臻当初投资买下的那些股份也给她带来了可观的收益。

可惜的是，游戏公司股东的身份显然并不能在游戏里给她带来好运。

她在游戏中的门派是来自苗疆的五毒教，显得神秘又充满异域风情。

她的人物是个妖娆美艳的苗女，手持虫笛，身着苗疆服饰，赤着一双玉足，满身都戴着精致的银饰。五毒教众无论男女，都擅长用蛊使毒，身上任何一处都可能藏有色彩斑斓的毒虫。在用毒一道上，唯有蜀中唐门可与之一战。

不过，和两门心法都偏重于攻击的蜀中唐门不同的是，五毒的两门心法一门主攻击，一门主治疗，更具有实战性，在副本和战场中相当受欢迎。

叶臻前段时间刚把人物等级升到90，在等级榜前三十占据了一席之地，只是身上的装备用的还是品阶高低不一的杂牌货，十分掉价。

在等级榜上排第一的全服第一高手“君如月”已经97级了，他的搭档“愿我如星”目前94级，排在第九位。

愿我如星君如月，夜夜流光相皎洁。

这对全服第一的神仙眷侣不仅是战场中的不败传奇，也是千万人向往的爱情神话。

不过叶臻并不羡慕人家的感情，她羡慕的是人家的装备。

醉卧花前说得一点也不夸张，自从升上90级以后，这已经是叶臻第十六次来刷潜龙渊副本了，一件五毒的装备都没见过。这回脸黑得更厉害，连她能用的通用散件都没出，最后还是醉卧花前看她可怜，插了件没人要的少林装备给她。

跟团来下本的大师早就潜龙渊套装毕业了，人家这一次来只是为了做个门派任务。

叶臻在心里长长地叹了一口气，要不怎么说人比人气死人呢。

她戴起了耳机，右手操纵着鼠标在背包里翻了翻，把那个少林的护腕部件拣出来扔到了地上，说："我不要这个。"

站在她旁边的醉卧花前见状，又弯腰把护腕捡起来要交易给她，说道："别浪费啊，还可以卖给 NPC 换点钱。"

叶臻："……"

大家都是财富榜上排前二十的人，谁缺这点钱了！

醉卧花前本来还想损她两句，结果系统这时候提醒他工资统计出来了，他于是暂时放过了自己的副帮主，在公共频道里召唤道："工资出来了啊，每人五千，一个一个点我交易。"

叶臻听他说话，那熟悉的声音里永远透着一股江湖游侠的自在，仿佛什么事也不劳他烦心。两个人好歹也在游戏里一起玩了几年，多少知道一些对方在现实里的情况，醉卧花前就是个典型的小开，从国外拿了学位回来以后就挂职在自家的公司里，有能干的父兄打理生意，乐得做个不求上进的富家少爷。

像这样毫无追求的人生，简直就是她梦寐以求的生活，叶臻心里羡慕极了。

醉卧花前不知道他正在被身旁的人羡慕嫉妒恨，他径自转到了叶臻面前，主动向她发起交易，又逗她："发工资了二宝，今天也是一如既往地脸黑啊。这样吧，哥我就多给你两个金币安慰安慰你，够意思吧？"

叶臻那种沉浸在白日幻想中的神情立刻消失了。她一沉下脸，连带着周围的温度都下降了几度。她冷冷地道："再叫我二宝，信不信我上刺客盟悬赏你啊？"

实习生在一旁好奇地向她投来一瞥。

叶臻察觉到她的视线，抬眼看了回去，实习生立刻移开了目光不敢看她。

她在戏里跟戏外的差距实在是太大了。

入行四年，虽然她在大银幕上的形象大多是富家千金、当朝皇后这样温婉大气的角色，但她在生活中的性格却跟温婉半点也搭不上边。

见实习生眼观鼻鼻观心，叶臻转了目光，并不把她的反应放在心上。

她知道在公司的实习生中流传着一些关于自己的传闻，像是不好亲近、不爱和后辈交流、对自己带的实习生要求过于严苛等等，以至于每一批被派来跟她的新人在工作时都如履薄冰、战战兢兢，生怕一不小心惹得她不高兴。

但他们也不想想，换了任何一个人像她这样一年四季高强度地工作，一天二十四小时在各个通告之间像陀螺一样高速地旋转，别说是跟公司派来的实习生谈笑风生，就算是对着手持镁光灯相机的记者他们也撑不起笑脸。

相比之下，来拍摄林苡安的《帝王策》简直都像在度假了。

这部电影虽然没有多少笔墨着落于孝贤皇后这个角色，但该有的片酬一分不少，而且人物性格简单，演起来不像她之前演过的其他角色那样耗费心力。

这样的角色，要她说那真是多来几个也无妨。

跟一心想着要让她用演技横扫各大颁奖典礼的经纪人不同，叶臻想的只是怎么样能用更省力的方式赚到更多的钱。

只可惜，这样的机会总是可遇而不可求的。

她眨了眨有些酸痛的眼睛，收回了跑得有点远的思绪，操纵着鼠标点下了确定，皱着眉抱怨："大宝都已经 A 了，二宝也该退出历史舞台了，这名字听起来真是土死了。”

醉卧花前用了他最严肃的声音说：“叶二宝同志，你怎么能嫌弃你的名字呢？这是有纪念意义的。”

叶二宝冷若冰霜地回复道：“去死。”

【02】

“二宝”这名字是有典故的。

当年“忆长安”刚刚成立的时候，帮会管理层是一个五人小团体，里头除了叶臻跟醉卧花前以外，还有两男一女。

而就像所有的游戏一样，《策马江湖》在刚开始运营的时候，女玩家并不是很多，而她们之中意识跟操作又都还不错的，简直就是珍稀物种了。

那时候，叶臻跟玩古墓派的“木落秋苏”就被戏称为“忆长安”的镇帮之宝。

总是一身白衣的古墓派传人木落秋苏是大宝，满身银饰的五毒弟子叶臻臻臻臻臻就是二宝。

而转眼间，三年过去了，另外那三人早已经陆续离开了游戏，只剩她跟醉卧花前还一直在玩。随着《策马江湖》运营的时间越来越长，游戏里的女性玩家也就渐渐变得多起来，走位风骚、操作犀利的大有人在，叶臻不想再顶着这么个名不符其实的名字也是正常的。

醉卧花前结算着工资，团队里的人他交易一个就踢走一个，很快画面里就只剩小猫两三只。等他把所有人都踢出了团队，准备回头来找自己的副帮主，结果发现叶臻人已经不在电脑前了。

片场里，林苡安看完刚刚拍的那组镜头，满意地表示："好，通过了！"

一等到他这句话，叶臻就立刻起身去了化妆间卸妆，头上戴着那么多金饰压得她脖子都痛死了。她坐在化妆间里卸完妆以后，整个人松了一口气，还有闲情找了个光线充足的位置拿着手机来了个自拍，编辑了一条动态发到了朋友圈里。

叶臻：本宫解放了！哈哈哈哈哈！［图片］［图片］

这两张配图是她卸妆前后的对比，虽然说是卸妆后素颜对比照，但她脸上还是化了淡妆的，而且发出去之前还用软件 P 了半天。

她这段时间忙着拍戏，又沉迷于网游，已经有一段时间没发朋友圈了，这条朋友圈一发出去，很快就引来了一堆赞和回复——

"叶臻姐大美女！"

"皇后妆容好美！日常素颜小清新！怎么能那么美？"

这些是公司的后辈。

"超假的，这还叫素颜，P 了吧？"

"哎哟，又一部新戏，叶臻你自己数数，你今年都第几次演皇后了？都演不腻吗？"

这些是圈内的同僚。

她看了看，满意地收起了手机，这才起身让服装师帮忙把戏服一层一层地剥下来。

孝贤皇后的衣服不是一般的复杂，演员一个人根本穿脱不了。两人吭哧吭哧地努力了半天，终于把叶臻身上的这套宫装脱了下来，只剩一身丝绸里衣在身上。

两人对视一眼，一齐松了口气，从彼此眼中看到了深厚的革命情谊。

"太好了。"叶臻揉着酸痛的脖子，看着服装师弯腰把它们一件一件折好，"这下终于不用早上五点起来穿衣服了。"

服装师深有同感地点头，说道："恭喜啊叶臻，杀青了。"

从九月底进入剧组到今天，中间历时一个月零十一天，叶臻的角色孝贤皇后终于完成了她的谢幕。

"是啊，杀青了。"

叶臻附和她，然后两人又一起感慨了一句："真不容易啊。"

她利落地换回自己的衣服，没在化妆间久留，回到了片场边上，等着手下的实习生把她的个人物品都收拾好搬到车上去。实习生收走了她的笔记本电脑跟毯子，却把椅子留在了这里，叶臻眼睛一亮，放松地往自己的椅子上一坐，单手拿着手机拇指在屏幕上往上一拉，又刷起了朋友圈。

果然，新刷出来的评论里第一条就是她经纪人小舟特立独行的身影。

小舟：卧槽，《帝王策》都拍完了吗？我还没给你接到新活呢！要死要死要死！

叶臻一挑眉，再往上一刷，又刷出来一条小舟的新动态。

正在术后休养中的小舟发了一条朋友圈，在上面放了张她坐在轮椅上的图，还配了一张大哭的宝宝表情。

小舟：医生说我下周就可以下地了噢噢噢噢……只是做完手术以后都不能再穿高跟鞋了！你们说，这样我以后还怎么陪 wuli 叶臻到戛纳柏林好莱坞去红毯上征战？！我跟她一起在 K&S 奋斗了那么多年，还一个外国电影节都没去参加过呢！好了，那么问题来了，万能的朋友圈，请问你们有什么新工作可以让 wuli 叶臻大展拳脚，成功带我飞去参加外国电影节吗？[图片][图片]

叶臻看着这条朋友圈，摇头点开了评论，拇指飞快地在手机屏幕上飞舞着编辑回复。

小舟本名陈晓舟，是她的专属经纪人。

两人相交于微末，一起在娱乐公司里摸爬滚打，相互扶持走过无数风风雨雨。

等叶臻终于从一届新人爬到今天这个在 K&S 公司也算举足轻重的位置，小舟也从十一级实习助理变成了三级管理层，既可以独当一面去做部门负责人，也可以继续带明星，当经纪人。客观地说，带明星并不比管理一个部门轻松，越是当红的明星就越难搞。毕竟不听话的下属可以炒掉，不听话的明星却不能轻易就拿来雪藏。还好她跟叶臻的革命情谊深厚，奋斗目标也高度一致，基本不存在这种问题。

小舟多年媳妇熬成婆，现在整个公司里，行政级别比她更高的也就只有 37 楼以上的那几位，其他部门负责人跟她一律平级。

她这次住院做手术，就是因为她工作强度大，经年累月地穿高跟鞋到处跑导致脚趾严重变形，已经影响到了正常走路，只好去做矫正手术。没了经纪人，叶臻现在等同放养，先前在 E.L.S. 出的唱片销量又不好，整个职业生涯都有进入低潮期的趋势。

不过，陷入低潮是公司的整体趋势，整个 K&S 内部现在是一片混乱。

就在上个月初，他们的董事长突然宣布退休，连发十二道金牌召了原本在国外工作的少东回国，把人空降到副总裁的位置上。公司现在面临改朝换代的动荡，各方势力都在相互角力，现在几乎已经进入了白热化阶段。

公司现在没多余的精力给她安排新的经纪人，也无暇顾及其他艺人，现在谁能在混乱中冒头，就是凭自己的本事了。

万类霜天竞自由，叶臻不觉得这是坏事，但也不想搅和进去。只有远离权力旋涡，才不容易成为权力倾轧的牺牲品。

叶臻：好好养伤吧你，别这么急着折腾。等你好了，戛纳柏林好莱坞随你挑，想去哪里就去哪里。

她最终打下了这么一行字，按了发送。

十来分钟后，终于等到行李收拾妥当，叶臻从椅子上站起身来，去跟这一个多月里合作过的几位主演挨个道别，感谢他们这段时间以来对自己的照顾。

在这部电影里，担纲主演的大多是演艺圈的前辈，跟前辈相处的时候保持谦虚的态度总能让自己得到更多机会。这个圈子里，曾经有人因为得罪前辈而被断送前程，也有人得了他们的青眼，从此走上坦途，叶臻在娱乐圈里混迹了这么多年，对这件事情深有体会。

在这几个主演当中，又属出演男主角的凌敬轩让她最慎重对待。

他们两个人可以说是同门师兄妹，凌敬轩已经拿过三个影帝，江湖地位非凡，他说的每一句话都可以成为叶臻学习借鉴的经验。

平日里在公司，两人的私交还算不错，在电梯里碰上的时候也会聊上几句。

跟叶臻不一样，凌敬轩是典型的高智商、高情商，无论跟什么样的人相处都能做到滴水不漏的人。他在实习生中风评远超K&S的其他艺人，基本上就是他们最想要跟着学习的前辈。

作为反面教材，叶臻就是他们最不想跟的那个。

至于叶臻自己，她巴不得没人愿意跟她，省得她还要在拍戏的时候分神看顾。

现在的年轻人——尤其是这些十七八岁的实习生，那是相当能惹事的，一下没看住就能给你捅娄子。

不远处，导演林苡安跟在戏里饰演三朝元老的老戏骨仰鸿波站在一起，看着叶臻跟担纲男主角的同门师兄凌敬轩说话。

凌敬轩身上仍旧穿着帝王的龙袍，跟已经换回常服的叶臻站在一起，有种穿越了时空产生了碰撞的差异感。

“苡安啊。”仰鸿波拿胳膊肘推了推身旁的人，笑眯眯地道，“你看看，这两个不愧是一个公司出来的。”

林苡安被他推得手一抖，撒了一截烟灰到衣服上：“……”

大导演对着自己曾经的老师干瞪眼，老爷子只装作没看见，继续感慨道：“敬轩跟叶臻的私交看来不错啊。”

“是啊是啊。”林苡安知道再瞪他也不会有反应，只好在心里无奈地叹了一口气，自己伸手拍掉了衣服上的烟灰，没有告诉老爷子孝贤皇后的角色就是凌敬轩推荐叶臻来演的。

他说道：“同门师兄妹，这感情自然是不一样的。”

浅色的烟灰粘在深色的衣服上，实在显眼得很，林苡安花了一番力气才把衣服弄干净，这才抬起头往那个方向再看了一眼。

叶臻跟凌敬轩不知正在聊什么，看得出来两人相谈甚欢。相比起在其他人面前，叶臻在凌敬轩面前明显要更加放松，肢体语言也更加随性一些。她会在交谈中不时地点头，交谈至高兴之处，还会伸手轻拍着帝王的肩膀，发出愉快的笑声。

林苡安下意识地以手指为框，将这幅画面收在其中，只觉得这两人真是太适合站在一个镜头里了，每一帧都像是赏心悦目的画作。

仰鸿波不动声色地往旁边看了一眼，看见林苡安又职业病发作在取镜头，于是顿了顿，等到他放下手臂才继续自己的夸奖：“要我说，叶臻这孩子不错的，演技也好，我跟她对戏的那两场都被她镇住了。而且难得的是她比一般人有心，上周拍戏的时候她还送了我一份礼物呢。”

“唔？”林苡安转过头来，搓着手指朝他抖了抖眉毛，“礼物？什么礼物？”

“书，老版本的两本书。”仰鸿波伸出两根手指在他面前晃了晃，然后收了回来，“那天拍丞相书房那场戏的时候，我手里拿的就是。”

林苡安皱眉搜索了一下记忆，还真想起有那么两本书，因为那太好认了。

“八七年的时候拍红楼梦，那时候条件艰苦，里头用的道具却全是古董，人物手里拿的书那是货真价实的古籍。”老爷子回想着过往，眯起了眼睛，“现在条件好了，拍戏用的道具却都变得粗制滥造起来。演员手里拿的书那都是只有封面能看，要是翻开一看，好家伙，里头全是白纸。”

那天丞相书房的戏，丞相手里拿着的书是翻开的，里头是有字的，林苡安还忍不住在监视器里多看了几眼。当时他还以为是他老师自己带到剧组来看的书，没想到是叶臻送的。

这就真的是很有心了。

就在他暗自点头的时候，身旁的老爷子又拿胳膊肘捅了捅他：“哎，到你了。”

大导演又蒙了一下，什么到他了?

他回过神来刚要问，可老爷子说完就一拢袖子，优哉游哉地走开了。不过，他很快就发现叶臻已经结束了跟凌敬轩的谈话，目光正在四处搜寻下一个目标，然后她的目光锁定了自己，眼中的神采一下子凝聚了起来，显然是跟师兄闲聊完之后准备来跟导演正式告别了。

【03】

林苡安站直了身体，把烟头掐灭了，扔到地上还用脚碾了碾。

叶臻朝着他这个方向走来，乌黑的长发随意地在脑后扎成高马尾，几缕碎发散落在脸颊旁边，整个人显得不可思议的美丽。

林苡安眼底自然而然地流露出欣赏的情绪，在演艺圈里从来不乏美人，异于常人的美貌是进入这个圈子的敲门砖，但也可能成为他们演艺道路的绊脚石。

先不说其他，人都是视觉动物，光是演员出众的相貌就足以占领观众的大部分心神，就像现在这样，所有人的第一眼都会自然地落在叶臻的脸上，以至于忽略了她的表演。这要是演技没有精湛到一定程度，不能抓住观众的注意力，在无形中把他们的目光从人物的外貌转移到她要演绎的内在上，那么这个角色的诠释就是不成功的。

这就是为什么有些人长得好看，然后就只能成为靠脸吃饭的花瓶的原因。

在凌敬轩向他推荐叶臻的时候，林苡安以为那不过也是个花瓶美人，毕竟她身上的商业化气息实在太重了。光是去年一年她就拍了十几部商业片，角色类型重复不说，影片质量也是天差地别，像这样接戏都不走心的演员，你能指望从她身上挖掘出什么有深度的东西？

然而，事实证明他林苡安也有看走眼的时候。

叶臻是个极其有天赋的演员，她接戏诚然不走心，但她演的每一个角色都是演出了灵魂，演出了精髓的。

她是商业片的宠儿，可并不代表她没有能演文艺片的演技。

“林导。”叶臻开口叫了他一声。

林苡安看着她在自己面前停下，朝自己点头致意。

果然一离开熟悉的人，她身上那种放松的氛围就消失了，取而代之的是严肃跟慎重。

她语气正式地向他道谢：“谢谢林导能给这个机会给我参演你的戏，我之前演的大多是商业片，不知道以文艺片的标准来说，我这一个多月来的表现是否能让林导满意？”

林苡安先没正面回答，而是问道：“那你觉得自己这一个多月来的表现怎么样？”

“在我个人的职业生涯里，这次的表现不能算优秀，评分一到十，我给自己打个——”叶臻沉思了片刻，黑眸抬起，目光坚定地看他，“七分吧。”

“说说看你为什么给自己打七分。”

“剧组里的前辈很多，相比起前辈们的演技，我看得出自己身上还存在很多不足。”叶臻解释，“林导这一次不仅给了我一份好工作，也给了我一个的学习机会，我觉得自己这一个多月来学到了很多。”

叶臻说的都是心里话，每一个演员对演戏都有自己的理解，有自己的诠释技巧。当你跟他们处在同一个场景里，跟他们演对手戏的时候，就会比平常观摩他们的作品更加清晰直观地看到这些充满个人风格的技巧运用。而科班出身的演员跟野路子出身的演员在演起戏来的时候，感觉也是完全不一样的。前者应用的技巧是以理论知识在实践当中蜕变而来的经验，而后者大多没有理论指导，只是通过对真实角色的模仿，从片场中一步步磨炼出自己的演绎风格。

“不错。”林苡安这下终于满意了，他在心里暗暗点头，脸上也浮现出笑容。

这一个多月相处下来，他对自己这个女主角是非常看好的。

叶臻不仅有美貌，有灵气，难得的是脾气还跟他那位老师颇为投契。

林苡安发现，在她身上还有种在被什么追赶的紧迫感。

他能够看到这种紧迫感给她带来的压力都被转换成了动力，促使她不断地去学习、进步。而与此同时，也正是因为这种压力，让她能够在像孝贤皇后这样稍显平板的角色设定里也绽放出耀眼的光彩。

林苡安觉得她给自己打七分已经算是很谦逊了，就算让影后方忆彤来演这个角色，也不会演得比她更好了。

不过，对她这种充满压力的表现满意归满意，有些事情该提醒的还是要提醒的。

他意有所指地道："年轻人能虚心学习追求进步是好事，不过也要张弛有度，别把自己逼得太紧了。"

叶臻一愣，她演了那么多导演的戏，还是第一次有人对自己说这样的话。

当她反应过来林苡安为什么会这么提醒之后，她也只能笑着摇头："人在江湖，身不由己啊林导。"

人在江湖，身不由己。这八个字说起来轻描淡写，却一语道尽个中辛酸。

林苡安顿时想起面前这孩子当初是怎么进入娱乐圈的，也想起了关于她需要拼命拍戏来偿还巨额债务的传闻，也就理解了叶臻身上的紧迫感是由何而来。

他不免替她感到可惜。

一棵好苗子要长成良材，中间既需要历经风霜雨雪，也需要给它足够的生长空间跟时间。他的这个女主角，眼下正是这样一棵能够长成良材的好苗子，他相信自己不会第二次看走眼。只是她自由生长的空间已经被剥夺了，很难有机会长成她原本应该有的样子。

林苡安在心里叹了口气，命运总是很残酷的。仔细想一想，不只是叶臻，现在的娱乐公司对全部艺人的压榨都是一样过分。这些公司考虑得最多的从来都是利益，就算是凌敬轩这样的天王巨星，也是从这样的残酷压榨中熬过来的。

他摸出烟盒，抖了一根香烟出来叼在嘴上，却没有点上，跟她岔开了话题："刚才老爷子跟我一起站在这里看你们，都觉得你们这对真是越看越养眼。”

叶臻跟很多搭戏的男演员都获过最佳银幕情侣奖，毕竟是俊男美女站在一起，谁会不喜欢看这样的画面。她耐心地等着林苡安进入正题，林苡安又看了她一眼，才说：“帝王这种身份，光有宏图霸业是不够的，毕竟他们算得上是这世上最孤独的人了。所以我觉得等《帝王策》上映之后，我是不是也该换换风格，找你们俩拍个续集？”

“续集？”叶臻困惑了，眼中露出了茫然的神情，“可我的角色不是……”

《帝王策》的拍摄顺序是打乱了的，在这一代帝王完成他的宏图霸业之前，身边陪他看尽皇城万家灯火的女子就已香消玉殒。她刚刚拍的最后一场只是帝王对自己的皇后的回忆，要是这部电影有续集，又把孝贤皇后拍成死而复生那就太玄乎了，那很不林苡安。

“不开窍啊叶臻，谁规定续集就一定得是同背景？”林苡安叼着烟，说话的时候香烟跟着嘴唇一动一动的，“我就不能拍个前世今生？现在穿越元素不还挺火嘛。我看干脆就拍个穿越现代的续集，也算我作为学生对我老师的《秦俑》的一个致敬。”

《秦俑》是大导演张田的代表作，林苡安在中央戏剧学院导演系就读的时候，正是张田的得意门生。这部电影虽不像张大师的其他作品那样在国际上名声斐然，但在题材上却领先了当下的穿越剧十几年。《秦俑》的剧情以秦始皇的长生不老药为引，服下它的将军穿越了两千年的漫长时光，在现代跟自己转世的恋人再续前缘，却依旧没能白头到老，是一个充满了梦幻与哀婉的动人故事。

叶臻恍然大悟，林苡安这么一解释她就懂了！

她还真的在心里琢磨了一下，这要是林大导演真的拍个《帝王策》的续集，让凌敬轩饰演的君王从古代穿到现代，再遇着个跟他的皇后生得一模一样的姑娘，那自己可就真的是林苡安的女主角了。

这可是有史以来第一个能够在林苡安的电影里跟男主角站在一个高度的女主角，是历任女主都没有过的待遇。就冲这一点，不管这个《帝王策》续集能不能拍，会不会一筹备起来又是三年，眼下这话从林苡安口中说出来，就是对她演技的最高肯定，这比什么都强。

“拍拍拍！”叶臻一口答应下来。

无论林苡安这么说是有几分是真的，她都先应了，还允诺道：“不管林导你什么时候拍续集，只管来找我，我绝对空出档期来。”

“我记着了。”林苡安笑着伸出了右手，手指朝叶臻点了点，“你今天说的话，我可都记着了啊。”

他发出这么一个邀请，就是买下了一支潜力股。

叶臻还年轻，身上的光芒就已经这么耀眼，可以说是前途无量。等时运上来，K&S一旦决定力捧她，她就会像大鹏一样扶摇直上，到时候要请到她来当女主角可就不是现在这么简单了。

在万千星辉之中，她会成为最耀眼的一颗，会有更多人看到她身上闪光的特质，看到她从过往塑造的那些角色中磨炼出来的精湛演技，肯定她的价值。

他很笃定，只要有机会，这姑娘一定会攀上旁人无可企及的高度。

叶臻都不知道林苡安对自己这么看好。她只是看着这位大导演的笑容变得更加自得，还朝自己招了招手示意她跟上，和他一块从这边离开，让其他人可以过来更改这一块的布景。

林苡安走路的速度很快，在片场中穿行就像在巡视自己的王国一样。

叶臻跟着他，从忙着收拾道具的剧组工作人员旁边绕过去，又听他问起：“我的戏结束了，接下来还有别的安排吧？”

叶臻想起小舟的那条吆喝着要接活的朋友圈，一时走神，就没第一时间答话。

林苡安回头征询地看过来，她这才迎着他的目光摊了摊手，说："并没有别的安排，我经纪人休假了，现在我的工作都由公司统一安排。不过公司现在——"她斟酌了一下字眼，"多半是没什么精力来管我们了。"

像他们这样有一定基础的艺人还好，起码有人脉有通道能自己接到通告和其他工作，那些等级再低点的就只能干坐着等了。

林苡安皱了皱眉。

他知道 K&S 现在势力更替、局势不明，不过没想到已经乱到连自己的艺人都不能安排好的地步。叶臻现在上升势头这么好，所差的就是一部好制作跟好宣传了，K&S 再怎么内乱也不该错失这样推她一把的良机啊。

他们怎么会犯这种错误?

【04】

林大导演的脑子越转越快，脚下就越走越慢。

最后他干脆停下了脚步，转过身来沉声对叶臻说："这样吧，我也会帮你留意，看看我那些老朋友的新戏里有什么角色适合你，到时候再跟你联络。"

到这时，他脑子里才渐渐回过味来，原来刚才老爷子特意说那番话是为了这个。看来他老人家也是动了爱才之心，知道叶臻现在的境况不怎么好，所以才暗示他出手帮她一把。

叶臻简直受宠若惊，她停下了脚步，站在原地眨了眨眼睛。

哪怕知道周围的人还会注意到他们，她也忍不住要问："在我向你表达感激之前，有个问题我是一定得问的——林导你说实话，我的演技真有那么好？我都没听说过有谁是你给推荐去演哪个角色的。”

林苡安挑眉，旁人要是听到他许诺会给推荐角色早得意忘形了，哪像她还会想着要问个究竟。他想了想，伸手向她招了招，等她凑近之后才压低了声音说道：“是你没听过，可不代表我没推荐过啊。你师兄他拿双料影帝的《一代天骄》那个角色记得吗？那就是我给推荐的。”

叶臻还真记得这个角色。凌敬轩当年凭借《一代天骄》一举拿下两个影帝，轰动影坛，在接受采访的时候他曾经说过，他能拿到这个角色多亏了一个伯乐。在参演《一代天骄》之前，他也不过只是个二线演员，是因为对方力荐他才有机会去试镜，最后幸运地获得了制片人跟导演的青睐。

他说的这个伯乐原来就是林苡安啊。

叶臻对林大导演肃然起敬，他这个推荐人可是成就了一代影帝，缔造了一个影坛传奇。她立刻向林苡安表达自己的感激之情，生怕说得慢了他会反悔：“谢谢林导赏识，谢谢林导推荐，谢主隆恩！”

叶臻喜不自胜，这可真是山重水复疑无路，柳暗花明又一村。她再看林苡安，只觉得林导并不伟岸的身躯此刻显得无比高大，后脑勺还带着一圈救世主的光环。

本以为演完《帝王策》以后下一场不知在哪里，没想到林苡安会这么赏识她，还打算给她推荐新角色。他推荐的角色能不能让她像凌敬轩那样拿奖这事，她还不特别看重，关键的是她有工作可接了！

K&S 可以不下力气捧她，可以不替她运作参选各种奖项，这都无所谓，但他们不给她安排工作这就糟心了。毕竟只有工作了，她才能赚到钱，才有偿清那些巨额债务的一天。

“只要是金子，走到哪里都会发光的。”林苡安看得出来她很高兴，但没抓住她高兴的重点，还语重心长地鼓励，“你是有天赋的演员，才能不该被埋没了。对了，你这个角色一开始还是敬轩向我推荐的呢，叶臻你可得好好谢你师兄。”

这又是一个令人意外的消息。

叶臻掩饰住了自己的惊讶，她真没想过其中还有凌敬轩的功劳。毕竟从试镜到她的戏份杀青，凌敬轩可是一句都没跟她提过这事。

“师兄做好事不留名，林导不说我还不知道呢。”她反应过来，露出了一个笑容，“那我可得好好感谢他。”

林苡安奇怪地问：“什么？原来敬轩他没跟你说啊？”

叶臻估计林大导演也没想到自己会在无意间揭穿了这位雷锋的身份，听他纳闷地道：“我以为他早告诉你了呢……嗯，不过你还是得好好谢他。”

“绝对的。”叶臻斩钉截铁地说，“绝对铭感五内。”

没有凌敬轩，她大概连《帝王策》的剧组都进不了，哪里还能得了林苡安青眼，又把她推荐过去给他那些老朋友？可感激之余，她的心里又有些疑惑，她跟凌敬轩确实都是从K&S出来的人，可论起亲疏远近，她还真没乔馨跟他那么亲近。

K&S是个庞大的娱乐王国，除了董事长云飞扬跟总裁李锡明以外，底下还有几个副总裁。公司的权力派系从几个副总裁开始出现了分化，而凌敬轩跟乔馨正好是同属于其中一个副总姚同亮手下的人。

凌敬轩是K&S这一代当之无愧的一哥，也是姚同亮手中最大的王牌，而他的嫡亲师妹乔馨比他就差得远了。虽然有姚同亮力捧，但乔馨似乎就是缺乏观众缘，人气不上不下的，有些尴尬。至于人气甩了乔馨几十条街的叶臻，姚同亮倒是想过要拉拢她，只不过叶臻一直就没明确说过自己打算站哪一队。

事实上，她跟小舟一样，都没站队的心思，谁坐在董事长的位置上她们就向着谁。

再有一件事，那就是自打付晚晴退出娱乐圈之后，K&S一姐的位置就一直空缺。几个副总都想把自己的派系送上去，但这些人当中无论哪个表现都不尽如人意，而且众人也心知肚明，一旦K&S一姐的交椅重新有人坐上，就代表着现今的局面被打破。一旦处理不好，就容易会闹出像十几年前云氏影业分裂那样的事情，因此总裁李锡明也一直保持沉默，没有松口。

于是凌敬轩在这时伸出援手的举动到底是出于他个人的心意，还是出于他身后的姚同亮的授意，这就值得深思了。

叶臻忍不住想，难道是姚同亮想趁这个机会来拉拢自己？

没理由啊，他看起来就不像这么有计划的人，否则也不会极力促成她那张扑街的唱片了。

这个念头只是一闪而过，就被叶臻抛开了。

这样看来，在找出真相之前，她都只能将这一次的帮助视作是凌敬轩的个人行为。

而这时，凌敬轩的私人医生刚好从两人面前经过，停下脚步跟他们打了声招呼。林苡安跟叶臻一个朝他点头示意，一个朝他微笑致意，两个人都是正在谈话中的表情，医生于是识趣地没有打扰他们，走开忙自己的事去了。

林苡安在心里感慨，同是一个公司出来的，拍戏都有私人医生跟随的凌敬轩，和经纪人一休假就被放养的叶臻，待遇简直是天差地别。

他转头观察了一下叶臻的表情，发现她自己倒像是没什么感觉，好像很看得开。

K&S这样的大公司，给自家的王牌艺人配备的资源总是顶尖的，从不吝惜。像凌敬轩这样的一线天王巨星，身边除了固定的特助之外，外出拍戏的时候还会配备一个助理团队，为他解决生活上的所有问题。半个多月前，凌敬轩在拍摄中旧伤复发，姚同亮本人还在国外度假，但立刻就派了他的私人秘书过来，还送了这位李医生过来跟组。

有了医生驻场，剧组的所有人都跟着沾了光，得了小病受了轻伤也不用怕耽误拍摄，不要像以前那样硬挺着不去医院治了。

反观叶臻，经纪人不在身边，也就没有人给她向公司争取这些福利，现在拍摄工作结束要离开，也只有几个实习生助理在帮忙收拾，太落魄了。

两人走着走着就来到了拍摄场地边上。林苡安看了看，K&S 派来接叶臻的车已经到了，而她的东西也都已经搬上了车，显然都收拾好了，于是点头放了行。

“去吧。”他一手背在身后，用另一只手朝她挥了挥，“回去好好休息，有合适的角色我再给你打电话。”

“那就拜托你了，林导。”叶臻伸出一只白皙美丽的手和他相握，又大方地倾身跟他拥抱了一记才退开，“期待下次再跟你合作。”

林苡安点了点头：“会的。”

两人站在门口，K&S 安排的车子在他们说话的时候悄无声息地滑了过来，车门在两人面前打开。叶臻转身上车的时候，从反光的车窗上瞥见停在大门侧旁的黑色保时捷，她弯腰的动作便不由自主地顿了顿。

这辆保时捷虽然外形低调，但只要稍微懂车的人都知道它价格不菲，停在这里扎眼得很。

叶臻心里犯起了嘀咕，也不知这是谁的车。

她刚收回视线，就感到一道目光落在了自己身上。她那为了躲避狗仔的偷拍而训练出来的敏感雷达顿时被触动了，整个人背脊绷紧，一下子进入了备战状态——

有人，肯定是有人在注视着她。

可那会是什么人呢?

她犹豫了两秒，不确定是不是应该回头去看对方是谁。

这样强烈的视线实在是太令人在意，来的是偷拍的狗仔还好，但要是疯狂的粉丝或者是别有用心的人那该怎么办?

这年头娱乐圈的明星受到狂热粉丝骚扰袭击的案例不在少数，变故通常就是在他们演出结束或者刚拍完戏的时候，因为精神放松，所以最容易中招。

叶臻正因为这样的想象而皱眉的时候，站在车门边上等她上去的林苡安却像是想起了什么，开口叫了她的名字，然后说道："叶臻，你今年还出了唱片是吧? 唱片卖得怎么样? "

叶臻："……"

她维持着弯腰钻进车里的动作，脸色顿时变得很是古怪，把刚刚那个强烈的视线都忘到了脑后。

这个世界上，并不是人人都能什么事情都擅长，就像是一出生把天赋技能都点满了一样。如她这样舞蹈科班出身，半途却被带到演艺圈演起了电影，最后还能混得风生水起的，没有点缺憾那就太不让人活了。

叶臻最不擅长的事大概就是唱歌了。

她不开嗓还是女神，一开嗓就被黑成了女神经病。

她转过头来，迅速调整好了心情，还能在林苡安关怀的目光下给了他一个模棱两可的回答："第一次出唱片，我也不知道，应该还成吧。"

"那很好啊。"林苡安毫不怀疑，他把背在身后的手抽了出来，以长者的姿态伸手拍了拍她的肩膀，笑着鼓励，"好好努力，下次找你拍电影，主题曲也让你唱啊。"

叶臻："？！"

这下真是连演技精湛如她都笑不出来了。

如果林大导演知道她的唱片滞销，网上的水军又黑她黑得有多厉害，真不知他还会不会有这么大胆新奇的想法。

|第二章|

DIERZHANG

债 多 太 压 身

【01】

小舟说过，发展路线这种东西，那从来都是唱而优则演，演而优则唱。甭管适不适合，时候到了歌神都会去演戏，影后也会被推到台上去唱歌，不然人气都放在那儿呢，不用起来多浪费。

这番话完全体现了资本主义力求压榨一切的原则，让人心服口服。

车子行驶在公路上，叶臻跟实习生坐在后座上。

其他几个实习生都跟另一辆车走了，这一个大概是轮到今天当跟班，在片场收拾零碎东西耽误得久了，只好硬着头皮坐上了叶臻的专车。

“王叔。”叶臻瘫在后座上，叫驾驶座上那个模样和气的老司机，“不回公司了，直接往公寓开。”

“回公寓啊，叶臻小姐。”王叔稳稳地把着方向盘，抬头在后视镜里对她笑了笑，又问她身旁的实习生，“小姑娘你呢？”

“把我放在公寓附近的地铁站入口就好，谢谢王叔。”实习生很拘谨，在车厢里坐得腰板挺直，跟毫无形象地瘫坐在后座上的叶臻形成鲜明的对比。跟着叶臻拍戏，他们也都是在影视城待了一个多月都没回家，她也暂时不想回公司了，打算休半天假回家里看看。

叶臻点了点头，对王叔说：“就在地铁站先放她下去。”

K&S 给旗下签约的艺人都准备了住所，不过他们之中除了这些还没出道的实习生，但凡闯出了点名堂的都不会继续住在公司准备的公寓里。

所以艺人的公寓很有富余，叶臻自己心安理得地独占了其中一套。

她挣扎着坐了起来，打开被自己冷落已久的电脑，在等它重新开机的间隙里观察起了坐在身旁的实习生。

这些实习生在他们身边跟上个把月，就算是经过最后一道程序了，回到公司以后很快就会被包装着出道，推向市场。虽然就像小舟说的那样，把艺人打造成全方位发展的摇钱树是所有经纪公司都梦寐以求的事，但在最开始的时候公司还是会给他们选择一个主攻方向，等人气积攒到一定程度再向其他方向发展。

像叶臻自己，她的主攻方向就是演戏，当歌手可以说是从来没在她规划当中的。

而带他们实习的艺人则会凭自己的经验，来判断这些实习生适合被包装成什么样更能迎合市场，公司在很大程度上会参考他们的意见。

这就有点像座师跟门生之间的关系。

前辈的经验能够让后辈的事业发展顺利，他们之间的关系也就会比其他人亲近，而且前辈如果看好自己带的实习生，也会分给他们一些自己手头的资源，等于给新人更多露脸的机会。所以比较会来事的实习生有时候冒头得反而比其他更优秀的同辈更快，只要遇上吃他们那一套的艺人，分分钟就能捞到个角色出道了。

叶臻沉思了片刻，问她：“喜欢唱歌吗？”

她的突然发问令实习生完全没反应过来。实习生愣愣地看着叶臻，不知道要怎么回答，嘴里下意识地溜出一句：“老师说我的舞跳得不错。”

叶臻看着她，脸上的表情似笑非笑。

实习生倏然惊醒，这才意识到自己刚刚在她面前说了什么。

叶臻是舞蹈专业出身的高材生，如果没有进入娱乐圈的话，也许已经就接受邀请，成为美国纽约市芭蕾舞团的一员了。在她面前说自己的舞跳得不错，这简直是在班门弄斧，令人笑掉大牙。

“没事，我换个问法。”叶臻倒是不在意，朝她摆了摆手，“你是喜欢演戏呢，还是喜欢唱歌？”

实习生不确定地看着她：“演、演戏吧？”

看样子分明还有别的想法，叶臻一挑眉，鼓励她：“有别的想法也可以说说看。”

“其实……”实习生硬着头皮承认，“我最想要做的是……去主持脱口秀节目。”

现在的年轻人真是很有想法啊，肯定不是因为家里缺钱才来娱乐圈闯荡的。

叶臻若有所思地对她点头，然后注意力就被电脑的开机音乐吸引了过去。

“主持脱口秀很好啊。”她随口鼓励，免得年轻人的积极性受到打击，“有梦就要敢去追，超越梦想一起飞。”

实习生：“好的，叶臻姐。”

叶臻看着亮起来的电脑屏幕，在登录界面重新输入了密码，选择了进入游戏。

车载 wifi 的信号很强，游戏一下子就登了上去，等游戏画面切换过来的时候，叶臻就发现自己的人物已经被传送到了副本门口。这不奇怪，令她感到意外的是醉卧花前还在她的人物旁边，正坐在地上闭目打坐。

他显然已经在这里等了有一段时间，其间还发了好几条密聊过来。

【密聊】醉卧花前：二宝？

【密聊】醉卧花前：收工了？

【密聊】醉卧花前：奇怪，怎么一声不吭就下线了？

叶臻的手指在键盘上飞快地敲击了一阵，然后按下了回车键。

【密聊】叶臻臻臻臻臻：见我下线了，你怎么还在这里守着？

【密聊】叶臻臻臻臻臻：我在车上，准备回家了！

醉卧花前的回复立刻就过来了，叶臻怀疑他根本就是二十四小时都在电脑前玩游戏。

【密聊】醉卧花前：戏拍完了？

【密聊】叶臻臻臻臻臻：没有，离全部拍完还有段时间呢。我的戏份今天杀青了，不用再待在剧组了。

【密聊】醉卧花前：哟，恭喜了二宝同志。

【密聊】醉卧花前：电影什么时候上映，哥去给你捧场。

【密聊】叶臻臻臻臻臻：说了不要再叫二宝了……电影还指不定什么时候上呢，拍完之后还要剪辑做后期，我看贺岁档是赶不上了，你要捧场还是等明年三四月份吧。

《帝王策》整部戏的拍摄周期预计是六个月，在整个电影圈来说都称得上是相当精良的大制作，叶臻的戏份没多少，全部拍完都需要一个多月时间。如果之后林苡安拍着拍着发现还有什么镜头遗漏，又或者突然奇想要增加孝贤皇后的戏份，那么剧组一通知叶臻，她就要再过来。

拍戏真的不是什么轻松简单的事，明星的生活也不只有镜头前光鲜亮丽的一面。在璀璨的星途上，伴随他们一路走来的是满地的汗水和血泪，这样的艰辛他们也不会跟外人多说。叶臻工作忙起来的时候，大半年都不着家，哪怕随身带着电脑跟网卡也没什么机会上游戏，毕竟游戏是为了消遣，工作才能支撑生活。

他们俩烧着点卡，有一搭没一搭地在游戏里聊着天，话题主要围绕帮会日常活动、新出的优惠活动、副本打法还有装配技巧，醉卧花前还评论了这几次给她代打的实习生的表现。

【密聊】醉卧花前：你的实习生在片场替你上号打游戏，表现只能说是差强人意。

【密聊】叶臻臻臻臻臻：我让公司下次换批游戏高手来。

不过可能换成游戏高手也没用，毕竟对还没出道的实习生来说片场还是个相当神圣的地方，在别人拍戏的时候他们却在打游戏，这总是令人紧张又尴尬的。这时别说是开麦说话，就连按键他们都不敢用太大力。

正因为这样，五毒御姐“叶臻臻臻臻臻”的 HPS 常年排在全团倒数第一。

疯狗般的 DPS 瞬间变身柔弱小治疗，这很容易就给人一种这个号是真有两个人在玩的感觉，仿佛叶臻本人真的走到了镜头前，演绎另一个人的人生去了。

但所有这么想的人都会飞快地推翻这个结论。

这怎么可能呢?

照明星们那种上街恨不得把自己裹成木乃伊才出门的习惯，就算进了游戏里，肯定也不会这么光明正大地把自己的名字顶在头上，还对自己的身份毫不掩饰啊。

就算是醉卧花前，他也不认为自己的副帮主真的就是那个叶臻。他觉得叶二宝顶多就是个正在以叶臻为目标，在娱乐圈里苦苦挣扎的小明星。

所以他偶尔也会像现在这样，劝叶臻换个轻松点的工作。

【密聊】醉卧花前：二宝快点改行吧，找个轻松点的工作，娱乐圈多没意思。

【密聊】叶臻臻臻臻臻：改行我能做什么？我现在就只会演戏，几年不跳舞，基本功都快荒废了。现在大环境不好，想找份比明星更赚钱的工作简直比登天还难。娱乐圈是没意思，可至少拍戏能赚到不少钱，我这还欠着公司一屁股债呢。

醉卧花前那边安静了一会儿，然后一下子发来了两条信息。

【密聊】醉卧花前：等等，欠债？

【密聊】醉卧花前：没想到你是这样的二宝，以前怎么没听你说过你欠着债？告诉哥还欠多少，给你开张支票拿去都还了。

看看，这就是为什么她不大爱跟人提起自己的债务。

虽然聊天栏里冒出来的只是一行紫色的小字，但叶臻也能想象醉卧花前说这话的语气。像他这样的阔少，只要是跟他玩得好的，他都不吝惜为对方花钱，而且是完全不把钱当钱。

她在心里叹了一口气，开始在聊天栏里敲字回复。

【密聊】叶臻臻臻臻臻：我呢，也不是一出生就要背这么沉重的债务的，说起来你可能不信，我在二十岁之前跟你一样从不需要为钱发愁。每年生日我爸都带我去世界各地旅游，就我跟他两个人，他还亲手给我做蛋糕。我从小就一心只想跳舞，不想继承他的公司，他也随我高兴，我那时天真地以为自己真能一辈子做个无忧无虑的富家千金。

【密聊】叶臻臻臻臻臻：直到二十岁那年，我爸出车祸死了，我也没等到他来给我庆祝生日。等到出完殡之后，我才知道他的公司这几年经营不善，欠了不少钱，已经破产了。他人是走了，可欠下的债总得有人还吧？于是就落我头上了。

再然后，K&S 就签了她。

从云端掉落到泥潭里，哪还顾得上什么梦想，想着这么多钱能还一点是一点，叶臻就一头扎进了娱乐圈里，一路挣扎到了今天。在这个圈子里，没有人能质疑叶臻的吸金能力，她从还是新人的时候就已经片约不断、广告不断，有一段时间她疯狂地接各种代言，于是电视上、广告牌上、网站上、报纸上，到处都是她的身影，后来才慢慢减少。

她就像一颗超新星，光芒席卷了整个宇宙，完全没有经历一个沉寂的新人期，就这样红了起来，一路红到了现在。

在娱乐圈见多了人情冷暖，叶臻知道醉卧花前只是想伸手拉自己一把，毕竟娱乐圈真的不是什么好地方。但她站在坑底，抬头仰望着这只从光明处伸来的手，却不能也不想伸手去拉。

因为有人对她说过，人想要走出困境永远只能靠自己。

想要依靠别人去渡过难关，能够依靠的只是对方对你那点悲悯之心，只会让你在泥潭里陷得更深，摔得更惨。

“你啊，怎么能光想着依靠别人呢？”萧承煜带笑的宠溺声音还在她耳边清晰地回响，他的手臂仿佛也还像当初一样有力地托着她，背着她在安静无人的街上走着。

而自己当时是怎么回答的?

叶臻趴在他的背上，用手臂环绕着他的脖子，撒娇地用脸蹭着他的:“可你又不是别人啊，你是我的座师，还是我的男朋友。”

他们曾经是最亲密的恋人，后来却成了最熟悉的陌生人。

她摔得这样惨，才从他那里学到最后一课，这世上除了自己，果真没有任何人可以依靠。

叶臻打字的动作顿了顿，半晌才发出了最后一段话。

【密聊】叶臻臻臻臻臻：那时候我只觉得自己大概这辈子都赚不到这么多的钱，还不了我爸欠下的债。现在再回头看就觉得没什么了，我这些年这么努力工作，债已经还得七七八八了，所以你的心意我领了，醉卧，支票我看就用不上了。

她已经走过了最艰难的时候，眼前的夜再黑，也不过是黎明到来前最后的黑暗。

前路曲折，但是前方还有光明。

她的眼睛里映着屏幕上一站一坐的两个游戏人物，在昏暗的车内仍然显得明亮又透彻。

【02】

醉卧花前久久没有回复她。

叶臻有些怀疑他是不是看到一半就上厕所去了，自己难得的肺腑之言竟然没有得到回应。

正想着，她的私人手机就响了起来。

她看了一眼来电显示，发现不是本市的号码，而且看起来还很陌生。

这会是谁打来的？她一边想着一边接起电话，听到醉卧花前熟悉的嗓音从手机里传来：“二宝。”

“醉卧？”叶臻把手机从耳朵旁边拿开，再次确认了一下这个手机号码，又狐疑地把手机放回耳边，“你什么时候换手机了？”

他们是有交换过手机号码，为了下本或者打战场的时候对方要是没上线，能给对方一个提醒，不过叶臻记得醉卧花前原来用的不是这个号。

“平常用的手机前两天把屏幕摔坏了，就放家里没带出来。”醉卧花前的声音还是跟游戏里一样，对这些事情浑然不在意，“哥哥都不知道，原来我们二宝之前过得这么不好，居然也一直不吭声。”

“就为了这个，特意打长途过来？”

“打字慢。”醉卧花前用耐心的声音解释，“没事，长途有什么，我们不差钱。”

叶臻很服气，她伸手“啪”的一下合上了笔记本电脑，示意身旁的实习生把它拿走。都准备用电话来聊天了，也就不需要再开着游戏了。

她放松地往椅背上一靠：“有什么想对我说的？来，说吧。”

“你刚才说，你父亲公司欠下的债你这些年已经还得差不多了，就用不上我的支票了。”醉卧花前似乎觉得十分可惜，叶臻竟然不想拿他的支票，他感慨地叹了一口气，“支票用不上的话，那介绍个工作给你总可以吧？”

“什么工作？”叶臻挑了挑眉，“开业剪彩？广告代言？总不会是叫我去唱歌吧？”

“都不是。”醉卧花前说，声音听上去忍俊不禁，“你平常不拍戏的时候就做这些工作？”

“是啊，那也不是天天都有戏可拍的嘛。”

叶臻没意识到这样的说法让她听起来就像个十八线小明星，还要四处走穴赶场，苦苦挣扎在温饱线上，还得还债。醉卧花前拿着手机，站在视野开阔的落地窗前，忍不住摇了摇头，觉得自己的这个副帮主实在是太倔。

他说：“最近我朋友的朋友来找我——准确来说是找我家的公司谈个生意，希望我们能够投资跟他的公司合作拍一部电影。你不是刚刚拍完一部电影吗？接下来应该没别的安排吧？抽个时间到 B 市来，叫上我朋友跟他朋友，大家一起吃顿饭，让他们那边给你安排个片酬高、戏份少、存在感又强的角色。”

叶臻万万没想到他打电话来竟然是要把自己当成投资方的人，夹带到他家的公司跟别人合作的电影里去，还光明正大地给她开后门，要人家给安排一个片酬高、戏份少、存在感又要强的角色，真是有生以来第一次！

——这种“我是投资方加塞进来的人，我想怎么样就怎么样”的感觉实在是太爽了！

叶臻抱着手机在后座上笑了起来。

醉卧花前听见她的笑声，一手插在裤袋里，笑着问道：“怎么了，有投资方做后台是不是超爽的？是不是后悔没有早跟我讲你的事，白白错失了那么多机会？”

“后悔死了，哈哈哈！”

叶臻擦掉笑出来的眼泪，实习生跟了她一个多月，难得见到她笑得这么开怀的样子，忍不住多看了她两眼。

她问道：“这电影是什么题材？有没有剧本？打算什么时候拍？你说的，务必要给我安排一个片酬高、戏份少、存在感又强的角色，我一定好好表现，找我拍电影绝对是物有所值，我的票房号召力还是不错的。”

实习生想，她的票房号召力何止是不错，要知道她本身就是一个票房保证。

不过这个找叶臻拍电影的人显然没有这样的认知，从手机里传来的声音很清晰，哪怕她坐得远了也还是一样听得很清楚。

那个听起来有些耳熟的男声说道：“电影的题材好像是科幻，开拍应该是明年的事情了，具体的我也没怎么认真听，毕竟那天我只是应我朋友的邀请跟他们出去吃顿饭，也就是在他们说起这个的时候听了一耳朵。总之这样，他如果答应我的条件，我就再跟他谈合作，他既然通过我朋友来找上我，就应该有接受交换条件的准备。”

那声音越听越耳熟，实习生忍不住苦苦回忆自己到底是在哪里听过。

“好好好，不管是什么题材，打算什么时候拍都好，我就在这儿等着了。”叶臻说，“你朋友的那位朋友，他是导演还是制片人，要亲自找你来拉投资？”

“都不是。”醉卧花前沉吟了片刻，声音才恢复了之前的轻松惬意，“人家跟我一样是个少东，只不过我不学无术，只知道成天坐在办公室里跟你们一起打游戏。人家的目标明确得很，为的就是要收复江山，拿回公司的掌控权，不让外戚坐大。他拿出的方案是个大制作，不然那么多有能力的合作者当中，他也不会独独选中我了。”

“喔唷。”叶臻拖长尾音地说，“不知道为什么……”

“什么？”

“——每次听你讲这些事，我总有种低估了你的感觉。”

醉卧花前在那头轻轻地笑了起来：“就算是游手好闲的二世祖，我也能做点自己感兴趣的生意吧？说到这个，我都有些好奇了，到底有没有人统计过现在娱乐圈的当红明星里有几个是因为家里负债太多才进入演艺圈的？又有几个是因为真的享受万众瞩目，喜欢在镜头前展现自我才成为明星的？”

这种事情，统计就大概真没人统计过，不过叶臻顺着他的话想了一下，就不由自主地呆住了。平常她没注意，可仔细一想，K&S 里还真没有几个人进入娱乐圈的动机是为了实现梦想、追求人生价值，大家成为艺人的原因都挺无奈。

她慢慢地坐直了身体：“你是对的，越想越觉得跑来当明星的都是世界上最惨的人，越红身世就越悲惨，起码我认识的那几个都是这样。”

她听着醉卧花前的笑声，又开口道："不过这样，别人我不知道，但有一个祖宗我能确定他是真为了追梦才来蹚浑水的。

"嗯？"醉卧花前像是为真有这样追求梦想的人感到意外，饶有兴致地问道，"谁？"

"你肯定认识的。"叶臻说，"就是霍家那个小霸王。"

霍家就是B市那个霍家，她说的那个小霸王就是霍家这一代最小的孩子，霍辰。

霍辰是一个长得非常好看的小孩，出道的时间比叶臻都早，三岁起就开始在广告上露脸，五岁就已经演了好几部电影，然后因为父母离异的关系，就跟着母亲去了美国，离开了娱乐圈。等长到十六岁回国，所有人都以为他是打算回来接受霍家的精英教育，好接手庞大的霍式帝国，结果人家完全没有这个心思。他从美国回来，只是因为想回来继续他的演艺生涯。

这真是一个非常有梦想的孩子。

醉卧花前也在B市，这个特立独行的小霸王他不可能不知道，果然叶臻一说完，他就在那头笑出了声。叶臻原本还打算跟他多聊几句，结果一阵激越的歌声在旁边响起："如果——没有——天黑——耶哎！世界——是否——还会心碎哎哎哎——"

她惊得差点从座位上跳起来，一转头就看到实习生举着她工作用的那部手机，机身在激烈地震动着，还大声播放起了她那张唱片的主打歌。

包括电话那头的醉卧花前在内，几个人一时间都被这歌声给镇住了，尤其是叶臻，她几乎都要抓不住自己的手机了。

她以眼神示意实习生把电话先接了，然后匆忙地对醉卧花前说了一声："我有个电话打进来了，有什么事等回头我上了游戏再说吧？"

醉卧花前本来还有别的事情要跟她说，闻言也开口道："那你先忙你的吧，等你上游戏我再找你。”

“好的。”叶臻连忙说，“那再见了。”

醉卧花前说了一声再见，先挂断了电话，叶臻于是向实习生伸手拿过了那部已经消停下来的手机，还没开口就听到小舟的声音元气十足地在那端响了起来：“叶臻，有新活了！”

“这么快？！”叶臻吃惊得把心声都说出来了，要知道十来分钟前她还在发愁不知下一个工作在哪儿呢。结果现在林苡安随时会给她介绍新角色，醉卧花前也打算在他公司投资的电影里给她预留个位置，小舟这边更直接，看上去像是直接就跟对方谈拢了。

她定了定神，才问一点也不像病人的经纪人小舟：“什么活？”

她才刚从《帝王策》剧组离开坐上车没多久，小舟在朋友圈里哭号也就那么十几二十分钟的时间，这就有人看到了给她打电话了？

小舟在那头噼里啪啦地说：“急活！电影！要女主角！可急可急了！放眼圈内，当下能过去救场的就没几个！所以一看我说你这边有空了，他们就立刻打电话过来了——怎么样怎么样，接还是不接？”

叶臻仿佛看到眼前假期长着翅膀从自己身边飞走，但白花花的钞票又像雪花一样飘下来。她说：“先等等，谁的电影啊？”

小舟说：“滕子昂啊。”

【03】

叶臻都不用一秒就反应过来滕子昂是谁。

滕子昂是青森娱乐公司的艺人，是以歌手身份出道的，算得上是歌坛里的一号人物，后来才转战影视圈。叶臻刚出道没多久的时候，还曾经当过他的 MV 女主角，跟滕子昂演过对手戏，在那个 MV 里跟他演恋爱、交往、分手、复合、结婚、生子演足了一整套，可谓是印象深刻。

小舟的语速还是跟连珠炮似的，估计是在医院找不到人说话，憋得狠了，叶臻要全神贯注才能跟上她的速度。

她说："滕子昂半年前不是独立出来，自己成立了一个工作室吗？然后买了个小说 IP，正打算改编成电影，拍个爱情片。说起来他们上个月就开机了，打算趁这几个月时间拍出来，好好宣传，赶在暑期档上映的。"

国内院线有个保护国产电影的机制，就是每到七月暑期档会限制国外电影的进口数目，让国产电影有更高的排片率跟上座率。暑期档跟国产大片云集的贺岁档不同，算得是中等制作的电影上映最好的时机了，尤其是像这样题材容易讨好年轻观众的爱情片。

叶臻觉得滕子昂挺有商业头脑，换了是她，从 K&S 独立出来，第一步走的也会是这步棋。虽然他是从歌手转型成演员，又再转型成制片人，中间过程也没激起什么水花，但滕子昂稳扎稳打，比那些眼高手低跑去经商，结果失败之后又灰溜溜地跑回来继续开演唱会捞金的天王天后好多了。

她问："所以他这片子是出了什么问题，要急哄哄地跑来找人救场？"

小舟的声音里满满的同情："别提了。"

叶臻不用坐她对面，也知道她脸上肯定是各种精彩的八卦表情。

"他们原本谈好了一个女主角，结果等开拍的时候人家得了急性阑尾炎，就送医院割盲肠去了。本来割盲肠是小事吧？结果她经纪人一想，反正都来了医院，就顺带做个全身检查吧。这一检查又发现了别的毛病，只能辞演住院了。滕子昂后来又临时找来一个替补，是个模特出身的新人，签了他的工作室，结果演技超级不行！那个新人据说刚在韩国做完整容手术，可能没整好，连夸张一点的表情都做不了，可愁死他了。”

叶臻：“……”

这么巧合的事全凑到了一起，那确实挺倒霉的。

现在的年轻演员，不整容的已经很少了，像割双眼皮、开眼角、垫苹果肌、打玻尿酸这样的能让五官看起来更好的微整形，不少人都做过。只不过不像韩国那边把偶像整容当成习以为常，国内的明星整容后大多还是不会承认的，他们解释自己相貌变化的常见理由有瘦了、拔牙了、长大了等等等等，不管别人相不相信，反正他们的粉丝信。

这一个个对自己下手无比狠，光整出了一张好看的脸，却没法再做出细微的表情，这样的风气在圈内让导演很是诟病。他们这是要拍电影拍电视剧，又不是拍MV，能让你站在那里面无表情拍得漂漂亮亮就能过，他们要的是演技！演技！是情绪！是能表达出人物内心的情绪！全都把脸整得那么僵，还都整得无比雷同，这样观众分得清吗？！

至于叶臻，感谢爹妈基因好，暂时还没人说过她身上有什么地方需要整。

她抬手揉了揉脖子，把手机换到了另一只耳朵边上：“所以那边就来找你了？”

小舟说：“对啊！”说着得意地笑了起来，“所以说，像wuli叶臻这样颜值高演技好还敬业的演员，他们还上哪儿找去？别的地方根本没有！”

小舟，真是当仁不让，一个大写的叶臻吹！

她骄傲无比地吹捧着自己的艺人，就好像叶臻的脸跟演技都是她给生的一样，吹完了才想起叶臻还没回答她到底要不要接这部戏呢，于是又问：“到底接不接啦，叶臻？”

叶臻答道：“接，怎么不接。你现在人在休假中，没人接管我的事，我可是被公司放养的，刚还在担心拍完了《帝王策》接下来这几个月会没工作呢。你问了滕子昂没有，片酬他准备开多少？”

小舟说：“他们的男主角就是滕子昂自己，他的咖位比不上凌敬轩，演这样的题材制作也就不到两千万吧。不过他是制片人，他的片酬已经跟电影票房直接挂钩了，而我们现在去就是紧急救场，有理由提点片酬。他们找的第一个女主角赵欣芩跟你一个咖位，只不过没你吸人气，所以片酬跟她谈的是一千万，我怎么着也得给你要个一千五百万下来。”

一千五百万，去除公司的抽成，再加上交税、还债，叶臻能拿到手的顶多就剩五百万，再加上还得给她现在的团队开工资。当明星不是只需要唱歌演戏出通告就可以的，他们的着装跟理财都需要有专人经手，经纪公司通常不会提供细致到这些方面的服务。再加上其他零零碎碎要用钱的地方，最后能剩三百万就不错了。

以叶臻的咖位和人气，拍一部电影担任女主角最后竟然只能入账三百万，这说出去会令很多人大跌眼镜。

可这就是现实，也是叶臻为什么会担心这段时间接不到工作的原因。

她的收支正维持着一个微妙的平衡，如果资金链断开的话，那么造成的影响就会直接打破整个平衡，会让她之后的所有打算都变得很被动。

她低头盘算了一下，两个月以后就是 K&S 的股东大会，这时候不管是云家继续稳坐江山也好，公司由外姓掌权也罢，整个盘面都将成为定局。坐在掌权者位置上的人定了，他们这些底下的人也就有了站队的对象。到时候小舟回来，两个人正好可以大展拳脚，她在这个准一线的位置上也待得够久了，一姐的位置还是要争取的。

她思考着，另一只手还拿着私人手机，手指在手机背面上轻轻敲击。实习生在旁看着她完美的侧脸，见她红唇紧抿，跟游戏里的认真又是截然不同的模样。

“这样吧。”叶臻终于拿定主意，对着手机那端的小舟说话，漆黑的眼在昏暗的车厢里也闪着微光，“片酬先定在一千五百万，谈的时候可以适当退让一些。我只有一个要求，要我去救场可以，但我们的时间有限，我的戏份拍摄必须在两个月内完成，拍摄期间我会全力配合。”

小舟跟叶臻一起搭档了这么久，一听就知道叶臻是基于什么理由提出这样的要求。

她坐在轮椅上琢磨了一下，滕子昂这拍的毕竟是都市爱情片，不比林苡安的《帝王策》规模庞大。只要赶一赶工期，把叶臻的戏目压缩压缩，放到一起拍掉，那么两个月时间是足够的。何况叶臻还说了，她会全力配合，这样应该没问题。

她于是开口：“好，我这就跟滕子昂那边谈谈，看他愿不愿意接受条件，你等我的消息。”

小舟在那头似乎是转了线路，去拨滕子昂的手机了，叶臻的手机里变得悄无声息。

她耐心地等着，看小舟跟滕子昂提出这个要求后，对方会不会接受。

时间仿佛过去了很久，又好像只过去了几分钟，叶臻听到小舟重新把线路切了回来，声音里透着得意：“妥了，片酬还是一千五百万，他们答应会在两个月时间内把你的戏份拍完，怎么样？我是不是很厉害，快夸我！还有，这次的导演是滕子昂的好友江天，就是拍过《心战》跟《爱神》的那个青年导演，人称爱情专业户。我看他还是很靠谱的，他们剧组也已经驻扎在影视城了，现在就看你了，你什么时候能开工啊？”

见事情一定，叶臻就倒回了座椅上，从嘴里发出一声长长的哀叹：“啊……要我说我肯定是想回家先睡两天再说啊！可是滕子昂那边已经等急了吧？不然你去提条件，他也不会答应得这么爽快。”

演员中途换人，首先肯定得先去见导演，拿上剧本，还需要试妆，当然是越快越好。他们的车现在正开在路上，要折回影视城去并不算远，《城堡》跟《帝王策》的内景拍摄地点正巧选在了同一个影视城，最适合的做法当然是现在就折回去了。

心好累啊，叶臻简直想缩成一团在座椅上打滚，刚从里面出来就又要回去。

小舟说：“定个时间嘛，我好回复他们啊。”

叶臻说：“就现在吧，他们那么爽快，我们也不好让人久等。”而且林苡安还说了会给她留意合适的角色，“我这就过去，你跟他们说一声吧。”

“这么快？”这下轮到小舟意外了，“你不是刚结束《帝王策》的拍摄？这就过去，也不休息两天？你撑得住吗？”

“没事，死不了。”叶臻反过来安慰她，“何况《帝王策》的拍摄挺轻松的，我这就过去跟滕子昂敲定合同，免得夜长梦多。再说现在过去也只是要跟我讲戏试妆，总不会要我现在就开拍。”

小舟撇了撇嘴，心道那可说不定，不过犹豫了片刻还是答应了：“你别硬撑，这不是还有我嘛，我们不会没有电影可接的。”

叶臻“嗯”了一声，靠在椅背上，长长的睫毛低垂着，脸上到底还是有些疲态难掩：“你好好养病，现在就别管这些了，合约我会叫人来看。”

小舟应了，又叮嘱了她两句才挂了电话。

叶臻把手机从耳边移开，发现在旁边坐着的实习生在看自己，听她问道：“叶臻姐，我们现在是不是要折回去？”

叶臻点了点头：“你今天估计就要跟我一起过去，不能回家了。”又对坐在驾驶座上的王叔说道，“王叔听到了？我们要折回去。”

王叔比了个 OK 的手势：“没问题，叶臻小姐。”

然后车子就来到十字路口调了个头，飞快地朝着他们的来处驶去。

【04】

《城堡》剧组的拍摄场地在影视城南边，跟《帝王策》是两个方向。

叶臻在后座上坐着坐着意识就断片了，也不知过了多久才被人小心翼翼地摇醒。

她强行接起了意识，睁开眼睛努力让自己清醒过来，问实习生："到了？"她的声音还有点含糊不清，一听就知道这是还没睡醒。

实习生简直都要心疼她了，充满负罪感地把摇她的那只手收了回来，说道："到了。"

叶臻伸手拍了拍脸，好让自己清醒些，转头看向窗外。只见周围一片欧式景观，跟北边那片古色古香的世界完全不一样。实习生在旁递过来一面镜子，叶臻接过来低头照了一下，没流口水，脸上也没压出印子。

叶臻把镜子还给实习生，目光在她脸上停留了片刻："你叫什么名字？"

实习生："啊？我叫章逸，叶臻姐。"

"章逸？"叶臻抬手按了按肩膀，又扭了扭脖子，推门下去，"好，跟着我。"

小姑娘看着她推开车门下去，没反应过来这特意叫自己跟着她是什么意思。坐在驾驶座上的王叔朝她露出一个赞许的笑容，说道："看来叶臻小姐很喜欢你啊，愿意让你跟着她，恭喜了小姑娘。"

这名叫章逸的女孩子这才反应过来，叶臻的意思是准备让自己长期跟在她身边了，也就等于是说她随时都会从她手上得到出道的机会了！

她"啊"了一声，飞快地跟着跳下去，追着已经走出了老远的叶臻跑了过去。

王叔笑眯眯地把车子熄了火，现在的小年轻，真是有活力。

叶臻带着章逸走过一块修剪得很平整的草坪，老远就听见一个男人的声音透过扩音器传来，在抓狂地咆哮。

“Cut！滕子昂！你就不能深情一点？站在你面前的是你一直喜欢的想要的人，你现在是深爱着她却不能开口，正深陷在求而不得的爱情跟痛苦之中，你这样内心毫无波动甚至还有点想笑地念台词算是怎么回事！啊？”

两个人一进门，就正好看到江天把剧本往旁边摔的画面。

他摔完剧本，从监视器后霍地起身，拿着扩音器向背对着镜头的滕子昂吼道：“你念也就算了，你他妈居然还念错了！一句台词总共就几十个字，这你都能念错？！”

“江天——”被他一顿狠批的滕子昂转过身来，表情无奈地指着对面的人对他说，“你自己看看，你对着老何这张脸你能不能深情得起来？就算我入围过百花奖最佳男主角提名，你也不能这么苛求我吧。”

叶臻顺着他手指的方向看去，刚刚滕子昂的站位挡住了站在他前面的人，现在他一退开就只见站在他对面的那人身上穿着女主角的衣服，然后那张脸……

“扑哧——”

章逸没忍住，站在原地笑了出来。

只见满脸胡渣的道具师被人涂脂抹粉，还穿着女主的裙子无奈地站在那个位置上，违和感真是不能更强了。果然江天一看到那张脸，也绷不住在扩音器后面笑出了声，整个拍摄场地瞬间充满了欢乐滑稽的气氛。

“老何！”江天一手叉着腰，对着扩音器叫了用来顶替女主角的道具师一声，声音里带着憋不住的笑意，“你上妆之前能不能把你那胡子刮干净了？”

老何站在原地嘟囔了一句像是“男人的魅力就在于胡子，绝对不能刮”的话，摇头拒绝了他的要求。

江天于是又转向化妆师，咆哮道：“化妆师！你给老何化妆的时候能不能走点心，啊？你看看这都画的是什么？这让子昂怎么演？”

走心？走心有什么用，再走心老何也还是老何，怎么也画不出一个漂亮的女主角来。

化妆师连表情都欠奉，抬起头来朝这边敷衍地翻了一个白眼。

这个剧组实在是太不靠谱了！

江天实在是很恼火，恨不得把手上的扩音器跟剧本一起摔了！

当初滕子昂邀请他来拍这部电影的时候，他就知道这家伙身上的事肯定特别多！他当初就不该答应他！

他伸手爬了爬头发，懊恼地往座位上一坐，把扩音器关了扔进脚边堆杂物的箱子里，简直不知道这里什么时候才能上正轨。

他看滕子昂一眼，怒吼了起来：“你自己说！女主角什么时候才能定下来？！”

“就这几天！”滕子昂连忙举起双手做了个安抚的手势，他的脾气在娱乐圈里是出了名的好，也就只有他这样的温和派才能跟脾气火暴的江天一起成立工作室。

他从镜头前离开，示意道具师老何也去把这一脸让人无法直视的妆给洗了，说道：“救场的人很快就会来，我今天都跟她的经纪人谈好了。”

他松了松领结，让自己能够喘一口气。

在这部戏里，他饰演的是一个忙于事业的商界帝王，有一个患有自闭症的孩子。女主角是在度假中被他强行请来替孩子治疗的心理医师，两人在朝夕相处中坠入了爱河。女主角不仅踏进了这座城堡，也踏进了他的城堡，把他们两个都从里头带了出来，这就是片名《城堡》的意思。

这是滕子昂担任男主角的第三部电影，也是他成立工作室以后自己担任制片人的第一部电影。为了能够拍好这部戏，他特意找了擅长拍浪漫爱情片的好友江天来助阵，一点也不想衰给外界看。奈何，他青睐的女明星不给力，第一个定档饰演女主角黎诺的赵欣苓人组没多久就阑尾炎发作，住院开刀了，而且还检查出了其他问题。别说是拍电影，就连其他工作她都放了下来，全都推到了养病后面。

第二个找来救场的是他的工作室刚签下的新人莲娜。莲娜本身是模特出身，美则美矣，却没有演技，而且前不久才刚在脸上动过几处狠刀，细微的表情根本就做不来。

哪怕他再不想让肥水流往外人田也好，在女主角的人选上连栽两次的滕子昂，此刻也不得不考虑要提升成本，请个强力外援来救场。

K&S 的当红女星叶臻一直都是他们的首选。

叶臻的戏路很广，演绎风格可文艺也可商业，本身又有相当不错的票房号召力。虽然她身价不低，但综合各方面来看，最适合的人选就是她了。可惜他们第一次发出邀请的时候，叶臻的档期不配合，那时她人正在北边《帝王策》剧组拍戏，要他们再等等。

滕子昂怕中间再出什么变故，于是就选择了同是 K&S 女星的乔馨作为他们的第二方案。

只是这个乔馨不仅人气不及叶臻，就连专业素养也不及叶臻，一听说自己是被找来救场的，就立刻坐地起价，双方最终也没谈拢。他们在影视城的场地租用的时间就这么一个多月，前头已经浪费了一个多星期了，剧组实在是等不起，根本没办法了才让身形相近的道具师男扮女装来拍不用女主角正脸出镜的镜头。

今天正是第一天无奈的开拍，进展不顺，一直 NG。唯一一个转机就是叶臻今天结束了《帝王策》的拍摄，空出了档期，滕子昂一找上她的经纪人小舟，双方就飞快地谈拢了拍摄事宜，整个剧组总算有了底气。

滕子昂走近了，把一只手按上了江天的肩膀，温声道："等叶臻来了就好了。"

他犹豫了一下，想着要不要让其他人也去把脸上的妆卸了，就看这个状况，估计今天也是不能拍了。

因为乔馨的缘故，江天对 K&S 公司的人并没有好感，闻言嗤笑了一声："好得了才怪。"

滕子昂见状无奈地叹了一口气，不过心里觉得还是有希望的，只要等江天见过了叶臻的专业素养，他也就不会这么别扭了。

滕子昂这样想着，抬起头来朝门外望了一眼。

这一带的建筑都是欧式风情的建筑，他们拍摄的场地更是仿制了一座北欧的城堡，十分有格调。原本预算要是够的话，他们应该直接到北欧的古堡里去拍摄才对，那里推门出去就是冰蓝色的天空跟苍蓝色的大海，迎面吹来的海风里都带着海鸟的声音，还有海洋特有的湿润气息，那才是真正的有格调。

不过在预算吃紧的情况下，能在这里找到这样的替代就不错了。

他的目光扫过了门边站着的那两个身影——

"哎？叶臻？"

滕子昂一眼就认出了她。

不过他这喜出望外的一声叶臻，只换来她一个稍嫌冷淡的点头致意。

滕子昂知道叶臻就是这个样子，在还不用工作的时候就是低能耗状态，连个表情都欠奉，因此并不介怀。

他高兴地移开了放在好友肩上的手，太好了，救星来了！

江天听到他这一声带着欣喜的声音，也转头朝大门的方向看去，只见一个高挑纤细的身影朝着这边走来，因为逆光的缘故，从门外照进来的光芒在她周身轮廓上镀了一圈朦胧的光晕。

这样利落的衬衫黑裤，这样冷淡的神色，活脱脱就是从《城堡》中走出来的黎诺。

她的脸实在是生得太美，哪怕眉目之间有些疲态，也无损这样的美丽。

任何人一见着她，首先就被这美貌给镇住了。

滕子昂的声音扯回了他们的注意力："你怎么这么快就过来了？"

众人一看，原来他已经离开了江天身边，张开双臂朝着她迎了上去。叶臻配合地跟他拥抱了一下："组织有令，我奉命前来支援。"

滕子昂的肩膀宽阔，胸膛紧实，曾经被杂志评为"最想拥抱的男性No.1"，足可见他的怀抱有多令人沉醉。平常跟他合作的女艺人都忍不住想在这样的怀抱里多停留一下，何况是坐在车上一小会儿都能睡着的叶臻，她只能尽量克制着不要整个挂在他坚实有力的手臂上。

等两人分开的时候，她的脸上也有了表情，显然是重新进入了交际状态。

江天坐在他的靠背椅上审视着她，用最苛刻的目光评判着这个滕子昂十分推崇的女星，试图看出她是否跟他说的一样优秀。毕竟电影的拍摄已经一再拖延，实在经不起再一次的意外换主演。

当他审视叶臻的时候，叶臻的目光也在整个建筑中飞快地掠了一遍。

在看到这个坐在监视器后面皱着眉看自己的男人的时候，她的目光停了一瞬，猜到这就是《城堡》的导演，那个脾气出了名的暴躁的江天。

不过她并不在意他的脾气是好还是不好，她迎着江天的目光，向他点头致意，然后继续听滕子昂说话。

滕子昂的语速就跟小舟一样快，噼里啪啦的让人简直应接不暇。

他说：“叶臻你可真是及时雨啊，说起来你怎么来得这么快？该不会是那边林导的戏一结束，你就直接从过来了吧？”

叶臻应和着说：“是啊是啊，直接过来了。”

滕子昂说：“哦哦，真是这样啊，辛苦你了。林导的《帝王策》筹备了三年，一开拍就声势浩荡，跟他比起来我们真是超级羞愧啊。不过我向你保证，《城堡》的故事剧本也是很不错的，你绝对不会后悔接了这个戏的。我们 blabla——”

他本来就是健谈的人，因为现在救场的叶臻提前出现，一激动就更加陷入话痨模式而不自知。叶臻在旁听着，适时地插话道：“我知道，你的工作室买下了《城堡》的电影改编权，这本书从一推出就被奉为经典，光是在国内都热销了千万册。”

滕子昂精神一振：“对，所以我对这个作品很有信心的。”

叶臻赞同地道：“我也觉得这是一笔很不错的投资。”

|第三章|

DISANZHANG
人 在 江 湖 飘

【01】

滕子昂顿时对叶臻生出了知己感。

他没想到她答应来救场会来得这么快，更没想到她这么给面子，对自己的这个手笔如此认同。光是主角跟制片人能够保持一心这一点，就足以让整个故事在拍成电影的过程中迸发出更绚烂的光芒，这其中要是再加上导演的认同，那么他的《城堡》会变成叫好又叫座的作品也不是没可能。

他心里激动，嘴上忍不住又问了一次："你真的是直接从北边过来的，都没有回去休息一下？"

他只是随便这么一问，没想到叶臻居然真的"嗯"了一声，说道："是，在路上接到我经纪人的电话，就没回公寓，直接过来了。"

滕子昂：“……”

不愧是圈内有名的拼命三娘，真的是好拼啊！

这么能吸金还这么拼，结果四年了还没把债还清，当初到底是欠了多少钱啊？

他半天才找回自己的声音，一时间也想不出别的话题，直到目光落在还在监视器后边坐着的江天身上，眼睛一亮，说道：“叶臻，我给你介绍，这是我们的导演，江天。”

叶臻顺着他手指的方向朝着坐在那边不动的人看去，听滕子昂说道：“你们应该是第一次见面吧？大家都过来先认识一下吧，接下来的两个月时间我们就要在一起共事了。”

正像小舟之前说的那样，对于叶臻提出要在两个月内完成她的戏份拍摄，滕子昂认为这是可以接受的。

见他终于介绍到了自己，江天也给面子的从监视器后面绕了出来，慢腾腾地走到他们的新任女主角面前，向叶臻伸出了长满老茧的手：“江天。”

微微眯起眼睛，叶臻伸手握了上去，然后有力地摇晃了两下：“叶臻。”

干脆，利落。

江天的心思虽然脸上不显，但强硬的眼神却软化了一些，叶臻几乎立刻就捕捉到了这点变化。她做出了判断，看来他对自己这个前来救场的替补并没有多大的期待，不过见面握手之后似乎又有所改观。

江天确实是这么想的，他在怀疑眼前这个叶臻是不是真的跟乔馨一个公司里出来的，这才是艺人该有的样子。她这个样子也是饰演遇事冷静、专业性强的女主角黎诺应有的模样，之前那些个乱七八糟的都叫什么鬼。

“久仰大名了，江导。”叶臻客气地道。

她跟滕子昂不是第一次合作，但跟江天是。既然第一次见面还摸不准性格，那就客气些好。近距离观察这位青年导演，可以从他不修边幅的打扮中分辨出他其实长得还不错，身材也好，估计是因为经常自己扛着摄影器材跑练出来的。

在他身上有种文青特有的气质，把他跟林苡安那样的在这个圈子里打滚已久的青壮派完美地区分开来。

“我之前很少有机会接触文艺爱情电影。”因为都拍片酬高周期短的商业电影去了，叶臻这样倒也是实话实说，“这次很高兴能跟业界鼎鼎有名的爱情才子合作，希望能够拍出好作品。”

江天看不出是高兴还是不高兴，他收回了手，插在了工装裤最上面的口袋里。这种裤子有很多口袋，可以放各种零碎的东西，深得他们这些导演的喜爱。

他说：“太客气了，所谓才子那都是大家抬举。”

大家都不熟，第一次合作也没多少话要讲，气氛于是就有些冷场。

滕子昂在旁看着，见叶臻不说话，江天也不说话，连忙开口道：“我们一定会合作得很愉快的。不过叶臻，我们也不知道你今天就会过来，就没准备好你在片场需要的东西。”

叶臻朝四下里看了一眼，布景都是现成的，工作人员也全部到位，只等她就位就可以直接拍摄。她收回目光，抬手往外指了指：“没事，东西我都带着，你忘了我刚从隔壁剧组过来？”

那些东西完全不用他们再准备一遍，她自己就有现成的。

江天一听，顿时觉得看她更顺眼了，简直都扭转了他对 K&S 的糟糕印象。

来救场就是该这么省事！

只要给她剧本先看几场，然后场边再立个题词板，简直马上就可以开始拍摄了。

叶臻一眼就看穿了他的心思，差点想装傻扭头走人。

她也明白，电影刚开拍就遇上那么多破事，拖了这么久还没正式拍出一场，他们心里肯定着急，恨不得她现在就记下全部台词好开始拍。可她又没有特异功能，甚至连剧本都没看过，演技再好那也是需要时间来揣摩人物，记下那些台词的。

“总之，今天大家就再休息一天吧。”滕子昂看样子也是怕江天情绪一上来就直接叫人开拍，连忙抢先提议。他征询地看了江天一眼，在得到他的点头之后，便立刻向场记示意大家可以解散。

“叶臻跟我来。”江天朝她比了个手势，示意她跟上自己，“我先跟你讲讲戏。”

叶臻见这一关躲不过，于是转头向章逸叮嘱：“你在这里等着，等会儿有人会来安排我们的住宿跟行李。到时候你就直接跟王叔一起去下榻的酒店，今天就不用回片场来了。”

见她点头，叶臻才转身走向正在等着自己过去的江天，两人一前一后地向着一楼的空房间走去。他们拍摄的场地里有很多房间，不是每一个房间拍摄的时候都用得上，像一楼这间就变成了江天的待客室。

叶臻跟在他身后走进来，看到这里头的家具一应俱全，正对着门的地方还建了个吧台。

“随便坐吧。”江天绕进吧台后，打开了里面的小冰箱。

在这里拍戏的剧组都会准备好日常会喝到的饮品，演员跟导演更享受一些，还会开私灶。江天弯腰从吧台底下拿出了几瓶酒跟一只雪克杯，朝着在沙发上落座的叶臻举了举：“来一杯？”

叶臻摇头：“不用了。”

不需要应酬的时候，她从来都是能不喝酒就不喝，也不抽烟。

江天也不勉强，于是熟练给自己调了一杯鸡尾酒。

这期间副导演进来了一趟，将女主角的剧本交给了叶臻。

这一本剧本显然还是刚打印出来的，叶臻伸手一摸，纸页都还热着。她向副导演道了一声谢，就坐在沙发上翻看了起来，乌黑卷翘的睫毛低垂着，目光迅速地在字里行间移动。

她一边看就一边默记，迅速将其中一些片段记了下来。

如果没想错的话，江天叫她进来不只是想要讲戏，估计还会要她试试其中的哪一场。

像他这样的人都是力求完美的，他并不相信外界对叶臻的那些风评，也不相信滕子昂的眼光。鉴于他之前已经连续失望了两次，这一次他只会相信自己所看到的东西，只会相信自己的判断。

叶臻翻阅着手上的剧本，用手指揉捏着眉心，试图驱散由高强度的工作带来的疲惫和疼痛。她需要状态，不一次搞定江天，让他承认她适合这个角色，那么之后就算他不反对让自己演这个角色，两人之间也会存在麻烦的摩擦。这会严重降低拍戏的效率，浪费她本来就不多的时间。

又是一场硬仗要打。

【02】

《城堡》的原作是一本纯粹的爱情小说，而其中关于亲情的描写也十分引人入胜，是从女主角黎诺的视角展开的一个关于心理封闭跟治愈的故事。

女主角黎诺是个年轻的天才心理医生，在业界颇负盛名。然而，因为目睹一场夺去恋人的意外，她自己本人也陷入了严重的心理障碍。因此，她选择了暂时关闭诊所，远离自己所在的城市到异国去散心，试图在旅途中寻求治愈。

奈何她的名声实在太过响亮，即使是在异国，照样有人能到她下榻的酒店来找她。

这些人强硬地把她带到了这个北欧小镇的海岸边上的一座古堡里，把她送到了这座古堡的主人面前。这个英俊的男人是经常在财经杂志上露面的商界巨子，名叫周子衡，在商界向来以手段铁腕和眼光独到著称。他从父辈手中接过家族产业之后，短短十年时间就让整个财团的规模扩大了一倍，财产更是翻了几番，他手中握有的财富超出了普通人能够想象的极限。

这样一个高冷的、脸上简直贴着生人勿近的标签的商界帝王，曾经有过一段失败的婚姻。在两人离婚之后，前妻给他留下了一个孩子。

这个含着金汤匙出生的小少爷有轻微的自闭倾向，不喜欢与人接触，跟父亲之间的关系也因为两人无法良好地沟通而一直处于冰点。

周子衡曾经找过很多有名的心理治疗师，包括很多国外的儿童心理学专家，让他们来对自己的幼子进行诊断治疗，然而这孩子的病情并没有丝毫好转，甚至随着年纪的增长变得越发自闭。

因为独子无法像普通的孩子那样到学校里去接受教育，所以周子衡带着儿子隐居到了这处他名下的古堡里，城堡建在人迹罕至的海边悬崖上，除了佣人之外，再没有任何人会来这座城堡造访。他用这种简单粗暴的方式让儿子的世界里只有自己一个人，这样如果小男孩想要找任何人说话都只有一个选择，就是他。

只可惜，这样的方式也达不到他的目的，这个沉默的孩子甚至可以一整天都不说话。

所以当有人带来销声匿迹已久的女主就在这座北欧小镇度假的消息

时，他便毫不犹豫地派手下的人把这个心理医生请到了古堡中，要她来治好自己的孩子。

他们之间的第一次见面就是在这种情况下发生的，两人进行了一场非常不愉快的交谈，女主黎诺认为自己在休假中，被人这样强硬地请到这里来，哪怕周子衡意图让她为自己的儿子治疗，这也是非常失礼的行为。

而商界帝王则认为这个世界上没有什么是用钱买不到的，他直接提出她要多少钱都可以，只要她在这个地方留下来，治好他的儿子，那么她的所有条件都可以被满足。

他的话语虽然傲慢，但条件却十分吸引人，除开报酬丰厚不说，这座城堡本身也是非常令人向往的地方。黎诺入住的酒店正好跟它在海湾的两岸，在这之前，她每晚回到旅店站在窗口，就能看到这里的灯光。

黎诺不止一次地想象过，自己来到这里会是怎样的场景，只是没想到这个念头会以这种令人不愉快的方式实现。

对方提出要她住在这座古堡里，姿态强硬，仿佛全然不容她拒绝。

跟这对父子一起生活，借由这样来全面地了解这个孩子的问题，这样的治疗思路是正确的。小男孩被佣人带领着来到这个房间，她看见这个孩子沉默又封闭的状态之后，终于还是答应了这个要求。

她的行李一早被人由旅店打包好送到了这里，就这样开始了居住在城堡中，跟这对父子朝夕相处的生活。

想要亲近一个有自闭倾向的孩子并不容易。

黎诺的诊所接待的患者大多是成年人，他们都是因为意识到自己存在的问题，想要得到解决所以主动才来寻求她的帮助。他们能够判断出自己哪里出现了问题，还能够用相对准确的非专业性语言来进行症状描述，更有助于医生作出判断，提出治疗的方案。

但孩子们不懂这个，他们的情绪只会体现在他们的一些作品中，比如绘画。

绘画的主题跟色调通常是他们内心世界的真实反映，她于是选择了通过这个方式来收集讯息。黎诺跟这个小男孩一起在画室里画着涂鸦，尽管沉默的小男孩一开始并不能良好地接受她的存在，但在他发现她的画技其实很不错，能够用不同的技巧画出他表达不出的东西之后，这个孩子就开始放下防备，试探着向她靠近。

周子衡对她取得的进展表示出了满意，他的孩子在她面前是放松的，尽管一来到自己面前依旧会躲回那个封闭的壳里，不过比起之前来总算是有进步。而黎诺也对小男孩自闭的原因有了初步的判断，她拿出了治疗方案，让这对父子一起到外面去进行各种活动。

于是他们一起去骑马、去划船、去购物，还一起去了一场拍卖会。在那里，周子衡为黎诺买下了一套价格不菲的首饰，还一掷千金拍回了她跟小男孩都很喜欢的两幅画。

因为这样跟平常完全不同的接触，她看到了周子衡的另一面，而他们父子之间的关系似乎也有了一丝破冰迹象。黎诺心中产生了一种异样的、微妙的感觉，仿佛枯死的部分有新的枝桠要生长出来。

在看着小男孩入睡之后，她来到了露台上眺望海景，却发现周子衡也站在隔壁的露台上。他穿着睡袍，袒露着小半紧实的胸膛，目光漠然地望着星光和海面，就像她之前在旅店的窗前望着这边的时候一样。

黎诺不由得想到，在这样安静得只有海浪声的夜里，他们的目光是否也在他们自己不知道的时候曾经发生过碰撞，就像旅行了亿万光年才落进人们眼里的黯淡星光一样?

周子衡向她遥遥举杯，发出了邀请。黎诺于是来到了他的房间里，跟他一起站在露台上看着海面上浮动的星光。似乎是海风太过寒冷，两个人不知不觉地贴近，交换了一个他们并没有想到会存在于他们之间的亲吻。

有什么在悄然滋生，有什么在悄然变质。

而随着治疗的进行，黎诺终于打开了这座城堡里的禁忌之门。

周子衡的秘密，是整座城堡里最大的一个禁忌。

他从小就拒绝去触碰其他人，触碰过任何东西之后都会神经质地洗上几次手，所以他一直戴着手套。他不碰自己的妻子，妻子伤心地选择了跟他离婚，他也不抱自己的孩子，所以小男孩一直被父亲拒绝，陷入了自我封闭。

他通过触碰感觉到的世界是支离破碎的，每一次接触都会带来大脑的刺痛感，令他难以忍受。但他的父亲不允许自己的继承人是个有残缺的人，所以他被养成了这样压抑的性格。这座城堡是他铸成的，关住了他自己，也关住了他的孩子。

在整个剧本冲突最激烈的一幕里，他们两人之间有过一场医生与病人、女主角与男主角的对话。

黎诺对他说："你不能永远把自己关在城堡里，你得出来。"

而周子衡漠然地移开眼睛："我不能。"

黎诺说："那么打开门，让我进去。"

周子衡的眼中闪过一丝微弱的光亮，低声问："你愿意进来？"

黎诺说："是的，我愿意进到你的世界里，你的城堡很安全，但是那太孤独了。我也是孤独的，你应该让我进去，让我陪伴你。如果我治愈不了你，而你永远不打算从里面出来，那么你至少会得到我的陪伴。"

周子衡仍然拒绝相信她会选择陪伴自己，他摇头："没有人会真正想要我，但是你知道我无法拒绝你。"

黎诺说："会好起来的，我会治愈你。"

于是，正如她所承诺的那样，她最后成功地治愈了他。

一年之后，他们终于一起离开了这座曾经禁锢着他们的城堡。

叶臻完全投入到了这个故事中，滕子昂进来的时候，就看到江天端着喝了一半的酒坐在她对面，表情看上去百无聊赖，不过却没有出声打扰她。

他带上了门，走到沙发面前坐下，小声道："叶臻在看剧本？"

"嗯。"江天说，"让她先看完。"

《城堡》的剧本是由江天操刀完成的，剧本跟小说是不一样，它着重突出了演员需要表现的细节，删除了小说里很多无谓的场景描写。而改编剧本是在小说的基础上进行的二次创作，由不同的作者写来，文风跟细节处理也会完全不同，有时候为了实现情节的具象化，还会在原本的基础上进行剧情的调整跟改动。

江天不仅是个导演，而且也写过很多剧本，拿过不少重量级的编剧奖项。导演、编剧、主演，这三重角色里他就差什么时候下海当回主演，拿个最佳男主角完成三杀了。

他改编的剧本对白跟小说原作相比，更有莎士比亚的戏剧风，念出来十分有感染力。滕子昂之所以对这个项目这么有信心，敢拿出自己的大半身家砸下去，就是因为他拉来了江天。现在有了叶臻，他更加有信心了。

滕子昂坐下来之后，又等了片刻，就看到叶臻放下剧本。

她微微闭了闭眼睛，梳理清楚了脑子里的信息，等再睁开眼睛的时候脸上的神情已经变了。

坐在她对面的两人也不由自主地坐直了身体。

叶臻的个人状态主要有三种模式，一种是低能耗模式，一种是交际模式，还有一种则是进入角色之后的马力全开模式。她现在已经明显开始酝酿情绪，马力全开地将自己往人物角色里推进了。

江天放下杯子，准备主动出击。

他说："剧本看完，相信你对这个故事也已经有大致的了解了。"

见叶臻用女主黎诺式的目光看着自己，江天不由得生出了一种兴奋感，略略提高了声音："在这部戏里，子昂演的是男主角周子衡，你演的就是女主角黎诺，她是一个心理医生，一个有着心理创伤的心理医生，所以你对这个角色有什么自己理解？"

"有。"叶臻也干脆，将手里的剧本放到了桌上，便开口道，"首先这是一个专业的医生，她具备超越大多数心理医生的专业性，能够治愈无数病人的心理创伤，却治不好自己。"

黎诺所经历的，是亲眼目睹心爱的人被意外夺去生命的噩梦。因为遭受的打击太大，以至于在心理受创期之后都无法恢复，这也令她对自己的职业素养产生了质疑。

"但事实上，医人跟医己从来就不是一个可以并列的命题。"叶臻说道，"自古医者不自医，我的角色知道只要等她想通了这一点，就可以借助其他的力量来治好自己。一切都会恢复正常，她照样能够行使自己身为医生的职责，只是这一切需要时间。"

"很好。"江天点头，朝她微微抬了抬手，"说下去。"

滕子昂在旁没有发出任何声音，专注地听着叶臻剖析"黎诺"这个角色。

叶臻接着分析道："她在这段旅程中遇到的这对父子，其实打乱了她的治疗计划。人原本的计划一旦被外力打乱，就往往会令他们陷入到意外的状况中去。不过，这个变故也算不上太差，毕竟她自己也喜欢这座城堡。"

“这里其实是一个隐喻，这座城堡本身就是男主角的化身，她从第一眼见到他开始，就已经被他身上孤独的一面所吸引，这是她留下来的原因之一。在这之后，她开始治疗他的儿子，在同这对父子的相处中渐渐拉近了跟男主角之间的距离，这场治愈就开始从两个人扩大到了三个人。”

“如果说，她在治疗这个孩子的时候还没开始自我的审视，那么在跟男主角的接触中，她就已经开始面对自己的伤疤，同时也一步一步地撕开了对方的伪装。”

“毕竟，他们三个都是有创伤的人。”叶臻讲到这里，目光飘忽了一下，才说完了她的最后一句分析，“而治愈创伤最快的办法，就是把伤口撕开，将烂肉剜下来。”

【03】

整个房间很安静，只有她冷静沉着的声音一直回荡在两人耳边。

叶臻的台词功底是下过一番苦功的，她平时说话的时候，语调和停顿也把握得很好，能够牢牢抓住听众的心。江天不经意间又在这个方面发现了一个她的优点，更加明白滕子昂为什么对她如此推崇。

严格说起来，他们合作的时候，叶臻应该还远远没有现在这么成熟。

江天想道，那时候她就已经能让滕子昂这么看好了？

他想着，看了滕子昂一眼，得到滕子昂一个“怎么了”的疑问眼神，觉得自己终于还是找回了点对他眼光的信心。

“这是爱情主题的电影，不过最终讲的还是治愈。”叶臻在人物分析完毕之后，对整个故事做了结语，“爱的力量很神奇，这样强烈的情感大概比心理治疗的威力大得多，他们三个人最终都被治愈了，这是符合传统定义的圆满结局。虽然我个人觉得这样的结尾处理有些平淡，不过这很好。”

“是吗？”江天问，显然对她最后那句话产生了兴趣，“如果这样的结局过于平淡，那么你认为应该怎么样才更加刻骨铭心？”

叶臻一挑眉，说：“我吗？换了是我来写结局的话，应该是不会让男主角被治愈的吧。即使到了最后，他还是不能触碰自己心爱的人，也不能触碰他的孩子。同样的触碰仍然会给他的大脑带来疼痛，但他隐瞒了这一点，想要触碰自己心爱的人的意念战胜了一切。他已经能够面对自己的缺陷，所以才能无所畏惧，这才是爱情本来的样子。它能够令人变得更加勇敢，接受自己缺失的一面，也愿意承受这种缺陷带来的痛苦。”

滕子昂听得目瞪口呆，江天的眼中也亮起了惊喜的光芒，这就是他看了小说之后改编出来的第一版结局！

他认为像小说原著里那种童话式的完美结局，实在不能给观众留下深刻的印象，这样跟小说不一样的处理方式其实是进一步升华了爱情这个主题，让周子衡这个人物变得更加饱满立体，也更加深情。

只不过最终定稿的时候，出于别的顾虑，他还是没有把这个结局放上去。

他听见叶臻说道：“这只是我的个人见解罢了，不知道这第一关考验我通过了没有？”

江天想也不想就点了头：“通过了！”

他停顿了片刻，才又看向叶臻，对她说道：“其实到这里，我就已经很认同你了，不过例行公事，还是得让你试场戏。正好子昂也在，你们来试演一场吧，就演黎诺被周子衡的人从旅店强制带到城堡中来的这一场。”

滕子昂如梦初醒地眨了眨眼："哦，好。"

他站起身来，往旁边单张的沙发走过去，然后在上面坐下，调整了一下坐姿，整个人的气质也从傻白甜一下子转换成了高冷总裁。他单手放在沙发扶手上，戴着手套的指尖轻点着额头，身上穿的就是正式拍摄时的衣饰，这一下顿时就让气氛变得像是在正式拍摄了。

江天也没离远，照样坐在沙发上，又端起了那杯喝到一半的鸡尾酒，对着站起身来的叶臻说道："开始吧。"

叶臻安静地站立了片刻，等她再次开口的时候，屋里的另外两人都听出了其中压抑的不快和怒火："周先生。"

她站在滕子昂面前，蹙着眉头在揉自己的手腕，就像是刚刚被人粗鲁地抓着手腕带到了这个地方一样。她美丽的眼睛因为不悦而显得更加明亮，脸上带着恼怒的薄红，却因为自身的涵养而没有发作。

在她面前坐着的这个男人是当之无愧的商界巨子，坐拥无数财富，生下来就享有跟常人不一样的待遇。

他确实有这样横行霸道的资本，但不代表着所有人都应当遵循他的规则。

起码她不会。

"黎医生。"

滕子昂全然不在意她的怒气，就像是让手下把她从旅店里绑到这里来的人并不是他一样。他坐在这个房间里，就像是坐在他的王座上一样，俊美的脸上没有表情，平静地说道："欢迎来到我的城堡中做客，黎医生不必太拘束。"

叶臻停下了揉弄手腕的动作，但一只手仍旧停留在泛红的部分。

滕子昂的目光从她美丽的脸上掠过，停留了比意想中要长的时间，仿佛没有预料到她会有这么出众的样貌。

他的目光向下，停在了她的手腕上。

当面前的人再次开口说话的时候，他听见她的声音里似乎带着一丝嘲讽：“我不知道把客人绑架到你的地方，是你的待客之道。”

滕子昂的目光回到她脸上，同那双漂亮的眼睛对视，然后毫无征兆地发问：“黎医生，你受伤了？”

这句台词是他的自由发挥，并不在剧本上。

听到这句话，叶臻唇边掠过一丝隐秘的笑意，快得令房间里的另外两人几乎捕捉不到。因为她的这个表情细节，江天眯起了眼睛。

黎诺这个角色是个心理医生，她十分擅长用这些细微的动作来对人发出心理暗示，尽量让自己处于一个有利的境地。

毕竟是突然就被人带到这里来，她也不知道对方究竟想要做什么，哪怕在踏进这个房间认出古堡主人的身份之后，她也依然没有放下戒心。用这样示弱的手段来令对方降低警惕，同时推断出对方的意图，这是非常巧妙的一个手段。

滕子昂在说出了那句剧本上没有的台词之后，就干脆暂时抛开了剧本。他将抵在太阳穴旁的手指移开，用漆黑如寒星的眼眸望着她，又低沉地问了一遍：“黎医生，你是否受伤？”

他此时的声线跟他平时说话的时候完全不同，更加低沉，带着一种傲慢与掌控感，全然是一个在商场上运筹帷幄、生杀予夺的帝王。

当站在他面前的人挑了挑眉，松开了那只握在她手腕上的手，露出底下只是有些泛红的肌肤时，他就意识到对方只是借由握着手腕的动作，令自己产生了“她受伤了”的错觉，不由得眸光一冷。

在他开口之前，面前的人就已经很坦然地承认了这一点：“我只是想要确认周先生命人带我到这里来，到底有没有恶意。不过就算没有恶意，周先生也应该知道我正在休假中，打扰别人的假期实在是很失礼的一件事情。”

她说这话的时候，又是平日里那副优雅又镇静的模样，仿佛之前的气恼和慌乱只是她演出来一样。

“我可以不报警，不跟你计较这个插曲，不过——”她叹了一口气，“请让我回去，同时不要再来打扰我。”

说这句话的时候，她的眼底又浮现出了一丝疲惫。

她的不同表现令人感到困惑，不知在她身上到底哪一面是真实的，哪一面又是她为了试探人心装出来的。

在叶臻感觉自己已经唬住了这个不好惹的男人的时候，他低沉的声音又响了起来：“这恐怕不行，黎医生。你有一个病人在这里，他需要治疗。”

叶臻抬眼，褪去了伪装跟他对视，两个人的目光在空中撞上，彼此都知道自己遇上了一个难缠的人。

“好！”江天直接开口，打破了这一室紧绷。

叶臻和滕子昂同时结束了对峙，收回目光看向他。江天现在看起来比刚开始的时候激动多了，那半杯酒甚至洒了不少在他的衣服上。

“怎么样？”滕子昂从沙发上起身，又变回了他平时那个傻白甜的样子，“我就说我的眼光不会错的，我跟叶臻拍戏是不是超搭？”

“你不自夸会怎么着你？”江天笑骂道，从沙发上站起身，走过来再次跟叶臻握手，对她说，“这段演得非常出色，我总算明白为什么子昂这么笃定你能替我们收拾残局了。”

叶臻伸手和他相握，挑眉问道：“这是代表我第二关也通过了？”

“对，通过了。”江天松开手，若有所思地看着她，“你之前说的那个结局，我也会再好好琢磨，不知道你什么时候能跟我们签订合同？”

叶臻收回手，抬手看了看表，说道：“今天就可以。”

江天大概是第一次见这么雷厉风行的艺人，刚从一个剧组出来，敲定过来救场就立刻过来了，现在刚试镜完就又马上可以签约了。

叶臻放下了右手，说道：“我过来之前，我经纪人已经通知了公司派律师过来，再过二十分钟左右——”

话还没说完，门就被人敲了敲，接着从外面推开了。

副导演探头进来，看了看他们，确定自己没有打扰导演、制片人和主演商讨事情，笑着说道：“江导，子昂，K&S 公司派律师来了，说是来跟咱们签订合同的。”

屋内的三人：“……”

不是说二十分钟之后才会过来吗？K&S 难道整个公司上下都这么急性子？

江天率先回过神来，点头道：“请律师进来吧。”

从 K&S 来的律师本来就站在门外，见副导演跟里面请示完就笑着让自己进去，于是拎着手提包走了进来。叶臻一见他，眼底流露出了讶异的神色：“张律师？”

【04】

张春明抬手跟她打了声招呼：“叶臻，好久不见。”

他是 K&S 的金牌律师，平日里不轻易出现，像签订合约这种小事都是他法务部的手下在做，他只有在公司合并或者打什么大官司的时候才会出动。

叶臻不敢怠慢，主动迎上前，问道：“怎么是您过来啊？”

在片场见到他的奇景感觉就跟老董事长亲自召见一个实习生上三十八层办公室差不多，感觉太奇幻了。

张春明用手比画了一个圈子，把整个影视城圈了进去：“这个嘛，我刚刚正好在这附近转悠，听到说你这边需要律师，我就来了。”

这座影视城是K&S跟当地政府联合做起来的项目，也是属于K&S娱乐王国的一部分，有什么事需要张春明过来处理也很正常。他把手提包放在了沙发上，在沙发上坐下，笑眯眯地仰头看她：“怎么，不欢迎我来吗？”

“怎么会？”叶臻也跟着坐下，“我这是受宠若惊。”

这今天发生的事一件比一件稀奇，难道姚同亮真的是想把她绑上自己的战船，所以不停地朝她扔糖衣炮弹？

江天从吧台亲自端了两杯水过来。

张春明伸手接过，对他道了一声谢，然后目光像是不经意地停留在了他身上，微微一笑，说道：“江导？我太太很喜欢你导演的《心战》，说那是部好电影。”

江天平时虽然脾气不好，但他也不是不会说场面话的人，一边坐下就一边笑道：“林老师是前辈，我搞的这些东西在她面前不值一提，不值一提。”

双方气氛一片和谐。

张春明拿出了笔记本电脑，很快就现场草拟了一份合同出来，还连接上了片场的打印机，打印出了三份。双方看过之后，又具体敲定了一些细节，做了几点修改，这就签约了。

合同签完之后，张春明没有久留，就好像他真的是因为刚好在附近转悠，所以就顺路过来帮叶臻敲定合同。

三个人一起送他到门口，叶臻发现门外停着的竟然是之前在《帝王策》片场看到的那辆黑色保时捷。

张春明朝他们笑眯眯地摆了摆手："行了，不用送了。"

他伸手打开了后座的车门，叶臻往里头一看，隐约看到里面坐着一个人。那人穿着深色西装，上身被笼罩在阴影中，看不见他的长相。她却可以感觉到对方的目光在自己身上扫过，似乎还停留了片刻，之后车门就关上了。

车子悄无声息地发动，向着公路方向开走。

"这辆车的主人到底是谁呢？"叶臻心里刚浮现出这样的疑问，就发现滕子昂把自己的心声给问了出来。她转过头去，只见他一脸向往地看着人家的车子，跟她的关注点显然完全不一样。

滕子昂望着远方，嘴里喃喃地道："那辆保时捷好帅，好像是全球限量版，好想要啊……"

江天特别受不了他这样："等电影拍完上映就去买，可我记得你已经有好几辆跑车了。"

"啊？"滕子昂回过神来，一本正经地回答，"好车就像女生柜子里的衣服，永远不会嫌多的。"

江天决定不理他，他转向叶臻，对她说："今天就休息一天吧，明天我们再开始拍。"

叶臻朝他双手合十，真诚地说道："感恩，感恩。"

她到底不是铁打的，还是需要喘息的。

滕子昂在旁插嘴道："你的行李都已经送到酒店去了，片场的个人物品也都安置好了，我让你的实习生跟司机都留在酒店等你，不用来回奔波，待会儿你就坐我的车回去。"他说着，又向江天征询地看了一眼，"叶臻第一天进剧组，我们是不是该定个饭店给她接风啊？"

江天还没开口，叶臻就摆了摆手："不用了，都是套路，真诚点，在片场不时给我开开小灶就好。"

江天也皱眉道："影视城里哪有什么饭店好吃的？还不如叫个外卖给大家加菜实在。"

"那好吧。"既然两个人都这样说了，滕子昂也就没有再坚持，他小跑着去开车，"等等啊，我去开车载你们回酒店。"

说着就跑远了，剩下叶臻跟江天还站在原地，看着远处的保时捷在视野中变成一个小黑点，消失在了公路转角处。

保时捷性能极佳，即使在高速行驶中，车内也一样舒适安静。

云凛坐在后座上，当他沉默不语的时候整个人就犹如一尊俊美的雕塑，光影的明暗在他身上切割出不真切的界限。张春明回到车上之后一直没有说话，直到此刻云凛看完了手上的文件，他才笑眯眯地开口："事情已经办妥了。"

"辛苦了，三叔。"云凛的声音有些偏低沉，极具磁性，"这种小事都要劳烦你，实在是不好意思。"

"看你说的是什么话，不过是一桩小事而已。"张春明说道，"三叔虽然是老骨头了，但是给你跑跑腿还是可以的。"

云凛转过头去望窗外，他的眉形生得很好，眉弓的弧度带着一种凛冽感。他的眼睛在黑暗中恍若寒星，鼻梁高挺，像是被画在画上的俊美神祇，不笑的时候就显得难以接近。而当他将目光转到旁人身上时，整个人就会像陡然从画中活转，目光里透着洞彻人心的锐利。

张春明仍旧笑眯眯地看他，在这样的目光面前半点不怵。

他不只是 K&S 的王牌律师，同样是云凛的长辈，他看自己的子侄长大，从不像其他人那样一跟这位长得并不像他父亲的少东对视，就会心虚地移开目光。

云凛看了他片刻，才问道："她怎么样？"

虽然这句话里没有具体的指代，但张春明却知道他问的是谁。

他想到叶臻刚才的样子，含笑点了点头，说道："很好，你的眼光一向是很好的，从小到大都是这样。"

只要云凛看好叶臻，那么即使叶臻的实力不及其他几个女星，她也一样能够在这场争夺战中胜出——何况她本来就是实力最强的那一个。不过纵然云凛的选择正确，张春明也还是忍不住在心里叹了一口气，低沉地道："现在公司乱成这样，突然就要你回来接下这个烫手山芋，对你来说终究不是一件容易的事。"

"再难也不会比你们当初在云氏分裂之后的废墟上建立起 K&S 更难。"云凛声音平静，说完便又移开了目光，继续看着前方。

他身上有一种气质，让他无论处在什么样的境况中，仿佛都能够掌控局面。

所有人都以为这位少东空降过来成为 K&S 的副总裁，年龄跟资历的局限会让他束手束脚，变成坐在这个位置上的一个傀儡。

毕竟，所有人都知道这位少东对继承这个王国并没有多大兴趣，他在国外已经是声名斐然的建筑设计师，作品获得过无数奖项，被誉为是天才式的人物。

然而，他们全都想错了。

云家父子关系固然不和，云凛也无意进入商界，他从未接触过自己的家族产业，在整个学生时代都醉心于严谨的对称性建筑美学，但在他的身体里流淌的依旧是云家的血。

他到底是个云家人，他们从开始就不该小看他，也不该给他任何站稳脚跟的机会。

现在已经迟了，云凛已经扎下了根基，他的关系网也一步步地编织成型，在这些人看不到的地方向着四周伸展开去。这样像蜘蛛一样，不动声色地在暗处结网的本事，简直跟云飞扬如出一辙。当年不知有多少人就是这样栽在了云飞扬布下的陷阱里，现在再看他们同样栽在他儿子的手上，张春明是很为自己这位老友感到欣慰的。

到底是父子，哪怕分隔得再久、隔阂再深，有些东西也一样是不会被斩断的。

张春明摸着放在膝上的公事包，这个包跟了他很多年，他一直很注重去保养它。虽然已经旧了，但还是完好无损，照样能跟着他东奔西走。他对友情，就像对自己喜欢的包一样，总是很愿意好好去保护，好好去珍惜。

这份情谊也从好友云飞扬身上延续到了他儿子云凛身上，在老友无法亲自看顾他儿子的时候，张春明是很乐意替他来看顾这个孩子，为云凛披荆斩棘、保驾护航的。

车子驶上了高速公路，影视城在他们身后越来越远。

“你爸爸倒下得太突然，我们谁也没有想到，还好你回来了。”张春明的声音略带感慨地在安静的车内响起，“云凛，我知道这对你来说不容易，这对谁来说都不容易。你决定出国读书的时候，飞扬他一直说希望可以给你更多时间，给你更大的自由，让你去做自己想做的事，哪怕绕了一圈最终还是要回到这个位置上，你也算是自由过的。你爸爸他对你的期望很高，虽然他现在人已经……可能你坐在他身旁跟他说话他都听不到，不过我想他要是见到你为K&S做的这些事，肯定会开心的。”

云凛一言未发，脸上的神情也没有丝毫变化。

云飞扬作为商业巨鳄，突然宣布退休，所有人都感到意外。

这个商界大佬的性格就像他的名字一样张扬，不到万不得已的时候，他都不可能从这个位置上退下去。

外界猜测他或许是因为身体原因，所以才不得不退下 K&S 执掌者的宝座，决定将整个娱乐王国传给自己的儿子，而他们不知道的是，云飞扬的病情远比他们想象的要更严重。在云凛放下他的一个即将完成的作品，连夜坐飞机从国外赶回来的时候，云飞扬已经因为脑溢血而陷入了昏迷状态，住进了加护病房，只能靠着仪器来维持生命。

这件事情还是一个秘密，是完全对外界封锁的，只有包括张春明在内的少数几个人才知道，才有权限在云飞扬入住的加护病房进出探望。

云飞扬几次病危，进了 ICU，虽然最后关头都抢救了回来，却失去了对外界的所有反应。

所有人都知道，他能够再次清醒的几率是微乎其微的，连医生都说除非是奇迹发生。

这个世界上哪有这么多的奇迹?

由他的独子云凛来接掌 K&S，已经是板上钉钉的事。

张春明正在暗暗叹气，忽然听坐在身旁的俊美青年缓缓地开口道：“我昨天去看了他。”

虽然知道老友躺在床上不会有什么变化，但张春明还是提起了精神，问道：“他怎么样了？”

云凛沉默了片刻，才道：“从前看他，就是一头在商场上叱咤风云的猛虎，没有人想到他有一天也会躺在病床上。”

他的声音低了下去，仿佛没有在跟张春明说话，而是在自言自语:“原来这头老虎也会有这么脆弱不堪的时候。”

云飞扬从来都是强势的，不只是在对手面前，在妻儿面前他也维持着同样的姿态。这或许就是云夫人为什么会郁郁早逝的原因，她是一个人，不是什么人的所有物，但她的丈夫却从没把她当成一个独立的个体来看待。

自从云凛的母亲逝去以后，父子俩之间就没有什么交流。

哪怕云飞扬在失去妻子之后幡然醒悟，想要弥补父子之间的关系，也再找不到机会。

这一晃就是十多年过去，父子之间竟是到了最后也没有机会说清。

张春明叹了一口气，拍了拍云凛的肩膀，低声道："三叔相信，你爸爸他会醒的。"

云凛眉目不动："是吗？"

看他的神色，仿佛他们在谈论的是件跟他完全没有关系的事情。张春明知道他还没解开心结，只能把手收回来，然后岔开了话题："所以你已经打算好了，就准备全力捧叶臻一个人了？"

"她是最合适的人选，有足够的实力，也有足够的野心想要站到更高的位置上。"云凛略一颔首，"在她的身后没有支持者，所以才会到现在都还是这样不愠不火，如果她足够聪明，就不会在这个时候拒绝旁人伸过去的橄榄枝。"

张春明听着，忍不住道："她已经很红了。"

"如果公司给了她应有的资源，那么她现在早已经是超一流的巨星，不会只到现在这种程度。"云凛看他一眼，客观地指出了这一点。叶臻现在所得到的回报，跟她是的付出和实力不对等的。

张春明哑口无言。

云凛这才收回目光，说道："那张专辑的事情我已经查清楚了。"

"哦，你查清楚了？"张春明反应过来，这说的是叶臻那张扑得一塌糊涂，甚至拖累到她人气下滑的专辑。

他知道这其中有一些猫腻，牵扯到了 K&S 跟 E.L.S. 两家公司高层的内斗，云凛现在虽然已经站稳了脚跟，但最好也还是别这么快插手。

只是，张春明心里也清楚，就算自己现在劝他将这件事情放一放，以云凛的性格，也未必会愿意暂避锋芒。

还好，他的手段一向高，不会就这样去跟人家硬碰硬。

张春明的心中不由得生出了几分期待，忍不住问："既然查清楚了，那你打算怎么做？"

"必要的时候，我会采取一些手段。"云凛毫不掩饰自己的意图，"因为这一张专辑就让叶臻被 E.L.S. 的季崇安记上一笔，这不划算。"

而且那张专辑他已经听过了，虽然离季崇安的一贯水准还差得很远，但口碑也不至于像现在这样差，在网上一提起简直是口诛笔伐的一边倒。

这背后，明显是有人在借题发挥。

张春明摸了摸鼻子，E.L.S. 的那位季总监确实不是容易讨好的对象，他基本谁的账也不买。想当初姚同亮的女儿姚芳芳一心倾慕这位乐坛教父，可怜巴巴地求着父亲上门去请他来当自己的音乐制作人，结果季崇安完全不给面子，干脆地拒绝了。这件事一直让姚同亮耿耿于怀，他会掺和到里头去一点也不奇怪。

"这个事情要慢慢来。"张春明出声提醒，"尽量别跟他们硬碰硬。这要是处理得不好，很容易就会让 K&S 陷入跟当年的云氏影业一样的境地。"

他承认云凛的目光独到，也相信云凛的手段，但云凛到底年轻，他怕他沉不住气。

"三叔放心。"云凛眸光沉沉地望着前方，"我有分寸。"

见他知晓轻重，张春明便点了点头，不再说话了。他始终看不透云凛的全盘打算，想要打开局面，光有一张牌在手是不够的，他不知他还有什么底牌没拿出来。

他摸了摸膝上放着的旧公事包，想起躺在医院不省人事的老友，始终相信他一生的心血不会因为他的突然倒下而崩塌瓦解，也不会就这样被外人夺走，因为这对父子是如此肖似。

当年云飞扬能够在云氏影业的废墟上建立起K&S这样的娱乐王国，如今云凛也一样能够在这片混乱中建立起新的秩序，他对此毫不怀疑。

|第四章|

DISIZHANG

处 处 都 藏 刀

[01]

飞机发出巨大的轰鸣声，缓缓降落在 B 市机场，在跑道上减速滑行了一段之后，才慢慢地进到了停机位上。在广播中甜美的女声宣布飞机完成降落，乘客可以起身准备下飞机之后，机上的乘客纷纷解开了安全带，起身拿下放在头顶行李架上的随身物品，来到过道上排队等待离开。

队伍中，一个修长的身影吸引了周围的视线。

他穿着一件 Burberry 的深色风衣，一般人不容易撑起的剪裁在他身上却刚刚好，越发显得肩膀宽阔、腰细腿长。他的脖子上围着薄款的围巾，露在外面的皮肤有些苍白，似乎畏惧寒意地把颈间的围巾拉高了，遮住了下半张脸。

在狭窄的过道上，排在他身后等待着下飞机的两个女孩用热切又好奇的目光盯着他看，从她们的角度只能看见他高挺的鼻梁跟浓密得令女生们嫉妒的睫毛。

他的头发是纯正的黑色，发尾泛着幽蓝的光泽，只是随意地打理过，呈现出一种随性又不乏优雅的样子。他手中提着一只琴盒，里面看起来放的是一把小提琴，他的手指修长有力，上面有着一些薄茧，看起来就是小提琴家的手。女孩子们发现了他的职业，不由得雀跃了几分，这也解释了为什么在他身上会有一种艺术家的气质。

她们打量着他漂亮的眉骨，想象着底下的眼睛会是什么样子。

在这个航班上竟会有这么吸引人的异性，她们怎么就没有更早地发现，而是等到航程都结束了才发现呢。

“哎，不知道问他的号码他会不会理我们。”她们一边私语着，一边发出了笑声。在这样的航程尾声，有青春又漂亮的女生向自己搭讪，不知是多少男人渴望遇到的事情。两人犹豫了片刻，终于还是因为对自己的样貌有着足够的自信，所以决定去要他的号码。

她们其中一个伸手轻轻地拉了拉那男子的衣角，用可爱的声音说：“你好……”

前面的人隔了几秒才回过头来，目光冷淡地看向她们。

女孩们看到了一双比她们想象中颜色更浅的棕色眼睛，形状如同她们想象中的那样完美，两颗眼珠因为从飞机舷窗透过来的阳光照射而呈现出透明的琥珀色。他挺拔修长的身形配上这样冷淡的目光，给了主动叫他的那个女孩极大的压迫感，令她一瞬间忘了自己要说什么。

“那个、那个……”在她语无伦次的时候，他只是这样安静又疏离地注视她们，并不说话，也没有改变表情。

直到她们中镇定一些的那个恢复了语言能力，朝他露出了一个甜美的笑容。

“是这样的，我的朋友她说非常想要认识你。”她说着，把还没有找回语言能力的闺蜜往前推了一点，“不知道你能不能把你的手机号码给我们呢，这样以后我们可以请你出来喝咖啡啊。”

男子的目光依旧没有变化，她不由得忐忑起来。

他抬起原本插在风衣口袋里的那只手，将盖过了鼻端的围巾往下拉，露出了一张英俊而冷淡的脸。

两个女孩下意识地吸了一口气。

她们没有想到对方露出整张脸时，会比她们所能想象的还要英俊，那双在阳光下依旧显得冷淡的眼睛配上这张脸，几乎比巨幅广告牌上的男模更冲击人心。要是一开始就看清他的脸，她们或许根本连搭讪的勇气都提不起来，因为他们相差得实在太远了。

如果用花来比喻的话，她们顶多是花圃里热烈生长的玫瑰，因为青春而显出美丽的颜色。而对方则是在雪山顶上生长的高岭之花，那种孤高清冷是她们从来不可企及的存在。

“抱歉。”男子连说话的声音都是偏冷的音质，“我没有兴趣。”

季崇安对她们微微颔首，然后又重新将围巾拉了起来。这时飞机的舱门已经开了，乘客们开始在过道上前进，他也提着自己的琴，随着人流向前走去，离开了机舱。

《城堡》剧组的酒店跟《帝王策》剧组的酒店没定在同一家，叶臻对此还是挺满意的，否则上午搬出来下午又搬回去，岂不是瞎折腾。她坐了滕子昂的车过来，一下车就直接搭电梯上了七楼，去找自己的房间。

酒店的环境不错，剧组给她安排的房间还是间两室一厅的套房，里头一间主卧，外头还有一间客卧给实习生睡，简直是片场拍戏的最高礼遇。章逸先跟王叔过来放行李，已经把她们的东西全都搬上去整理好了，叶臻手里只拿着一张房卡，出了电梯转了一圈来到自己的房间门口，抬头确认了一下房间号就刷卡进去。

门一开，坐在沙发上的人就转过头来："叶臻姐你回来了！"

"回来了。"叶臻扶着墙脱下了高跟鞋，弯腰拿了鞋架上放着的拖鞋换上，放松地直起身来，"不用管我，你坐着。"

"哦哦，好的。"小姑娘原本想起来，听到这话又坐了回去。

叶臻一边按脖子一边走过来，觉得真是累得魂都要散了，还好有半天休息时间。

章逸早一步回酒店，不止收拾好了东西，看起来还洗了个澡，脸上还有被热气熏出来的红润，比叶臻不知精神多少。叶臻走近了才看清她正窝在沙发里，抱着一碗沙拉在边吃边看电视，嘴里还发出吃吃的笑声。

她瞥了一眼电视画面，然后揉脖子的动作定格了片刻："……"没看错的话，这样的画质，这样的老梗笑话，这还是十年前的节目？

参加过这个节目的明星不是已经退圈，就是已经过世，简直十不存一。

这档几乎可以说是被诅咒的节目，现在还有的播？

章逸听见旁边没了动静，于是咬着勺子转头看她，飞快地咽下了嘴里的蔬菜，像是想起什么一般地开口道："姐，你的东西我都已经拿出来给你摆好了，我还给你做了蔬菜沙拉当午餐，很好吃的。"

"先放着吧。"叶臻放下了按脖子的手，她真的怀疑是不是头冠戴得久了，把颈椎都压出毛病来了，"我先去洗个澡。"

"去吧去吧。"

叶臻走进主卧，果然她的东西都已经分门别类地摆好了，不由得心情大好。她打开衣柜，拿了居家服进浴室，准备好好地洗个澡解乏。

她在淋浴间里放松地、尽情地洗了一个长达二十分钟的热水澡，等到皮肤都有些起皱了才从里头出来，换上了居家服。她从浴室里出来，随手拿过一条干净的毛巾擦头发，走出房间去端了那碗沙拉回来，才坐回床上打开了已经插上了电源的电脑。

章逸的蔬菜沙拉做得确实不错，只是再不错也好，吃到嘴里也依然是寡淡的。在工作了这么长时间之后，在短暂的休息时段里，她还是更想要吃些肉的。她抱着玻璃碗，在电脑上打开了游戏论坛，在上面翻了翻新帖，然后又进入了自己的个人站。

个人站还是老样子，自从出了那张专辑之后，里面的争论就没有停过。

本来按照姚同亮的设想，就是趁着她这几年的上升趋势，顺势给她出一张个人专辑，让她正式进军歌坛，用她在影坛的号召力来带动在歌坛的人气。这样既可以带动专辑的销量，让公司大赚一笔，又可以花费最小的力气来为她拓宽发展路线，省下更多的资源来捧红他手下的乔馨，堪称一石二鸟，一箭双雕。

可理想是丰满的，现实是骨感的，叶臻咀嚼着嘴里的生菜叶子，谁也没想到这张唱片会失败成这样。唱片发行三个月，销量还没突破两万张的及格线，她自出道以来就没打过这么彻底的败仗。

最闹心的是，这事还要被一群人死死抓着不放。

尽管姚同亮把这些人的反扑归结于叶臻之前的形象被塑造得太完美，这回难得暴露一点不足之处出来，才被抓着拼命地夸大，铆足了劲把她往死里黑。但叶臻看着这些大规模的、充满了组织纪律性的发帖跟话题，心里冷笑了起来，这哪里是什么黑粉的反扑？分明就是一群水军，只是不确定是谁买来黑她的。

“就让你们再闹一阵。”叶臻点击鼠标，关掉了个人站页面，阴恻恻地说，“等《九重天阙》上映的时候再收拾你们。”

《九重天阙》是她今年三月拍的一部古装大戏，是典型的双女主电影，题材是热潮还没过去的宫廷斗争，糅合了魔幻、武侠等元素，也是一部大热IP的改编。她进《帝王策》剧组的时候，《九重天阙》的后期制作就已经接近尾声，上映日期就定在十二月底。现在去反击没意思，到时候反击才精彩。

在她吃着没有什么味道的沙拉，等待游戏论坛刷新的时候，她扔在床上的手机响了起来。

因为之前在车上的经历受过惊吓，所以叶臻一早改了手机铃声设定。她现在的铃声是苹果的系统自带，平凡得分分钟会被淹没在人群中，以至于手机响了好一会儿，还是瞥见屏幕在一闪一闪地亮，她才意识到是自己的手机响了。于是她连忙越过了电脑，伸长了手把手机拿过来。

一看到屏幕上显示的视频通话头像，叶臻就笑了。

她拿着勺子点了接受，很快就在屏幕上看到了好友霍希的脸。

霍二小姐的脸上还覆着近来大热的Givenchy蕾丝面膜，美目半阖，从这个视角看过去，叶臻推测她的手机正放在桌上。霍希一听到视频接通的声音，就慢悠悠地开口："大忙人，有空接我的电话了啊？"

叶臻把勺子放进蔬菜已经少了三分之二的沙拉碗里，对着手机问拿鼻孔对自己的人："你打这个视讯通话来，就是为了让我看你敷面膜？我大学跟你做了两年室友，早已经把你敷各种奇怪面膜的样子都看过了，大小姐。"

"什……么？"屏幕上的人发出一个疑惑的鼻音，终于睁开眼睛看向放在桌上的手机，接着发出了一阵懊恼的叫声。

叶臻就看着她在那头一阵手忙脚乱之后，结束了视讯通话，隔了几秒才换回普通的通话请求向着这边发起。手机响了两下叶臻就接受了通话，同时按下了免提，霍希的声音顿时从扬声器里传了出来，郁闷地道：

“我不是想让你看我怎么敷面膜的，叶臻，我刚刚按错了。”

叶臻说：“行了，我还不知道你。”

霍二小姐在那头顿了顿，才说道：“总之忘了你刚刚看到的东西吧，这么长时间不见，一来就让你看到这么不好的形象，实在是太丢人了。你要是男人，现在肯定幻想破灭不会再爱我了。”

“幻想都是拿来破灭的。”叶臻把手机放在枕头上，吃着沙拉含糊地安慰，“你在我眼里的形象还是一如既往的优雅，莫慌。”

【02】

霍希狐疑地问：“你在吃东西？”

“我又不怕在你面前毁形象。”叶臻毫不在意地吃，“蔬菜沙拉，我的午饭。”

“出去吃啊！”霍希一听就拔高了声音，“我看你朋友圈不是说戏份都杀青了？此时不去撮一顿那更待何时啊。难道是没钱吗？没钱的话我帮你付了，多吃点。”

“有钱，没那工夫。我刚又签了一部新戏，出影视城还不到二十里地就又回来了。”

“小可怜。”霍希发出了同情的声音，“太拼了你，怎么这又签了新戏？还在那个影视城？”

“还是那个影视城，在南边。”叶臻把碗底的沙拉酱也刮干净了，摸着肚子皱了皱眉，还是觉得饿。

要不要到楼下的餐厅去吃点东西，或者煮包方便面？纠结。

电话那头的霍希不知她在这头天人交战，问道：“你上个月底查过账没有，该还的债现在还剩多少了？”

算了，不去了。叶臻把空了的碗放到一旁，伸展了腿往床头一靠，把手机往自己的方向挪了挪，闭着眼睛：“查了，还了差不多有七成了。”

她在娱乐圈奋勇拼杀，毫不间断地工作了四年，总算快把这笔债务还清了，一直压在心口的大石也松快了一些。

“那就是还有三成，快了。”霍希的声音听上去很高兴，然后又突发奇想地说，“反正只剩下三成了，也就几千万的事，我替你还了吧！”

“也就几千万？”叶臻睁开眼睛，拿过手机取消了免提，把手机贴在了耳朵边上，“那是七千多万，四舍五入就是一个亿！你替我还了，我还是不是照样要工作赚钱还你？不用了，我自己解决。”

霍希还在说着给她打工比给 K&S 打工轻松的道理，而叶臻则望着对面的墙，想着自己从踏入娱乐圈的第一天开始，就一直在为偿清这个看起来不可能还得清的债务而奋斗，现在终于也看到胜利的曙光了。真是让人不由得就想加快脚步，好更快地摆脱这个背负在身上的枷锁，真正地自由。

快了。

“……既然你只剩下三成债务没有还清，那你跟 K&S 的合约什么时候到期？”好友的声音强行拉回她的注意力，“到期之后再要续约，那就该换条件了吧？毕竟当初你只是个前途不明的新人，给你开再苛刻的条件你也只能接受，但今非昔比，你就是 K&S 最吸金的那个，签约条件应该换了。”

“我跟 K&S 的合约明年三月到期。”叶臻盯着墙上的纹路，一条一条地逐个数过去，“到时候再看吧。”

她忽然听到手机那头有奇怪的噪音，断断续续像在放什么音乐，于是问霍希，“你那边在做什么？好吵。”

“在听你的专辑啊。”霍希用一种理所当然的语气说，“我一直很奇怪 K&S 为什么会要你在这个时候去 E.L.S. 出唱片，你在演艺事业上发展得那么好，又没遇上瓶颈期，根本不需要转型。”

叶臻耸了耸肩，这种事情谁晓得。

“所以我发现了点问题。”霍希说。

叶臻随口问道：“什么问题？”

“你的唱功虽然不见得有多好，但也没有像那些乐评人说的那么糟。”霍希的声音听起来比刚才严肃了不少，她把音乐也关掉了，“我让助理去买了张你的专辑回来，发现这些人根本就没给你选合适的歌，而且后期修音也太不走心了。现在的歌手出专辑，音准有几个不是在录音棚里修出来的？他们要是给你好好修了，好好宣传，你的专辑一样能上畅销榜单，只要不让你唱 Live 就不会露馅。于是问题来了，给你做这张唱片的人到底在搞什么？”

叶臻倒也想过这些问题，只是唱片灌制好都通过了公司的审核，发行之后成绩不好她也不能说什么。

霍希发出冷哼：“所以说，这样一张失败的专辑损害的是你的形象，短期内可以看到的结果就是人气受影响，地位下降，工作量也跟着减少。这个样子再持续几个月，你剩下的七千多万也就别指望能还清了，等到明年 K&S 跟你续约的时候，他们正好就有理由压低续约的条件。”

白皙的手指蓦地收紧。

一经点醒，叶臻顿时就意识到为什么会有这么多专业的水军抓着自己不放。毕竟拿短期的利益跟长远的利益相比，谁都会放弃前者而选择后者。

一个票房号召力强、吸金能力一流的艺人，就是一家公司的摇钱树，必须要紧紧抓在手中，最大限度地压榨才是合理的。叶臻的形象一时下滑，受到影响的只是她个人，她毕竟不是 K&S 力捧的人，损害不了多少公司的利益。

可随之而来的地位下降，债务偿还能力减弱，就会给公司更多理由来压低续约条件，在她剩下的债务偿还过程中实现利益的最大化。

这样做看起来虽然是损人不利己，却是真的能够将她控制在掌心里，真不知是出自哪个人的手笔。

叶臻感到整个背脊都被寒意笼罩，娱乐圈从来都是吃人的地方，资本运作的最终目的永远是实现利益的最大化。这句在她进入娱乐圈的第一天就听到的话，真是无论过了多长时间都一样是残酷的真相。

发现自己被这样处心积虑地算计，叶臻也没了上游戏的心思，挂断电话之后就合上了电脑，从床上下来走出了房间。客厅里，她的实习生助理还在兴致勃勃地看着娱乐节目，叶臻走过去在她身旁的沙发上坐下，整个人都在散发着消沉的气息。

“叶臻姐？”章逸察言观色，“你好像不开心哦？来跟我一起看娱乐节目吧。”她说着把手里的遥控器递给了叶臻，示意她自己选喜欢的节目。

“有什么好看的节目？”叶臻本来想摇头，但看着她关切的目光，最终还是拿过了遥控器，一边换台一边问。

章逸张了张嘴，不确定叶臻喜欢看什么类型的娱乐节目，于是又合上了，谨慎地思考着推荐名单。叶臻拿着遥控器随便换了一个台，电视里就传出了熟悉的旋律，令客厅里的两个人都愣了一下。也不知她的运气是好还是坏，随便打开一个台，上面的娱乐节目就在点评她的专辑。

叶臻下意识地停下了换台的举动，听章逸细小的声音传进耳朵里：“啊，是《Mu–Mu–Music》啊……”

叶臻知道这档节目。

《Mu-Mu-Music》是一档专门点评各大唱片销售排行榜的娱乐节目，一个时段内通常只点评销量排行的前三名——是的，顺数前三跟倒数前三。因为两个主持人都是资深音乐制作人兼歌手，虽然毒舌但评价也相当中肯，算是言之有物，所以节目收视率还不错。

电视屏幕里，两个主持人正在点评叶臻那张占据了各大销售排行榜倒数第一的唱片。

“现在让我们来看看这张唱片——”长相严肃得像中学班主任，行为装扮却格外喜欢搞怪的黄柏伦戴着一副相当夸张的眼镜，看起来像是刚从他十四岁的儿子房间里随手拿来的装饰品，“无论从词曲到意境，这张专辑里的歌随便哪一首都可以轻轻松松登上年度金曲榜。”

他的搭档看起来比他正常得多，也年轻得多，但实际上卢飞元还是黄柏伦的前辈。

卢飞元特意用红色的感应笔在屏幕上圈出了这些词曲创作者的名字，抬头对着镜头说道：“也不看看是谁的手笔。”

“哦，是谁的手笔？”黄柏伦扶了扶眼镜，眯起眼睛凑上去看，于是所有人都能轻易地发现，他的装饰品眼镜上是没有镜片的，“哦，看到了，原来是季崇安，那不应该啊。”

卢飞元中肯地道：“歌曲本身没有问题，错就错在找了叶臻来唱。她的人是长得很美，演技也很好，像我太太就很喜欢她在《楔中人》里饰演的白启珍。如果——我是说如果，她在唱歌这方面能有演戏十分之一的天赋，这张唱片也不至于扑得这么厉害。”

仿佛为了配合他的吐槽，叶臻的歌被当成 BGM 放了出来，听起来并不算太差，那两人却是一脸便秘的表情。黄柏伦听了半天，最后同意了他搭档的意见，点头道：“太惨烈了，这么一段我就听出了好些个问题，季崇安这回确实是阴沟里翻船了。”

章逸跟叶臻一起坐在沙发上，已经不敢去看身旁的人听到这种评价会是什么表情了。

这两个乐评人可真是没有口德，每一刀都捅在别人的痛处上，为什么这种反人类的节目还没有被砍掉呢！

“我们不看这个！”章逸连忙说道，然后迅速从叶臻手中抢过了遥控器，换起了台。

叶臻就看着电视屏幕上的画面接连地变换，最后定格在了另一档娱乐新闻上。

这回上面倒是没人在黑她了，只有女主持人夸张的声音谈到了此时正在美国度假的萧承煜：“最近呢，记者拍到我们的男神萧承煜跟天后方艺彤旧情复燃，两人在美国同进同出，无论是在沙滩上给对方擦防晒霜还是交流时的一些小动作，都显得极其甜蜜。”

在镜头里，萧承煜还是俊美又惑人的模样，从退居幕后就开始留长的头发如今已经长过了肩膀，犹如黑色的丝绸，在脑后随意地低低扎起，末端氤氲着幽蓝的光泽。

他穿着纯黑的真丝衬衫，衬衫袖子卷到了手肘，露出手腕上叶臻熟悉的那个文身，文的是不知出处的异域文字。

叶臻想，他还是原来的样子，一点都没变，变的不过是陪伴在他身边的人。

“两人于15日外出逛街，可以看到天后方艺彤大肆采购，萧承煜贴心拎包，之后又回到他在美国的豪华别墅留宿，这样大方地秀恩爱，真是羡煞旁人。这让人也不由得猜测两人是不是好事将近，才会如此大方不在乎被我们的记者拍到。如果萧男神真的要结婚的话，我们也只能抱着祝福的心态，躲在家里痛哭一场了。”

章逸僵直地转头去看身旁的人，这是什么运气？随便选一个台，不是在批判她的唱片，就是在跟拍她前男友的新恋情。

只见叶臻在沙发上坐直了身体，美丽的眼睛直直地盯着电视屏幕上的那对璧人看，脸上没有丝毫表情。

章逸看着她的样子，觉得自己的心里都跟着难受起来，只想把电视给关了，让她不要再看了。

然而叶臻沉默地把这个报道看到了最后，等到插播广告出来了，才像没事人一样转过头来对她说："来，帮我背背剧本吧。"

"哦哦……好的，姐。"章逸如蒙大赦，连忙起身跑去从叶臻的包里翻了剧本出来。只要能转移她的注意力，别说背剧本，就算让她手抄一遍也行。

【03】

第二天，《城堡》正式开始拍摄叶臻饰演的女主角戏份。

因为先前的各种意外，江天不得不先把只有父子相处的部分跟滕子昂单独的戏份拿出来先拍了，可这部戏毕竟还是以女主角黎诺的视角来讲述的故事，所以还是有很多场要赶的。

江天连夜把剧本结局给改了，叶臻说的话触动了他，他挑灯夜战写了一万多字，又把别的部分拿出来修改，几乎一晚上没睡，满眼的血丝，人却精神得很。叶臻换好衣服化好妆，走到镜头前就位，江天一看就很满意，跟昨天道具师老何的形象一对比，更觉得之前的经历不堪回首。

"江天你昨晚没睡觉啊，你眼睛怎么这么红？"滕子昂打江天面前经过，忍不住停下来狐疑地看他一眼。化妆师把他的傻白甜气质完全掩盖了，即使没刻意去演，他这一挑眉的动作看起来也完全是个霸道总裁。

叶臻闻言也看向了这边。

“就你话多。”江天皱起眉头，作势要用手里的扩音器砸他，“演你的戏就好，别废话。”

滕子昂缩了缩脖子，顿时气势尽失。

他不敢惹看起来很暴躁的江天，飞快地跑去就位了。

江天坐回监视器后，他们今天要拍的就是昨天叶臻跟滕子昂试演的那一幕。他对拿着场记板的场记点了点头，然后坐在椅子上，拿起扩音器：“第二场第一幕，Action！”

随着他这一声开始，叶臻跟滕子昂也迅速进入了状态。

镜头前，滕子昂的眼睛如同鹰隼般盯住了叶臻的手，声音低沉地响起：“你是否受伤？”

叶臻的表情像是没听懂他在问什么，挑了挑眉反问道：“什么？”

经过半天的修整，又熟读了剧本，她的状态明显比昨天要好，只是这么简单的两个字就将滕子昂的情绪调动起来。两人在房间里充满张力地对峙着，仿佛他们就是戏中的人物，她是被强行抓到城堡中的心理医生，而他则是让人看不透的商界帝王。

摄像机在两人身旁静静地运作着，收音器尽职地收录着他们的声音。

滕子昂放下了右手，在沙发上微微坐直了身体：“我再问一次，你——”

“Cut！”江天坐在监视器后，出声打断了他们。

两人在镜头前一站一立，均回过头来看导演，等待他的指示。

江天将手上的扩音器换到了另一只手上，腾出右手来摸了摸下巴。他把扩音器举到嘴边，对两人说道：“叶臻这条很好，子昂你的情绪表现得需要更有层次一些。”

周子衡是压抑的，而他看到黎诺的时候，又无意识地被眼前的人吸引。因为他们身上有相似的破碎的部分。

叶臻在旁听着江天向滕子昂强调："在这一幕里你想对她表达自己的关心，但本能又让你压抑着自己，这应当是矛盾的，再来一条。"

滕子昂看向她，叶臻对他点了点头，说道："再来。"

她知道江天的要求对于现在的滕子昂来说有些过高了，他需要被引导着来完成这一场戏的拍摄，所以第二条再开始的时候，她就换了一种表演方式。

黎诺被周子衡的两个手下带进来的时候，还在试图挣扎，两个人于是加大了力气钳制住她。他们只是按照老板的意思把人带进来，并不知道这个女人的身份，所以动作显得十分粗鲁，以至于黎诺在被推过来的时候脚步踉跄了一下。

坐在沙发上面无表情地看她的周子衡，眼中顿时有一丝别样的情绪闪过。

那两人放开了她，从这个房间里退出去。

"周子衡？"黎诺慢慢站直了身体，将眼前这个男人跟商界帝王的名字对上了号。从对方的反应来看，她没有认错人，眼前这个英俊得出奇同时又无比冷漠的男人正是在商界叱咤风云的周子衡。

但这于事无补，只是排除了一项谋财害命的可能性，她的心里依旧戒备。

她握住了被他的手下钳制得泛红的手腕，镇定地问道："周先生把我带到这里来，是想做什么？"

她一边说着，目光一边在周子衡戴着手套的右手上飞快地掠过。

"你是否受伤？"周子衡用淡漠的声音问道，没有回答她的问题。

"什么？"黎诺没有想到这个男人开口对她说的第一句话是这个，

她美丽的眼睛里又含着困惑，无意识地后退了一步。

江天在监视器后满意地看着，叶臻的表演比起第一次来更加外放，将黎诺的那种擅长攻心的特质也展现得更加明显。镜头此刻拉近了滕子昂的脸，给了他一个特写，忠实地记录下了他的眼神变化，从毫无波动到一瞬间的光芒划过，再变回压抑，将周子衡内心的矛盾挣扎表现得淋漓尽致。

虽然这一次他坐在沙发上动都没动，但演出来的效果却比第一条好上不知多少。

“好，Cut！”江天满意地喊了停，坐在监视器后对两人示意，“过了！下一条！”

第一条拍过了，两个人找到了感觉，后面的戏也就跟着顺利起来，基本上全是一条过。江天也看出来了，叶臻跟滕子昂的对戏模式主要由演技更精湛的叶臻引导，让滕子昂能够发挥出更好的水平。这样赶着进度，一上午时间很快就过去了，江天看着拍好的几条，简直按捺不住想让滕子昂把先前拍好的那几场也重新拍过。

果然，有叶臻这样的演技派带着拍出来的效果就是不一样。

江天终于再次认同了滕子昂的眼光。

吃过午饭，没有休息，他们又继续拍摄中午室内的一场戏。为了赶上之前落下的进度，从叶臻一进组，拍摄计划就在不停地快节奏推进，整个剧组都上紧了弦，从日出开始一直拍摄到夜幕降临，根据时间更替转换着拍摄的场次，晚上又继续拍摄深夜的戏。

叶臻全力配合，毫无怨言，尽管处在低能耗状态的时间越来越多，空下来的时候就抓紧时间补觉，连游戏都少上了。而此时，官微也开始发力，每天准时准点地推送状态，今天出定妆照、PO有男女主角在上头的唯美海报，明天发演员在片场的互动，后天又跟原著作者联动，为她的新版《城堡》签售会刷热度。作者也知情识趣，在宣传书的时候带上了小说改编的电影，对制作团队所选择的演员展现出了充分的支持和肯定。

叶臻刚拍完《帝王策》，接着又出演《城堡》的女主角黎诺的消息正式引起了网络上的热烈讨论。原本滕子昂的制片人兼男主角身份曝光的时候，也曾在网络上掀起一阵讨论的热潮，但他在网上的影响力再大，粉丝也比不上叶臻的粉丝疯狂。

看他们的反应，简直像是新年提前到来了一样——

“wuli叶臻什么时候接了这个戏！啊啊啊——定妆照出来了好棒啊啊啊！”

“太好了！梦想成真！我看小说的时候就在想，如果叶臻能来演黎诺就好了，她完全就是我梦想中的黎医生！不过她之前不是说没有档期吗？现在难道是因为空出时间了，所以就来了？啊啊啊，好高兴啊！”

“原本我对《城堡》只是路人，没有觉得有很好看啦，但是现在为了女神我也要去电影院三刷，为她贡献票房！女神在里面好美啊！”

……

粉丝们陷入集体的狂欢中，已经全然忘了前面还有一个原定的女主角，是因为手术住院才退出拍摄的。就算有一两个人想起，他们的声音也像一颗小石子掷进大海里一样，激不起一点浪花。

也有黑粉跳出来刷存在感，依旧在拿她之前的那张专辑说事——

“看看，好好地演戏不就好了，出什么专辑唱什么歌，不是给自己找不痛快嘛！”

“就是，所以千万不要告诉我电影的主题曲是由她来唱。”

“应该不会吧，滕子昂自己就是歌手哎，他之前的电影都是他自己唱主题曲的。”

“呵呵，也说不定他这次脑子一抽，就想跟自己的女主角情歌对唱啊。”

……

总而言之，网上的评论有好有坏，但总体氛围还是不错的。

剧组现在的进度很快，半个多月时间就完成了四分之一的拍摄计划，而滕子昂的状态也越来越好，演起周子衡这样深沉又压抑的性格来也越来越拿捏得住分寸。他一入戏，跟他搭戏的叶臻就轻松了，起码不用再像之前那样需要去刻意引导。

而她的放松也暗合了剧本中黎诺在跟周氏父子共同生活一段时间后的状态，拍出来的效果令江天十分满意。

由于时间安排得十分紧凑，基本上是过完几条她跟滕子昂就各自回到自己休息的地方，喝两口水，再由化妆师补一补妆，看一眼记熟的台词，等江天宣布拍下一场，马上就又要回到自己的站位上。所以这半个月时间，叶臻基本没机会碰自己的电脑，她的号都是章逸在替她上，帮忙打打本做做日常。

期间另外几个实习生也来过，好像是回到公司也没有人管他们，于是想回来继续跟着叶臻，然而被叶臻拒绝了。几个人也不敢说什么，毕竟他们没有在第一时间赶过来，也就算放弃了跟在她身边，此刻被拒绝就只好灰溜溜地走人。

已经升级成为叶臻助理的章逸在旁看着，不知道这几个同伴接下来的路还能怎么走，只能感慨自己的运气不错。她签助理合同的时候，曾经问过叶臻：“姐，公司派给你六个实习生，我不是最机灵的，也不是发展前途最好的，你怎么就选中我了？”

“他们都没主动上我的车，只有你上了，不选你我还选谁？”叶臻喝了一口降火的菊花茶，被嘴角长的燎泡疼得直皱眉。

眼下进入了紧张拍摄阶段，整个剧组的气氛都变得紧迫起来，所有人都在上火，几乎人人嘴上长起了燎泡。于是副导演就让人常备几大壶清热下火的菊花茶，让大家喝着降降火。

她看上去并不在乎自己选择的是不是最优秀的实习生，可如果小舟在这里，绝对一眼就看破了她的心思。

小舟肯定会笑嘻嘻地说："她还能是看中你什么呀？不就是看中你打游戏的技术比其他实习生好，人又比他们单纯吗？你自己想想，到这里以后除了让你打游戏，叶臻还让你干过什么没有？没有，连水都是她自己倒的！"

但叶臻为了保持自己在后辈心中神秘的形象，只是伸手拍了拍她的肩膀，给了她一个意味深长的眼神："我为什么要栽培你，你要自己好好想一想。"

她的新任助理："……"

这样一讲突然感觉压力好大啊！

【04】

拍到第十八天的时候，有粉丝来片场探班。

之前叶臻在拍《帝王策》，因为戏份并不算重头，拍摄的周期也不长，所以并没有在官网上公布自己的行程。而《城堡》的拍摄就不一样了，两个月的时间，为了保持曝光度，她跟滕子昂都会在个人站跟微博上不时地更新状态，还在官网上发起了两次粉丝活动，由粉丝团的负责人来组织他们前往片场跟偶像互动。

前几天来的是滕子昂的粉丝，从十几岁到三十几岁年龄段的女性粉丝占了大多数，滕子昂穿着他在定妆照上的那一身出现，高大的身材再加上英俊的脸，配以周子衡式的沉郁气质，一出现就引发了爆炸式的尖叫跟惊呼。他的粉丝见惯他傻白甜的风格，乍一看到这样深沉压抑的总裁风格，那是完全把持不住，一边尖叫还一边不忘用手中的手机、相机咔嚓咔嚓地拍个不停，并且大呼着电影上映之后一定要包场刷几次才够本。

在简单的见面会之后，江天也为滕子昂的粉丝团大开方便之门，允许她们在不影响拍摄的情况下，进到拍摄现场来看滕子昂拍戏。

那场戏恰好是黎诺发现了周子衡的禁忌，洞察到他患有心理疾病的真相。周子衡控制不住自己的情绪，在和她的对峙中几近爆发，最终又隐忍下来。他那拒绝而封闭的姿态，脆弱又隐忍的表情，既渴望着有人能够靠近自己，又抗拒他们的接近，是这样矛盾而痛苦。

滕子昂的演技日渐精湛，令他的粉丝在不知不觉中把他当成了真正的周子衡，在一旁捂着嘴不自觉地落下泪来，把探班所见分享到网上又是一片心疼的声音。

今天来片场探望叶臻的粉丝团则是另一种画风。

“啊啊啊——”

“嗷嗷叶臻——”

“快看臻宝出来了！啊啊啊！”

充满元气的少男少女见到偶像出来，纷纷发出了惊喜的叫声，一股脑围上来给她送上了各种精心准备的礼物。

“谢谢，谢谢，我很喜欢。”叶臻伸手接了几个，最后发现抱都抱不过来，只能让章逸把它们先放到车上去。

章逸很是花了一番工夫，来回抱了七八次才把它们都运上车，在凉爽的深秋里也出了一身汗。有趣的是，叶臻收到的这些礼物里有很多是毛绒玩具，搞得她都有些不确定自己看起来是不是真的那么缺抱抱熊。她跟自己的粉丝团友好地互动着，陪他们拍了几张照，又回答了一些他们提出来的问题。

这些粉丝送来的礼物会全部被送回公司，由专人检查过后没问题，才送到她的公寓里。

粉丝对偶像的狂热能让他们做出很多令人意想不到的事情，从前就有粉丝在接机的时候，往递给偶像的矿泉水里加入了胶水。那个偶像团体差点全部被送去医院洗胃，接下来的演出也差点受到影响，所以公司为了保护好自己的艺人，不得不做足安全措施。

眼下，粉丝们正因为她收下了自己的礼物而高兴，更兼难得近距离接触偶像，纷纷狂热地诉说起了爱意。有个看起来十七八岁的小姑娘两手捧心，眼睛发亮地喊道："臻臻姐你超棒的！今年你上映的全部电影我都会去看的！尤其是这部《城堡》，我都等不及了！"

"是啊，臻宝！我们一定会去看的！"

"谢谢支持——"叶臻以手指抵唇，朝他们潇洒地抛了一个飞吻，"爱你们哟！"

再没有比听到有人支持自己的电影更开心的事了，她今年要上映的电影定档的就已经有四部，票房口碑要是好，就能够确保新的一年接到更多好工作——尤其是在公司高层这样毫无人性，为了压低续约条件而设计她的时候，粉丝的承诺不知能给她带来多少底气。

"啊啊啊！"少男少女尖叫成一片，捂着心口要倒下。

叶臻心情大好，又朝他们飞了一个吻："谢谢你们，超爱你们的。"

粉丝们尖叫得更厉害了。

"好了好了——"章逸搬完礼物回来，见场面有些失控，连忙挤进人群里做了个让众人平静下来的手势，"大家不要忘了今天来探班的目的哦，今天大家是来给叶臻的新戏加油鼓劲的，不知有没有关于这方面的话想对我们叶臻说呢？”

她把话题引回了《城堡》上，好歹控制住了粉丝们的尖叫，他们纷纷开口说道：“有有有！我们看了《城堡》的片段，超级喜欢的！”

在拍摄了一段时间后，江天就剪辑了几段剧情，放到了他们的官微上。叶臻跟滕子昂的台词功底都很过硬，现场收音效果完全没有问题，所以江天直接用了他们的原音。而放出的视频里，这些剧情片段只占了一小部分，后面江天还颇有心机地放出了他们的一些拍摄花絮，连叶臻在微博上刷过都觉得他们剧组的拍摄实况实在是太有意思了。

于是，这个视频一放出就吸引了一大波原著粉跟路人粉，《城堡》电影的热度在微博上再次往上蹿了一番，很多人都表现出了对这部小说改编成电影的期待。

不过最高兴的似乎还是她的真爱粉，叶臻听他们高兴地说没有想到她今年还能腾出档期接这部戏。

叶臻表示自己能够接到这个角色也是靠运气，所有人都听她用真诚的语气说道：“《城堡》真的是一个很好的故事，原著小说很动人，江导的剧本改编得也很出色，而我则会尽自己最大的努力去演好它。”说到这里，她朝他们眨了眨眼睛，“电影的制作团队是十分优秀的，等电影正式上映的时候，我相信大家会发现正片比花絮更精彩。”

“一定会的！”

粉丝们又激动起来，“我们相信你！我们臻宝是最棒的！”

闲聊过后，就是签名合影时间。

粉丝们拿出来要她签名的东西千奇百怪，有叶臻自己代言的产品的海报，有她的个人官方站发行的应援T恤衫，甚至还有只手颤抖着递过来个作业本。

叶臻的笔顿了一下，还是给这个戴着眼镜的小少年签了名，还给他写上了“好好学习”四个字。小少年拿回本子，在一片嫉妒的目光中珍惜地把它装进了书包里。

最让叶臻意想不到的是，竟然有粉丝拿出了她的唱片要她签名。

叶臻心情复杂，看到这张唱片就想起 K&S 是怎么坑她的。不过她还是接过了唱片，正准备低头在上面签名，就听到自己的粉丝小心翼翼地开口道：“其实叶臻你唱歌很好听的，不要灰心啊。”

叶臻抬起头来，看见这个斯文的小姑娘眼睛明亮地望着自己。

小姑娘见她看过来，连忙说：“真的，我一个人就买了二十张，每一首歌我都很喜欢的。那些评论我觉得很过分，叶臻你不要理他们。”

叶臻忍不住对她笑了笑。

这一笑可谓是魅力全开，让小姑娘全身的血液顿时冲上了头顶。

叶臻在她递来的唱片上签完名之后，把唱片还给了人家，然后以手比了个高度：“你们的粉丝滤镜大概有这么厚吧？我会好好加油，不会灰心的。”

“只、只是一张唱片没有做好而已……不、不怕。”小姑娘讲话都结巴了，小心翼翼地把签名唱片收好，还不忘鼓励她，“还、还有下一张的……我、我们会继续支持你的。”

“谢谢，你们真是太可爱了。”叶臻真心实意地感叹，然后在小姑娘还回不过神来的时候把人揽了过来，倾身在她可爱的脸上留下了一个比风还要轻的吻。

周围顿时安静了，所有目睹这一幕的人都被震撼得呆立在原地。

几秒钟之后，他们在章逸惊恐的目光中爆发出了更加疯狂的尖叫声：“啊啊啊——”

“啊啊臻宝亲我——我也很可爱啊啊啊！臻宝快来亲我！”

真是一片混乱。

章逸连忙给这次活动的几个负责人使了个眼色，几个人合力把想往这边扑的少男少女拦下了，简直为叶臻招蜂引蝶的能力而感到心惊肉跳。

“不要扑！不要扑！”

“大家冷静，冷静！我们今天除了见面会还有其他安排，这就进入下一个环节好吗？”

可粉丝们还是在忘我地尖叫，全然听不进去，全场最安静的就当属那个被叶臻亲得当机的小姑娘了，她还捂着脸站在原地，一副魂飞天外的表情。而混乱的源头丝毫没有觉得自己闯了祸，还施施然地朝疯狂的粉丝团抛着飞吻，心道可爱的粉丝真是崎岖前行的路上最好的支撑，哪怕是没有梦想的人，看到有这么多人期盼着自己，肯定也会变得努力起来吧。

跟拍的记者适时地把这场混乱发布了出去，叶臻跟她的新戏顿时在网上又成了热点。记者的新闻稿写得很有真情实感，详细地描述了叶臻的小粉丝是怎样拿着专辑来鼓励她，叶臻又是怎样大受感动地给了小姑娘一个脸颊吻，末了还评价了一番叶臻的专辑。

“网络舆论也好，新闻媒体也好，对叶臻的这张专辑要求是不是都太严苛了？这毕竟是她出的第一张专辑，在我个人看来已经算得上是可圈可点，在质量跟用心程度上可以说超过了同期的几张专辑。再退一步讲，就算所有人都知道这张唱片的监制是季崇安，大家也不能拿对乐朝岚的期望值来对叶臻制定标准吧？”

……

“抛开这些先入为主的观念，再去听一听这张专辑，大家也许会有不一样的收获。”

姚同亮直接把网页拉到最底下，看着这行字，气得直接把杯子砸在了桌上。

“是谁找人写的通稿?！”

这一下就打乱了他的布局，先前做的那些功夫直接就废了一半，瞎子都看得到网络上对叶臻专辑的风向开始转了。

他的助理抱着文件站在旁边，沉默着看他发脾气。

姚同亮骂完之后还觉得不解气，但又不知是谁干的，一腔怒火没有发泄对象，只能恨恨地拍桌子：“这个叶臻，她就不能好好拍戏，怎么总想着搞个大新闻？”

他的反应很快就传到了云凛的耳朵里。

公关部经理戚睿倚在他办公桌旁，一脸八卦地告密：“那写通稿的记者，她是叶臻的粉丝，也没人授意她来扭转风向，她写的通稿内容我看了，句句都是真情实感。倒是姚同亮，辛辛苦苦布的局就这么莫名其妙地被人给破了，肯定要憋屈死了，啧啧啧！”

“正好这事开了个头，计划开始吧。”云凛的目光波澜不惊，“下周安排她去拍杂志封面。”

“这就开始了？”戚睿精神一振，站直了身体，不玩云凛桌上的摆件了，“好，我去跟他们联络。”

他看着云凛没有表情的俊脸，想到现在正气得砸杯子的姚同亮，忍不住又乐了。

姚胖子现在就气得要砸杯子，等云凛真出手了，不知他会不会把整个办公室都给砸了。

|第五章|

DIWUZHANG

戏 里 风 云 起

【01】

叶臻在自己的粉丝见面会上搞了个大新闻之后，转身又投入到了紧张的拍摄当中。

进入剧组的第二十天，她终于见到了这部戏里的最后一个主角——郑子骥。

郑子骥小朋友今年五岁，正是最可爱的年纪，他在电影里饰演的是叶臻的小病人，住在城堡里的那个有轻微自闭倾向的小少爷。

小朋友比霍辰更早触电，从一岁的时候就开始接广告，到现在已经是家喻户晓的童星了。在去年上映的电影《半路父子》里，他跟影帝唐新烨演一对父子，表现得可圈可点，还入围了白玉兰奖最佳男配角提名，差点就成了最年轻的白玉兰奖获得者。

小朋友的外形精致可爱，演技也是可圈可点，正是当下广告商跟制片人最喜欢的童星类型。滕子昂跟江天原本也想早点让郑子骥进剧组，按照剧情发展顺序来拍摄，好方便周家父子跟医患之间培养感情。可两人怎么也没想到在女主角的问题上能生出这么多波折，只好又让已经到位的郑子骥先回去拍他的广告、上他的幼儿园，等到时拍完两个大人的戏再来拍小朋友的戏，也就顾不上按照剧情发展来让他们培养感情了。

郑子骥上午坐着车来了拍摄场地，先跟饰演他父亲的滕子昂拍了一场比较简单的戏，两个人先磨合了一下。这场戏里没叶臻什么事，她就在旁边跟大家一起当吃瓜群众。

这场戏的内容是小男孩的父母离婚，他的母亲带着行李离开这座华丽却冰冷的房子的时候，小男孩盯着母亲的背影看了很久，然后提着自己的玩具去找父亲。

幼小的孩子下意识地认为没有了母亲，这个家里唯一能够陪伴他的人就只有父亲。然而当他来到书房，望着父亲，试图拖着玩具爬到这个男人腿上去的时候，却被冷冷地推拒开来。

“下去。”父亲的目光冰冷，对试着把一条腿跨上来的小男孩说道。

他的声音令孩子瑟缩了一下，不过，孩子还是没有立刻离开。

孩子鼓足勇气，怯怯地叫了一声爸爸，仰着小脸祈求：“爸爸陪宝宝玩。”

然而滕子昂还是同样的表情，薄唇紧抿，又说了一声“下去”。

小男孩这下完全失去了勇气，笨拙地挪动自己的腿从父亲身上下来，低着头让泪花在眼睛里打转，没有注意到自己触碰到父亲的时候，这个男人脸上忍耐、拒绝的表情。

等到他一回到地上，他的父亲就按响了桌上的一个铃，召唤佣人进来，冷冷地道：“把少爷带走。”

小男孩低着头，像是被这话里的冰冷刺到一样颤抖了一下，没有抬起头来，被佣人抱离了这里。就是这一次，在他的心里埋下了自我封闭的种子，之后再从父亲这里得到几次拒绝跟失败，令他彻底失去了这个年龄该有的活泼，渐渐地把自己封闭了起来，原本明亮快乐的黑眼睛变得灰暗而沉默。

所有人看着这场表演，都觉得这个小家伙演得真是好。

叶臻瞥了一眼坐在监视器后面的江天，这个典型处女座的导演显然对小朋友的第一次表演并不太满意，但他也知道对待这个年纪的孩子不能像对叶臻跟滕子昂一样苛刻，于是点了点头，说道："这样演可以。"

他说话的时候，眼睛是看着送孩子来拍摄场地的郑子骥母亲的，他直接跟她交流："到时候小朋友如果有什么不懂的地方，还需要通过你来跟他沟通。"

"这个没有问题。"郑子骥的母亲并不是第一次带儿子来拍戏，她应对有方，"导演如果有什么问题的话，请尽管告诉我。"

"那就好。"有她这句话，江天就放松多了，他实在是不擅长跟小朋友打交道。

事实上在他喊这一条通过时，郑子骥一下子从角色中跳出来，高兴地跑过来跟他妈妈拥抱的时候，叶臻就亲眼看到江天坐在监视器后瑟缩了一下。

郑子骥一入场，叶臻就轻松多了。

时隔半个多月，她终于又能坐回自己在场边的位置，像拍《帝王策》的时候那样边玩游戏边等着自己的出场。江天的注意力也没怎么放在她玩游戏的事情上，基本上导演们都这样，只要演员能够保证状态，他们一般不会干涉他们在旁边做什么。

叶臻戴着耳机一上线，帮会的一连串提示就响成了一片，她连忙按着耳机把音量调低了，然后皱着眉逐条去看这些提示。

一条帮会公告明晃晃地挂在最顶端——

【公告】今天去金陵收人！有拉风坐骑、酷帅外观、霸气称号的成员都来主城，一起忽悠新手进帮会！今天去金陵收人！有拉风坐骑、酷帅外观、霸气称号的成员都来主城，一起忽悠新手进帮会！今天去金陵收人！有拉风坐骑、酷帅外观、霸气称号的成员都来主城，一起忽悠新手进帮会！——重要的事情说三遍！重要的事情说三遍！说！三！遍！

这样的咆哮风，实在不像醉卧花前。

叶臻的眉头皱得更紧了，难道半个多月没上游戏，帮主就被人篡位了？

她纳闷地移动鼠标去看下一条，然后在这条公告里看到了一个熟悉的名字——

【公告】各位小朋友，为庆祝本帮帮主【海天一色】重出江湖，上线每人到信使处领取 5000 金红包。

这一条看起来倒是醉卧花前的风格了。

叶臻摩挲着鼠标，忍不住犯起了嘀咕："海天一色回来了？"

海天一色是醉卧花前在游戏里的好友，两人相交还在叶臻跟醉卧花前认识之前，在曾经的五人小团体里，海天一色一直都是担任领导者角色的那个人。

跟醉卧花前不同，海天一色是个玩游戏也有计划的人，一直想把忆长安发展成全服最顶尖的帮会，后来因为他现实里的工作调动，去了公司总部发展，这才离开了游戏。现在几年过去，凭他的情商跟能力，在公司总部想来也该坐到部门负责人的位置上了，不然也不会想起要回来玩游戏。

帮会经过这几年的发展，规模跟当年已经不可同日而语，醉卧花前也在帮会成员中建立起了威信。所谓一山不能容二虎，海天一色要是回来，醉卧花前要么只能给他让位，要么就面临跟往日兄弟渐生嫌隙最终分道扬镳的戏码，要做出正确的抉择可不容易。

不过，叶臻的目光又落回“海天帮主”这四个字上，想道：照现在这个情况看来，醉卧花前明显已经做好准备要把帮主的位置还给海天一色了。

她这样想着，随手给醉卧花前发去了一条密聊，然后点开了帮会成员名单。

还好，帮主的头衔还是挂在醉卧花前的ID后面的。

看来要么是他跟海天一色提了这事，结果被海天一色给拒绝了，要么就是他没打算这么快提，准备完成帮会扩张之后再完璧归赵。

真是一个大写的有情有义，或者说是有钱任性。

醉卧花前的头像虽然显示在线，却没回复她的信息。叶臻于是继续翻自己被挤爆的信件箱，直到翻出了被压在最底下的一条公告。

那条系统公告上写道：“各位玩家请注意，本年度跨服之战已于11月3日正式开启，比赛分为两人组、三人组及十人团体战，每周随机对战次数不限。本次跨服之战将延续积分制度，从11月3日起至1月3日，三组模式下全服积分榜前800名将进入下一轮对战赛。本次跨服之战的奖励丰厚，更有神级套装等待冠军前来领取，请有意参赛的玩家不要错过时间，尽快开始积分战，早日出线，赢得参战资格！”

神级套装！

叶臻的眼里顿时只剩下这四个金光闪闪的大字，这条系统公告是两周前发的，也就是说跨服之战已经开始了吗？

这条公告里说的两人组、三人组跟十人团队赛，其实就是2V2，

3V3，10V10。跨服之战自两年前开始举办，到今年是第三届了，赛场上出过好些个经典组合，其中蝉联两届冠军的“愿我如星君如月，夜夜流光相皎洁”就是最经典的一对搭档，在2V2组横扫天下，无人能敌。

这个跨服之战对她来说，可比海天一色的回归有趣多了。

叶臻兴奋地点进官网，把整个比赛细程跟最终奖励都扫了一遍。第一届跨服之战的时候她在忙着拍戏没参加，第二届才跟醉卧花前组了一个2V2的队伍，结果因为两人的门派配置跟打法问题，也没取得什么耀眼的成绩，也就勉强进了前三百。在对战赛第二轮，这支拼凑起来的小队就遭遇了配合更默契的对手，被狠狠地刷了下来。今年要是再去，她绝对不会跟醉卧花前组队，他们两个分开来跟人单挑还行，合起来就只有互相拖后腿的份。

叶臻拖动着进度条，研究今年的规则变动跟奖品，她的目光落在双人组前三名的奖励上，顿时就无法再从上面移开。

只见奖品栏上放着六件套装，男女各三套，不仅有着吸引人的外观，底下还放出了套装的全部属性。叶臻看着这些属性，只感到一阵渴望——难怪他们会称这个为神级套装！

这几件套装单看各个部件，在数值上都有相当可观的加成，集齐一套之后更是会激活出套装属性，可以大幅度提升战力，简直碾压现阶段内游戏里存在的所有套装！哪怕是游戏系统在跨服之战后会立刻升级，凭着这身神级套装也能笑傲群雄很长一段时间了。

叶臻用手指轻轻敲击着笔记本电脑的边缘，美丽的眼睛里浮现出志在必得的光芒。

如果说一开始她还只是想随便组个人去玩玩，那么现在她已经完全认真起来，开始思考要去哪里找个靠谱的搭档，好稳妥地杀进决赛争夺前三了。

【02】

在短暂的游戏时间之后，叶臻继续投入到下午的拍摄中。

直到晚上醉卧花前才出现，他回信息过来的时候叶臻刚洗完澡，正穿着浴袍坐在床上审视自己的帮会列表跟好友列表。她为了找到合适的搭档，把这上面的名单统统排查了一遍，结果发现平时一起玩的人不少，可关键时刻能靠得住的还真没几个。

密聊提示音突然响起来，醉卧花前的信息不到一秒就被淹没在一堆消息刷新里，叶臻连忙切换到单独的密聊频道，才看清他发来了什么。

【密聊】醉卧花前：哟，二宝。

【密聊】醉卧花前：难得主动给我发信息，今天是本人还是你的助理上号？

【密聊】叶臻臻臻臻臻：本人啊。

【密聊】醉卧花前：你今晚打算做什么，是跑地图做任务还是到金陵来陪我招人？那么多拉风坐骑和跟宠，不趁机拉出来遛遛不觉得对不起自己吗？

【密聊】叶臻臻臻臻臻：……

叶臻虽然打本脸黑，老不出装备，但她的抽奖运气很不错。每次《策马江湖》有抽奖活动，别人抽到的都是大礼包，就只有她会爆冷抽出限量坐骑或者游戏点卡之类的东西，三年下来积攒了不少绝版坐骑和跟宠，放出来站成一排就是活生生的金字招牌，无比拉风。

【密聊】叶臻臻臻臻臻：为什么突然要招人？

【密聊】醉卧花前：帮会系统新出了一个“仙人指路”功能。

叶臻盯着聊天栏，等着他的下文，结果等了半天也没等来后半句。

【密聊】叶臻臻臻臻臻：?

【密聊】叶臻臻臻臻臻：仙人指路，然后呢?

【密聊】叶臻臻臻臻臻：黑心系统坑钱的把戏，跟你扩张帮会有什么关系?

【密聊】醉卧花前：你先去看看这个“仙人指路”，去看去看。

他这样吊人胃口，叶臻只得打开系统更新界面，然后选择了帮会系统。等她看清“仙人指路”的内容时，顿时脑子一炸，下意识地喊了一句：“我去！”

这个“仙人指路”是《策马江湖》新出的一个帮会系统功能，帮会玩家可以在顶着“骊山老母”名字的NPC处开取“仙人引”。

“仙人引”是一块玉石状的物品，在副本中使用，BOSS会掉落“仙人引”上面预示的装备，这样获取稀有材料跟装备的几率就会大大提高，可以说是一个相当有用的新功能。

不过，这个系统功能要开启的条件却有些苛刻。

首先，帮会要先升级成三级帮会，才有资格点亮“仙人指路”功能。在《策马江湖》的游戏世界里，帮会等级最高是一级，最低是七级，处在中游的三级帮会需要颇多的帮会资金和常住人口。而“忆长安”只是个最高在线人数也才四五十人的小帮，勉勉强强能凑两个25人副本团，要开启这么一个新功能，等于就要扩建帮会。

要一口气把人数提升到一千人以上，同时还要大幅度提升帮会的各方面功能，这其中需要的投入可不小。而且“仙人指路”台建成以后，每周就只提供一次免费预测的机会，之后每预测一次就要花费两万元宝，换成人民币那就是200块，简直像在抢钱。

可对脸巨黑的叶臻来说，这就是拿到趁手装备的希望，是实现梦想走上人生巅峰的捷径！

【密聊】叶臻臻臻臻臻：扩！

【密聊】叶臻臻臻臻臻：扩扩扩！

【密聊】叶臻臻臻臻臻：你要是想不扩我都不答应！

【密聊】醉卧花前：是不是很开心？感到自己终于有望凑成套装了？

【密聊】叶臻臻臻臻臻：# 白眼 ## 白眼 # 只是提高了出装备的概率，又不是说有“仙人指路”就一定能掉落我的装备。

【密聊】醉卧花前：你个傻孩子，你没发现“仙人引”的属性不是拾取绑定？这个道具是可交易的。你预测不出想要的东西，并不代表别人预测不出，到时你只要去交易行买他们挂出来的“仙人引”就成。

【密聊】叶臻臻臻臻臻：那还等什么？！

【密聊】叶臻臻臻臻臻：你在哪儿招人？给个坐标，我这就过去！

醉卧花前报了一个坐标，然后向叶臻发出一个组队邀请。

叶臻加入了他的队伍，没过多久就出现在金陵城的地图上，靠着队伍指引找到了醉卧花前的位置。白发军爷怀抱长枪，已经把自己的跟宠全都放出来了，浩浩荡荡地堵在城门口，吸引了不少过往人的目光。

叶臻看着几个小姑娘在他的小狗跟宠面前痴痴地站着，已经被活泼灵动的小狗崽萌得连话都说不出来了，只能在附近地图频道里发各种无意义的乱码。

醉卧花前在趁机诱拐这几个小姑娘：“你们几个小姑娘，好像还没加入帮会吧？要不要来加入我们‘忆长安’呢？我们‘忆长安’有专门的大师定期开课，传授捕捉跟宠的经验，比如要怎么获取你们面前的这些小家伙。”

是的，只要在活动的时候拼命充值就可以了。他口中那个所谓的“大师”叶臻想道，在旁默默地看他忽悠人。

小姑娘们已经完全信了他的鬼话："啊啊啊——真的吗？！"

醉卧花前："当然了，帮会的大师还有每个月的野外授课，亲自示范怎么在野外地图捕捉可爱的小狗。"

骗人的，野外只有黄名怪跟红名怪，刷新出来的跟宠都长得超寒酸，一点都不可爱。

叶臻一边在心里吐槽，一边在旁把手一挥，放出了自己的跟宠熊猫。毛茸茸的滚滚一被放出来，立刻就抱着竹子在地上滚来滚去地卖萌，可爱极了。

几个小姑娘再次发出了惊叹跟无意义的乱码，一看叶臻头顶的帮会名称跟醉卧花前一样，就自动认定这只熊猫跟宠也跟他说的一样是从野外地图抓来的，于是争先恐后地举手。

"我要加入！"

"我也要加入！"

"为了滚滚！"

"为了小狗！"

"萌即正义！"

醉卧花前发出了得意的笑声，然后挨个邀请这三个小姑娘进帮："欢迎加入帮会，小朋友，我是你们的帮主，旁边这个带着熊猫的是你们副帮主。我们的 YY 群号是 800375，上线就进来玩，不要害羞。"

小姑娘们还不知自己上了贼船，高高兴兴地向英明神武的帮主跟副帮主告别，结伴做任务去了。

醉卧花前这才把注意力放回自己的副帮主身上，在队伍频道里问叶臻："真难得啊二宝，怎么今天有空上来了？"他说着，召唤出来一把奢靡吸睛到极点的交椅，跷起二郎腿往上面一坐，手里的长枪就靠在一旁。

叶臻看了一眼他插在金陵城的城门前的那杆“忆长安”的帮会旗帜，还有交椅四周围绕的各种跟宠跟坐骑，感慨这整个场面真是不能更浮夸。

别说，这一招确实有效，那些被吸引过来的人还真不少。

拉风的坐骑，可爱的跟宠，永远是游戏里争夺眼球的利器。

叶臻没有回答醉卧花前这个问题，她召出了一把一模一样的交椅，跟醉卧花前并排坐在一块儿，然后跟旁边的行脚商对话，从他那里买了两个“千里传音符”，这才开始在队伍里审问醉卧花前。

【队伍】叶臻臻臻臻臻：海天一色回归了？

【队伍】醉卧花前：回归有一段时间了，你不是忙着拍戏，正好不在嘛。

【队伍】叶臻臻臻臻臻：那你是不是就打算把帮主的位置还给他？

【队伍】醉卧花前：想过，海天拒绝了。

【队伍】叶臻臻臻臻臻：呵呵。

以叶臻对海天一色这个人的了解，人家很可能只是随便推辞一下，做做样子，然后推辞不过就只好接受了。没想到遇上醉卧花前这样不按套路出牌的人，对方只是小小地推辞了一下，他就把帮主令收起来了。

【队伍】醉卧花前：笑什么？

【队伍】叶臻臻臻臻臻：我笑世人看不穿。

说话间她已经编辑好了千里传音的信息，对着“千里传音符”点击了使用。

世界频道跟整个屏幕上方顿时出现了一行字在滚动播放——

江湖快报！中原帮会【忆长安】现开始接受入帮申请，欢迎各路豪杰前来助拳！帮会各种设施齐全，提供所有高阶道具，每周开启固定团及帮会活动，更有多种成员福利，专人指导升级、配装、抓宠、技能练习。帮会即将开启“仙人指路”功能，现在入帮且获得帮会贡献最高者，即可享受一次“仙人指路”机会，不容错过！

紧接着又是第二条——

江湖快报！女侠“叶臻臻臻臻臻”现诚征跨服之战可靠搭档，要求操作意识好，团队意识好，能够固定参与排位战，获取足够高的积分晋级决赛。有意者可至金陵[1324，579]与“叶臻臻臻臻臻”面谈，切磋对战之后考量双方实力，再决定是否搭档，女侠“叶臻臻臻臻臻”在此恭候大驾。

【队伍】醉卧花前：……

不止他一个人，这两条千里传音刷出去之后，整个服务器都被叶臻的手笔给震撼到了。

《策马江湖》这个游戏虽然对待普通玩家很友好，但人民币玩家能获得的游戏体验肯定是更高的。游戏里的道具种类繁多，有些功能实用，有些则鸡肋无比，而且还很贵。像叶臻刚刚用出去的两个“千里传音符”，就是整个游戏里最贵的道具，换成人民币需要差不多120块一个，都够买支口红了。

这个道具使用之后，能够在全服范围内发出一条江湖快报，使用者可以按照格式发布任何想发布的消息。叶臻一下子发了两条，等于眼也不眨地花掉了两百多块，一言不合就发了两条大新闻。

她的人物角色还坐在交椅上，脚边的熊猫抱着竹子滚来滚去，千里传音的效果立竿见影，金陵城内的玩家一下子多了起来，都在往他们这个方向靠近。

叶臻满意地收起了交椅。

她的人物利落地站了起来，手中的虫笛轻轻一转，对醉卧花前说道：“继续收人啊，我去跟他们打两场。”

“叶臻臻臻臻臻”是等级榜排行前三十的高手，也是财富榜排名前二十的土豪，在这个拥有接近十万玩家的大服中并非籍籍无名之辈，跟她组队去参加积分排位赛，然后杀进总决赛去争夺冠军之位，这算得上是一个不错的方案。显然很多人看到那条豪气冲天的千里传音时都是这么想的，起码在她发出这样的邀请后，等级榜上前三十的玩家在金陵城现身的已经有好几位。

五毒御姐走到离醉卧花前跟他那堆跟宠坐骑十步之外的地方，取出了写着大大的“叶”字的战旗往地上一插，整个人往那一站，就站出了一夫当关万夫莫开的气势。PK 前的十秒倒计时结束，那邀战她的刺客身形渐渐隐没在空气中，只有地图频道里刷出他的一句请赐教。

叶臻也不废话，在读秒结束的瞬间就平身飞退了几十步的距离，严阵以待。

在游戏中，有三个门派精通刺杀，只有蜀中唐门是远程攻击。她的对手并非出身唐门，虽然能够隐身，但是如果不接近对手，他们的招式就无法起效。然而几乎是在她站定的瞬间，五毒御姐身上就绽开了一蓬血花，遭到了来自刺客的攻击！

叶臻并不慌乱，她起手布下的“牵丝”陷阱也显出了效果，一只硕大的蜘蛛凭空出现在她的身后，一昂首就向着正前方高速喷吐出白色蛛丝，将隐身在空气中的刺客强行拉了出来，破除了对方的隐身。

隐身技能被打断，有十几秒的冷却时间，刺客暂时无法再隐匿身形。他于是放弃了这个手段，开始凭借诡异莫测的走位跟出其不意的攻击跟叶臻缠斗。然而作为等级榜上少有的女性玩家，叶臻的难缠程度远远超出了刺客的想象，两人在场中飞快地移动腾跃，交手时发出的招式光影令人感到眼花缭乱。他的攻击并不是每一次都能奏效，反观叶臻，她还在沉着冷静地跟他拉开距离，召唤五种圣兽，对他发动远程攻击。

刺客只能加快节奏，步步紧逼，紧贴着她不放。

他明白一旦远离了这个五毒，自己的攻击就无法奏效，只能任远程职业的叶臻对他进行单方面的殴打，那他就必然会落败。

两人的战斗节奏加快，被吸引过来观战的人也越来越多。金陵城外在 PK 的人不少，但像这对一样引人注目的却不多。醉卧花前先前还能分神去处理叮叮当当响成一片的入帮申请，这些没有固定组织的小号一看有帮会招人，又有什么“仙人指路”，顿时个个都来加。

在这片密集的叮咚声中，一道格外不同的上线提醒吸引了他的注意力。

海天一色上线了。

醉卧花前顿时解脱地松了一口气，直接把系统提示一关，把批准这些人入帮的事全扔给了有同等权限的海天一色，自己乐得坐在交椅上全神贯注地追踪叶臻的战况。

这一黑一紫的身影在全场追逐，刺客有几次成功进入了隐身状态，没发两招就又被叶臻的天蛛给逼了出来。醉卧花前跟叶臻在组队状态，随时可以看到她的血线，于是就把焦点设在了刺客身上。

他看着两人四处急速游走，不停爆出招式的华丽画面效果，不由得笑了一声。

这个刺客也是排行榜前三十的人物，不过看来苦恼装备问题的不止叶臻一个，排行榜上除了前十名的装备好看，后面二十位身上大概穿的全都是杂七杂八的部件，会来参加跨服之战估计都是奔着那套神级套装去的。

在醉卧花前看来，这个刺客的操作虽然不错，但也就仅仅是不错而已，比起醉卧花前自己来都还差了一截。要知道去年叶臻可是跟他一起组队去参赛的，她既然连他都嫌弃，难道还能看得上这个刺客不成？

果然，他这个念头刚转过，刺客就挨了叶臻一个大招，血条顿时见底。

对战结束，两人相互抱拳，在近聊频道里自动发出了系统设计好的台词。

叶臻臻臻臻臻说：“承让。”

那刺客说：“方、方才我不过是有些走神罢了。”

时间有限，叶臻也就没再多说什么，这就转身离开，打算去迎战下一个挑战者。而系统叮咚一声响，醉卧花前的电脑屏幕上弹出了一个对话框，是那个刺客发出的入队申请。醉卧花前挑了挑眉，按了接受，想看这小子要干什么。

这个刺客一入队，也不在意队伍里还有个醉卧花前，就径自对叶臻说：“你的实力不错，我很满意，我们可以搭档。”

叶臻没想到这人都成了自己的手下败将，还会特意入队来说这个，于是有些无语地回复他：“我不组菜刀队。”

菜刀队指的是队伍里两个人都是DPS，追求输出最大化而不带治疗，能活多久全看天意的配置。一般来说，两人队里总有一个是治疗，菜刀配置的瞬间爆发固然强，可如果一波弄不死对方，后面被反过来压着打那就尴尬了。

那刺客一愣，问道：“我跟你怎么会是菜刀队呢？你的门派不是有治疗心法吗？治疗玩起来挺简单的，随便学一学就好了，装备弄起来也简单。”

“可你连我都打不过。”叶臻打断他，“牺牲高DPS来保低的那一个是不科学的，除非你可以奶？”

刺客：“……”他当然不能，刺客两个心法都是攻击类的，没有治疗技能。

所以他只能眼睁睁看着叶臻臻臻臻臻迎向下一个挑战者，身形一闪再次进入 PK 模式，然后默默地退队走了。

这可不是单向选择，前来挑战的人有理由选择叶臻成为他们的搭档，叶臻也有理由拒绝成为他们的搭档。

她又接连跟三个挑战者对战了几轮，其中一场落败，对方没有选中她成为自己的搭档，另外两场则是对手落败，叶臻没有选择他们。

在旁看得津津有味的醉卧花前抽空打开帮会界面看了一眼，发现海天一色已经通过了不少人的申请，帮会总人数在十几分钟内就由原来不到两百变成了五百，很快就要到五级帮会的上限了。醉卧花前于是点开帮主的个人管理系统，向系统缴纳了足够的资金，把忆长安由原来的五级连升两级，变成了三级帮会，人数上限顿时翻到了 1200。

系统提示音叮地响起，海天一色给他发来一个问号。

【密聊】海天一色：你升级帮会了？

【密聊】醉卧花前：是啊，升级了，好招人嘛。

【密聊】海天一色：好。

见海天一色没有再发其他消息过来，他于是关闭了管理界面，转过头来关注刚刚结束战斗的叶臻。正好奇着她是不是打算直接开始第五场对战，结果就看到叶臻把她的战旗收了，回到离他不远的地方打起了坐，显然连续打了四场高强度的战斗让她精力透支，准备先休息一下再继续。

醉卧花前干坐着无聊，于是在队伍里问叶臻："怎么，前面几个都不合意？"

叶臻回复："要么我看不上人家，要么人家看不上我。"

"慢慢来，找搭档跟谈恋爱一样，都得看缘分。"醉卧花前打了个并不高明的比喻，然后安慰道，"退一万步来说，你找不着搭档不是还有哥嘛！"

他话刚说完，又一个玩家在金陵城门前现了身，径自朝着叶臻这个方向走过来。同样的苗疆风格穿着，佩戴了一身的银饰，手中拿着虫笛，一看就是跟叶臻系出同门。只不过来人的身形跟比叶臻的五毒成女高，俊美妖异的脸上有着一双充满异域风情的妖瞳，体形也是完全的成年男子模样。

他的 ID 就悬浮在头顶上，是颜色血红的字体，代表着他跟两人来自不同的阵营。

这个名叫“云书不至”的五毒并非是等级榜前三十的玩家，不过他的等级也有 89 了，他在叶臻面前站定，向她发出了挑战邀请。

云书不至：“请君一战。”

叶臻：“妥。”

她的气血回满，结束了打坐，站起身来接受了这个邀战。

醉卧花前在队伍频道里说：“去吧皮卡丘，看看他是不是你的真命天子。”

叶臻：“滚滚滚。”

PK 读秒结束，两人迅速进入战斗！

几乎在交手的瞬间，叶臻就发现这个云书不至不是好惹的角色。

他的等级比叶臻要低上一级，装备也没有优势，然而他的操控精度却比叶臻更好，打法也更加缜密，甚至对五毒技能的熟悉程度都在叶臻之上。

甫一交手，叶臻就接连被打中要害，血量骤然掉了一截。

醉卧花前在队伍里发了一条信息：“这个云书不至的操作比你好，你要小心啊二宝。”

叶臻的 PK 技术在全服来说已经算是不错了，这个云书不至跟她比起来只强不弱，醉卧花前看着叶臻发了大招，向她的对手回以一连串猛攻，重新掌握了进攻节奏，倒也压着对方打了一阵。两个紫色的身影移动的速度比第一场更快，简直要化作两团声势浩大的紫色光团，碰撞之间激射出的气流将主城的地板都砸出了坑洞。

战况胶着，谁也不知这两人最终谁会胜出，打到第三十招过后，云书不至出其不意地抓住了叶臻的破绽，一个大招将她的血线压到了1%。

叮的一声，系统宣判云书不至获胜。

【03】

叶臻坐在电脑前，半天才缓过神来，发现自己在刚刚的战斗中一直屏着呼吸。

醉卧花前的信息马上在聊天栏里冒了出来，内容很简单，就“真命天子”四个字。

叶臻：“……”

不过她也知道机不可失，于是不等打坐回血就先密聊了云书不至。

【密聊】叶臻臻臻臻臻：你的操作技巧很高明，比我厉害得多，我希望你能够成为我的搭档。不过这是个双向选择，我也不知道我刚才的表现是否让你感到满意。

【密聊】叶臻臻臻臻臻：我就直接问了，你愿不愿意和我组队去参加跨服之战？

云书不至的回答来得很快。

【密聊】云书不至：愿意。

叶臻看着这两个字先是感到一阵狂喜，然后又觉得好像有什么地方不对。这个场景看起来怎么像是她在求婚，然后对方就答应了。

叶臻臻臻臻臻：“你愿意跟我结婚吗？”

云书不至：“愿意。”

——差不多就是这样的感觉。

她坐在电脑前，有些不自在地清了清嗓子。

对方答应得这么爽快，真是出乎她的意料，她都已经做好被拒绝的准备了。毕竟无论在游戏里也好，在现实里也好，这样的高手一般都比较挑剔，不过她也不差吧。既然人家都说愿意了，那么只要直接组队参赛就成。

【密聊】叶臻臻臻臻臻：那我们先加个好友吧，然后先去参加积分排位赛，早点拿到入围资格。

【密聊】云书不至：好。

在跟别人交流的时候，用最少的字来回答对方似乎是云书不至的风格，身边围绕着一群话痨的叶臻用了一点时间来适应这个，确保自己说话的时候也能尽量的简洁。

她发出好友申请，云书不至同意了，然后她又注意到自己这个搭档似乎并没有加入帮会，于是就顺带问了一声。

【密聊】叶臻臻臻臻臻：我们帮会正在招人，你要不要考虑加入？就是阵营不同，你可能需要退掉阵营或者直接转到另一边——当然你不想来也没关系。

【密聊】云书不至：可以。

他又答应了。

【密聊】云书不至：等我退了阵营，你再把我拉进去。

【密聊】叶臻臻臻臻臻：没问题。

云书不至的身影很快开始变得暗淡虚无，然后彻底消失在空气中，显然是立刻就打算到阵营地图去退阵营。他这样雷厉风行，叶臻甚至都没来得及问他是愿意担任治疗还是一定要当输出。她在电脑前坐了半天，才意识到自己真的就找到了合适的搭档，这可真是见鬼的幸运。

云书不至很快退了阵营，给叶臻发来信息，她立刻向他发出了入帮邀请。云书不至接受之后又发来一条信息，说自己有事要先下线，没多久，他的头像就暗了下去。叶臻看一眼电脑屏幕右下角的时间，还不到十点，不由得猜测对方是不是还是学生，竟然这么早就不玩了。

她一连对战了四五场，现在正是兴奋的时候，也不打算这么早睡，于是跟醉卧花前一起去跑地图任务。忆长安这一晚上已经吸收了八百多个新成员，不需要他们两个人继续待在金陵做活字招牌，醉卧花前收起了那些用来吸引眼球的坐骑和跟宠，和叶臻一起来到了90级的野外地图。

两人接了个颇有难度的升级任务，结果出师不利，第一轮就双双被怪打死。

【队伍】叶臻臻臻臻臻：……

【队伍】醉卧花前：这种感觉，真是好久没有体验过了。

两人的尸体躺在野外，身边还有BOSS在咆哮着转来转去。

【队伍】叶臻臻臻臻臻：水货，你是有多久没自己出来升级了，连野外BOSS的打法都忘了，这全是靠代练升上90级的吧？

【队伍】醉卧花前：哪有，一时疏忽而已，再来。

【队伍】叶臻臻臻臻臻：等等，别原地复活，回营地去。我切治疗保险一点。

醉卧花前没有异议，两人于是复活回到营地里，叶臻切了治疗心法，又换了一身装备，这才重新出发去杀任务BOSS。

这回借着叶臻那半吊子的治疗水平，两人队伍总算没有在跟BOSS打上照面的瞬间被全灭，醉卧花前凭借着低效率的攻击跟出众的耐心，磨了四五分钟把这个任务BOSS给磨死了。两个人欢天喜地地捡了BOSS掉落的任务物品，骑上马一路飞奔回NPC所在的营地交任务。

然后，叶臻就看着自己的经验条从五分之一满变成了四分之一满。

叶臻："……"

做这么一个困难级的多人任务，给的经验才这么点，再次刷新了她对 90 级之后苛刻的升级条件跟所需的海量经验的认知。

但是，想要在跨服之战拔得头筹，光靠操作跟意识是不行的，还要全力提升等级。《策马江湖》的升级狂潮往往都在跨服之战前夕，所有参赛的玩家都会着力去升级，完善配装，以期在决赛中占据更大的优势。

云书不至的等级才 89 级，叶臻收起了人物属性界面，提醒自己下回见到自己的搭档上线的时候，要跟他提一提升级的事。或者他们两个也可以一起组队去做任务升级，也可以在过程中提升一下配合度跟默契感。

不远处，醉卧花前正骑在他的马上，在杂货商那里修理好了破损的装备，等着叶臻在她的门派接引人手中接好任务过来。

这个环节的任务更麻烦，不同的门派有不同的任务内容，他们需要打完一个 BOSS，再跑到另一个地点去揍另一个。

叶臻看着五毒的门派接引人给她发布完任务，笑眯眯地补充："叶臻臻臻臻臻，拿到任务物品后请在规定时间内把它交回给我。"

【队伍】叶臻臻臻臻臻：这破任务怎么还有时间限制？

【队伍】醉卧花前：不然怎么烧玩家的点卡？

【队伍】叶臻臻臻臻臻：……

这话说得好有道理，她竟无言以对。

两人于是决定先完成醉卧花前的任务，然后再回来接一次叶臻的任务。论坛上做过这个连环任务的人都说任务内容坑爹，一个人绝对完不成，就算浪费时间也只能这样了。

……

三个小时过去。

门派接引人带着笑容，收下了不知第九环还是第十环的任务物品，终于说出了那句让人如蒙大赦的台词：“叶臻臻臻臻臻，战斗物资已经收集完毕，感激你为本次抵御外敌所做的一切。”

说完叶臻就听到一阵令人愉悦的系统提示音，看到自己的人物角色身上绽放出久违的升级特效光芒，终于从 90 级升上了 91 级。不远处，在另一个门派接引人那里交任务的醉卧花前身上也笼罩了一层炫目光芒，同样升了一级。

【队伍】醉卧花前：不容易，终于升级了。

【队伍】叶臻臻臻臻臻：后面更难，真不知道君如月是怎么升到 97 级的。

【队伍】醉卧花前：代练。

要不是全职玩家，光靠日常的零碎时间想要在等级榜上占据第一位，那是相当困难的。所以全服第一高手“君如月”要么是个职业玩家，要么就是找了代练给他刷级，才能保持等级优势。

【队伍】叶臻臻臻臻臻：要不我也找个代练算了，让他们给我刷上 100 级再说。

90 级以上的代练价格并不便宜，但比起要自己来辛苦练级，还是花钱比较合适。叶臻这样想着，甚至考虑要不要给自己的搭档也找个代练，学生党毕竟要以学业为重，可能没有太多游戏的时间。

正想着，就感到了一阵困意侵袭，一看屏幕右下角的时间都已经凌晨一点半了。

她连忙摇了摇头，好让自己清醒一些，再看时间还是一点半。

【队伍】醉卧花前：二宝，一点半了。

【队伍】叶臻臻臻臻臻：根本没有注意到已经一点半了……垃圾游

戏！

【队伍】醉卧花前：明天挂着那么大的黑眼圈出镜，当心被质疑专业性。

【队伍】叶臻臻臻臻臻：不说了，我下线了，晚安！

她发完这句话，也不等醉卧花前回答就下了线，然后在房间里转了一圈找了两张眼膜贴上，也不指望自己代言的这牌子能多有效，只盼着明天起来的时候最好不要太难看。等了几分钟，叶臻揭掉眼膜去洗了个脸，放下头发躺倒了床上，脑子里浮着各种纷乱的念头，迷迷糊糊地睡了过去。

第二天一早，她被敲门声给吵醒，挣扎着爬起来的时候觉得整个人都摇摇欲坠。

真是年纪大了，叶臻一边走过去开门一边想，以前明明熬夜拍完戏也照样活蹦乱跳，可以跟来剧组探班的霍希出去疯玩一整天的。

当她打开门，看到经纪人小舟站在门外的时候，她更加怀疑自己是不是睡昏头了。

"Surpri——"小舟保持着一手提豆浆一手提油条的姿势，震撼地看着脸色苍白全身散发着死气的叶臻，把后半截英文都吞了回去，"怎么了怎么了？昨晚失眠了？"

"姐，你……昨晚没睡好吗？"章逸在她身后冒了个头出来，同样震撼地看着叶臻。

"小舟你怎么来了……"叶臻被这两双眼睛盯着，无论如何也不可能承认自己是打游戏打到忘了时间，就默认了经纪人那个失眠的理由。

事实上她睡得确实不好，做了一堆乱七八糟的梦。她梦到《策马江湖》变成了一款全息网游，然后人物角色忽然变成了她自己的样子，于是一群认出了她的疯狂黑粉就开始在游戏里对她围追堵截，阻挠她杀进跨服之战，不给她拿神级套装的机会。

……那可真是一场噩梦。

叶臻不愿再回想那场面，朝两人摆了摆手，转身去了浴室洗漱。

等她出来的时候，小舟已经把带来的早餐放在了餐桌上，还全部拆好了封。

叶臻顶着两只黑眼圈走过来，拉开椅子在餐桌前坐下，小舟给她递上一次性手套："今天你就不用拍戏了，公司给你安排了一个杂志封面的拍摄，我是过来接你的。"

"什么杂志？"叶臻接过一次性手套往手上套，还是昏昏沉沉的样子，"公司又想起给我安排工作了……"

小舟看了看叶臻眼下严重的黑眼圈，不得不想办法补救，低头在包里翻找着："我这不是销假回来上班了嘛，谁再敢给你使绊子我手撕了他。"

叶臻迟钝地抬了抬眼皮，被小舟迎面呼过来两张眼膜，听小舟说："这是新产品，贵死了，不过效果那是立竿见影！你吃，待会儿保证你上镜的时候看不出半点失眠的迹象。"

于是坐车去摄影棚的时候，叶臻穿着连帽衫坐在后面，脸上还贴着眼膜。

【04】

杂志社的摄影棚跟 K&S 的总部离得不远，车子在公司大楼下把叶臻的小助理放下，在剧组待了那么长时间小姑娘都没能回家，叶臻打算今天给她放一天假。

车子关上了门，继续往摄影棚开，等到来到摄影棚准备开门下车的时候，叶臻才揭下了眼膜。小舟在旁边气定神闲地递过来一面镜子，叶臻擦掉皮肤上沾到的精华液，对着镜子照了照，果然效果出众。虽然是临时抱佛脚，但她的黑眼圈也已经消失得差不多了。

“怎么样怎么样？”小舟凑过来跟她一起看镜子，得意地说，“我都说了这是神器吧？不过偶尔救急就行，不能日常用。”

“有副作用？”马上就要去拍封面，叶臻也就没再上妆，只是掏出黑框眼镜戴上。她今天的打扮看起来很有运动感，只涂了淡淡的唇彩，看起来完全就是个刚出校门的大学生。

“不是。”小舟深沉地打开车门，“太贵了，我们还用不起。”

叶臻：“……”

她无语地从自己这边下了车，然后看到小舟大包小包的从车上下来，还一手拿着他的小记事本在低头翻看。叶臻绕到她身后，伸手托了托那个大包感受了一下重量，脸上不由得有点变色——好沉。

“这里头装的是什么？”她问自己的经纪人，“这大包小包的，不知道的还以为你要逃难呢。”

“噢噢，忘了。”小舟露出恍然的表情，又把大包小包放回车上，“差点以为到家了，这不都是你的小粉丝们送你的礼物嘛，都检查过了，正好给你搬回公寓里去。”

“这么多？”叶臻狐疑地看她。

“这不是我休了几个月假，礼物也积攒了几个月嘛。”小舟关上车门，手上只剩下她的小挎包，“你这忙得整天不着家也不着公司的，也不可能自己去搬，就都堆那儿了。我把能捐的都捐出去了，剩下的都是小东西。你带回家拍几张照片，然后发到微博上去，好让你的粉丝们高兴高兴。”

“……这些小东西可真大。”K&S总共给她配了两辆车，一辆保姆车，一辆SUV，今天的东西要是再多点，小舟就得开那辆保姆车来接她了。

“走快点走快点，别磨磨蹭蹭的。”小舟催她，“东西多有什么，又不用你扛，公寓的保安叔叔会帮忙提上去的。”

“你今天不对劲啊，这么急做什么？”叶臻被她推着往前走，原本还有些心不在焉，这下被她的异常引得精神集中了起来，“拍个杂志封面而已，用得着那么紧张吗？稍微迟一些到也没关系，他们要求没那么准时。”

何况她看得清清楚楚，小舟的本子上写着十点钟开拍，现在才刚过九点。

“你进去不用换衣服，不用化妆啊？”小舟回答得理直气壮，“准时一点怎么了？”

叶臻从前是新人的时候，确实是哪怕给杂志拍个插页也不敢让摄影师久等，可今时不同往日，到了她这身价一般人反而还不能到得太早，得端着一些，方能彰显出跟一般女星的地位差异。

“少糊弄我，我还不清楚你那套！”叶臻死死地停住脚步，任凭小舟怎么推也不往前走一步，“里面有什么阵仗在等着我？你不说清楚我不进去！”

两个人在摄影棚大门口较着劲，叶臻倒是不怕，现在她穿成这样没人认得出她来，可小舟怕。她怕有狗仔拍到她们这个样子，写出什么“超人气女星叶臻忘恩负义，疑似在摄影棚外跟经纪人闹翻”的报道，只好先放弃了把人往里推的举动，在气急中也不忘压低声音解释：“迟则生变，我这还不是怕节外生枝，乔馨也在摄影棚里！”

叶臻：“……”

她试探地问：“《时尚》的总编换人了？这回不用男女搭配，改用两个女星来当封面了？”

小舟说：“别装了，就是你心里想的那样，这个封面本来要拍乔馨的，我给抢过来了。”

叶臻：“……”

小舟，一个腥风血雨的女人，从来不向高层势力低头。

这才刚销假回公司她就开始撬乔馨的墙脚，长此以往不得跟姚同亮一脉的人掐起来！

小舟一看她想打退堂鼓，顿时把人揪住了，强横地道：“现在我不抢也抢了，不要怂，就是干！”

叶臻感到头皮一炸：“你这样让我很难做你知道吗？”

经纪人太有个性也不是件好事啊，乔馨本来就对她有瑜亮情结，现在肯定要更处处针对自己，她们可不像她一样有个副总做后台。现在乔馨人就在摄影棚里，待会儿指不定要搞出什么幺蛾子，叶臻睡眠不足战斗力直降七十个百分点，完全不确定能不能应付得了她。

小舟还在旁边鼓励她：“怕什么？我这不是提早带你过来了嘛！反正时间充裕，兵来将挡水来土掩，不用怕她！”

“好了！”叶臻受不了地做了个噤声的手势，然后深吸一口气，“走，进去吧。”

她们走进摄影棚，叶臻先警惕地四下扫视了一圈，没看见乔馨的身影。服装师跟造型师正站在聊天，看到叶臻走进来，两个人顿时就停下了交谈，殷勤地迎上来：“哎呀呀，好久不见了，臻臻。”

乍一见一个牛高马大的男人这样翘着兰花指语气夸张地说话，小舟微微僵直了一下，她真是再在娱乐圈打滚多少年也适应不了这个画风。

倒是叶臻很自然地倾身跟他拥抱了一下，跟他打了个招呼：“好久不见了，阿 Jay。”

两人不是第一次合作，造型师阿 Jay 在业界属于高水准的那一批，他后退一步看了看她的脸，满意地摸着下巴点头道：“皮肤状态还不错，最近的工作应该还挺轻松吧，就是黑眼圈有点重，昨晚没睡好？”

“昨晚有点失眠。”叶臻干笑，说话的时候还在留意着周围的动静，生怕有什么布景板之类的东西突然砸下来，“可能是工作一闲下来就有点不习惯。”

服装师在旁边笑：“你这么红，K&S 能让你闲多久啊？我看很快就又要忙得团团转了。”

三个人寒暄了一阵，眼看着离正式拍摄的时间越来越近，服装师便跟造型师一起拉着她去做造型换装。小舟跟她说了一句要去四处看看，留意一下乔馨到底藏在哪儿，然后就跑了。

因为叶臻的睡眠不足多少还有点痕迹，所以这回的妆面也画得也浓，反正封面杂志上也没几个素颜派的小清新，气场不足反倒压不住场。勾上眼线之后，叶臻对着镜子里的人目光一凝，整个人的气质立刻配合着妆容有了调整，变得锋芒外露起来。

阿 Jay 收拾好工具，抬头对上她的眼神，顿时娇羞地捂起了脸：“哎呀，皇后娘娘好攻，看得人家都要直了。”

时尚圈十男九 gay，阿 Jay 是那九分之一。

叶臻在镜子里配合地冲他挑了挑眉毛，张开双臂大方地道：“那还弯着干吗，快到本宫的碗里来。”

小舟刚好四处查探敌情回来，一进门听到这段对话，顿时一脸大开眼界的表情。

“不来啦。”阿 Jay 不知想到了什么，脸上居然露出了沉醉的神色，“我还是弯着好，世界上还有那么多好男人在等着我……说起来现在外头就有一个是我的菜，那脸、那气质，啧啧啧！”

叶臻起身去换衣服，听到这话回头看他：“那么帅？”

只见阿 Jay 两手在胸口交握，少女怀春般不好意思地点了点头。

她于是问道：“要不要我待会儿出去帮你要电话号码？”走了两步，又回过头来看他，“还是你已经拿到了？”

阿 Jay 从口袋里掏出张名片，放在唇边亲了亲，叶臻顿时佩服起他的动作之快。

小舟在旁边终于等到了插话的机会，凑过来在她耳边低声道：“暂时没发现什么问题，放心，我继续盯着。”

叶臻心道，即使你这样说了，我也完全放心不下来啊。

尤其乔馨还一直不见人影，谁知道她到底想干什么。

“看紧点啊。”无奈之下，她只能叮嘱小舟，然后先跟服装师去换衣服。

服装师今天给她准备的是按着她的尺寸来的 Gvienchy 高端定制长裙，红色的长裙被她拿在手中，就像一团流动的火焰一样。

叶臻很适合这个牌子的风格，出席各种场合也多数穿的是 Gvienchy 的高定。

在圈内，明星们大多有着自己固定合作的品牌，从衣服到各种配件，林林总总。叶臻在她的帮助下换上了裙子，觉得腰部有些紧，第一反应就是糟糕，要减肥了。

“怎么样？”服装师给她整理了一下裙摆，蹲在地上仰头看她。

叶臻提了一口气，感受了一下腰部的紧绷度，觉得小了很多，还算在能够承受的范围内，于是点了点头：“可以，没有问题。”

服装师站起身来：“没问题我们就出去吧。”

她一出来，小舟的眼睛就噌地亮了起来，一张嘴又想开始吹捧她。叶臻先发制人，上前两步就把人推到了墙上，一手撑在她耳侧，另一手捂着她的嘴，仗着身高优势攻气十足地俯视穿平底鞋的小舟。

小舟：“唔唔？！”

叶臻注视着她慢慢变红的脸，松开了手：“不要说话，安静欣赏，懂吗？”

小舟一脸魂飞天外，在叶臻压低后显得更加充满控制欲的声线中点了点头。叶臻修长的手指在另外两人的注视中划过她的脸，红唇轻启，说道：“好孩子。”

在场的三个人被她的气场笼罩，都感到一阵腿软，她真是太会撩了！

“好了。”叶臻像没事人一样退开，“我们走吧。”

三个人如梦初醒地跟了上去。

叶臻的身影一出现在摄影棚，整个世界的音量就像猛地降了一格，所有人的目光都集中到了她身上，有那么两秒忘了自己在干什么。

她对着身旁擦肩而过的工作人员自然地露出笑容，像是完全意识不到自己给这个世界造成了多大的冲击。她出道那么长时间，穿红色衣服的次数屈指可数，乍一见她穿这条鲜红如火的长裙的模样，所有人都感到一阵心曳神摇。

小舟这回终于扬眉吐气，虽然刚刚叶臻捂住了自己的嘴不让她发表溢美之词，但还不是一出场就让所有人都看痴？正得意的时候，耳边忽然传来叶臻压得很低的声音：“你看站在那边的是谁？”

“谁谁谁？”小舟回过神来，一眼看见站在纯色布景板下的乔馨，呆了两秒之后立刻竖起了眉毛，“太有心机了！”

只见乔馨站在布景板前，神色得意地看着叶臻二人。

仿佛是特意来抢叶臻的风头，她穿了一条相当衬托她清纯气质的白色高定长裙，正面没什么，背面才见玄机，切割露背的设计精巧中又带着一丝性感，十足抢镜。

朱砂痣与白月光，自古女性之间相较高下都逃不脱这个格局。

小舟不敢置信地道：“她以为自己是来抢婚的吗！”

叶臻中肯地说：“挺像的。”

《时尚》在国内属于顶级的时尚杂志，一期两刊，也就意味着他们需要同时请两位有分量的娱乐圈人士来拍摄封面，男女搭配这个传统已经延续了很多年。

这一期的女性版他们邀请了叶臻，男性版邀请的就是站在纯色布景板下的那位了。

两人来拍照的时间安排在了同一天，对方的拍摄显然已经结束。那人正背对着叶臻站在布景板前，在用手机跟什么人通话，一身修身的黑色西服将他的腰背线条展现到了极致，真正是衣裳架子，光是一个背影都令人不由得心生向往。

这是新近走红的男模，还是哪个娱乐公司隐藏已久的秘密武器？叶臻一面淡定地迎着乔馨的目光走过去，一面暗暗猜测着他的身份。

不过看乔馨那骤然紧绷起来的表情，她今天来摄影棚的目的是单纯为了跟自己较劲呢，还是为了借这个机会亲近这个男人，这还是两说呢。

叶臻心中认为小舟形容得很贴切，这确实像个抢婚现场。

正想着，对方忽然朝着这个方向侧过了身。

然后，就像旧电影里的慢镜头一样，她看到了一张令人怦然心动的侧脸。

|第六章|

DILIUZHANG
戏 外 暗 潮 生

【01】

站在她身后的小舟跟阿 Jay 字面意义上地倒吸了一口凉气。

不怪他们失态，只能怪这个男主角实在太英俊，就连叶臻这样久经美男阵的人都有些扛不住。

在他冷淡的眼里，有着只有经历岁月洗礼才能沉淀出的颜色，一旁的摄影师似乎也觉得这个画面十分抓人，端起相机又抓拍了几张对方在通话中的神态表情，然后才心满意足地放下。

“老师……”他的助手从身后凑了上来，对他耳语了几句。

摄影师后知后觉地朝叶臻所在的方向看过来，顿时眼睛又是一亮：“叶臻，今天这身不错啊，新风格！”

叶臻谦虚了几句，小舟在旁看着，恨不得亲自上阵去跟摄影师夸赞她这身新造型。但她刚刚才被叶臻警告过，只能按捺住自己，听他们俩说话。

“这件事先交给符副总监。”季崇安跟自己的助理通着话，察觉到了身后片刻奇异的安静，他下意识地侧身，将目光投向了众人目光的焦点，“其他的等我回去再——”

当目光触及到那个美丽的身影时，他的目光微微凝注。

助理还在电话里汇报工作，季崇安收回被那抹红色吸引过去的注意力，眼角的余光依然不受控制地追逐着她。

叶臻被摄影师分散了注意力，让她忽略了来自季崇安的视线，但乔馨却没有漏看这一幕。

她清纯美丽的面孔因为怒气而产生了一丝扭曲，指甲深深地陷进自己的掌心里。

为什么，为什么永远都是这样？

自己费尽心机，在歌唱上下了多少功夫，才让眼前的人目光稍稍为自己停留？

凭什么叶臻一出现就轻而易举吸引了他的目光？

她明明是一颗弃子，那张满是恶评的唱片也是阴谋算计的产物，应当引得季崇安对她心生不喜，可现在两人相见的画面实在不是乔馨设想中的场景。

季崇安对叶臻并无明显的恶感，叶臻在他面前也没有半分心虚。

乔馨先入为主地认定季崇安醉心音乐，对叶臻这样的话题女王不会有任何认知，同样也没考虑过忙碌如叶臻，很可能连乐坛教父长什么样都没留意过。

而当她暗藏嫉妒的目光落在叶臻身上时，唇边却浮现出了一丝带着算计的笑容。

她放弃了继续在季崇安面前吸引他注意力的打算，从背景板前离开，一步一步地走向了叶臻。

叶臻正在跟摄影师交谈，Givenchy 的抹胸长裙穿在她身上就犹如一团炽烈的火。

胸前的大片蕾丝面料仿佛盛开在白色肌肤上的大片玫瑰，裙摆高开衩的设计令她笔直白皙的腿更显修长，与长裙同色的细高跟鞋将整个时光都带回了热夏。

她的眼是明亮而灵动的，涂成红色的双唇饱满如樱桃。

她就站在那里，长发绾起，每一寸肌肤都像在发光，每一个表情和动作都能轻易地吸引别人的目光。

季崇安觉得自己低估了她，他低估了叶臻这个名字所代表的魅力。

他垂下眼，在这张令自己一回国就被铺天盖地的恶评给包围的唱片之前，他对叶臻这个名字就已经不陌生。毕竟家里有个疯狂的小追星族，狂热地喜爱着叶臻，收集了各种有关偶像的新闻剪辑、报刊和 DVD。叶臻每出一部新戏，林欢欢小姑娘都要去捧场，做足了一个忠实拥趸的本分，偶尔找不到同伴的时候，小姑娘就会央求他跟她一起去电影院。

季崇安对旁人疏离，对外甥女却是十足的宠爱，一般不会拒绝她的请求，因此也看了不少叶臻主演的电影。他很清楚，在银幕上看到的形象通常会跟在现实中的本人存在一定的差距，有些人在镜头前艳光四射，在现实中却不一定有那么好看。偏偏在叶臻身上，这个定律失效了，她在现实中的样子比她在镜头前的演绎更加令人难以移开目光。

她像一团跳跃的火光，充满了生命力，比屏幕上素净温婉的形象更有冲击力，几乎让每一个看到她的人都会被这美丽所折服。

这实在是不可思议。

下一瞬，乔馨的身影也进入了他的视野中。

“叶臻师姐最近很忙？好长时间没在公司里见到你了。”

叶臻听熟悉的声音在旁边响起，回头一看，果然是乔馨按捺不住要过来跟她过招了。

K&S的两大当家花旦之间斗争激烈，暗潮汹涌，这从来不是什么新闻。可每次见到她们对峙的阵仗，吃瓜路人都还是会精神一振，就连摄影师也不再说话，等着看好戏。

叶臻一勾嘴角：“忙啊，这几个月就没着过家，到底比不上你悠闲自在。”

这不就是明晃晃地打脸，嘲讽乔馨接的工作不够多，只能在公司里瞎转悠吗？

叶臻看着乔馨清纯的笑容僵硬了一下，没等她反击，又装作无意地问了一句：“今天我来给杂志拍封面，乔馨你又是——”一双美目往她身上一扫，眼里多了几分明悟，“噢，来拍个人写真是吧？”

小舟在旁边差点没有忍住笑声。

现在有哪个明星还会自己跑出来拍私人写真？

“不是，叶臻师姐。”乔馨到底沉住了气，虽然心里恨不得抓花她的脸，但表面上还维持着自己清纯佳人的设定，“只是今天出外景拍广告，路过摄影棚，就想着进来看看，没想到你也在这里，真是好有缘分呢。”

“原来是这样。”叶臻的声音里带着笑意，“那可真是太有缘了。”

她说着，忽然察觉到右前方有一道具有压迫感的视线。

叶臻心中一动，朝着那个方向看去，目光跟站在那里刚收起手机的季崇安对上。

她不由得在心里感叹，这个男人真的是很英俊，而且正面看起来比他的侧脸还要有冲击力。娱乐圈最不缺少的就是好看的人，能像眼前这个一样让她有被击中的感觉的却不多。

这个英俊的陌生人看她的目光很复杂，其中没有她所熟悉的淡淡惊艳与欣赏，只有审判和疏离。叶臻愣了一下，随即联想到乔馨跟自己现在这状况，看起来完全就是霸道的皇后在欺负可怜的白雪公主，难怪对方会是这种反应。

这一刹那叶臻的内心毫无波动，甚至有点想笑——谁说乔馨没有演技的？那是没见过她的演技爆发，看看她这隐忍又委屈的表演，谁会不觉得她无辜又可怜？

叶臻自己都要觉得自己无理取闹、罪大恶极了。

她收回目光，看向面前这个犹如一朵小白花的清纯佳人，征询道："没事的话，我们改天再聊？你看我现在拍完封面还要回去继续拍戏，毕竟不好因为我一个人影响了整个剧组。"

乔馨原本只是想过来演这一出，好在季崇安面前给叶臻添几分恶感，于是见好就收，说道："那我就不打扰师姐了，等你有空的时候我们再聊。"说完便转身离开，十分善解人意的样子。

小舟等了半天，终于逮到机会放大招，于是立刻假装低声数落起叶臻来："你看看你，我都说过多少遍了，要多跟人家学学怎么谦虚。人乔馨比你早进公司，是你的前辈，见面应该你管她叫师姐……"

小舟这些诛心至极的话乔馨肯定全听见了，叶臻看着她的拳头不自觉地在身侧握紧，猜她现在肯定恨不得扑过来把她们两个给生吃了。

这可不是谦虚，这是耻辱！

"周老师。"叶臻见好就收，息事宁人地叫一旁看戏看得津津有味的摄影师，"时间也不早了，我们开始拍摄吧？"

摄影师被她一叫才回过神来，想起上午还有个拍摄工作，于是放下了摸下巴的手，示意全世界归位："好好，我们这就开始拍。"一边指挥还一边笑眯眯地对她说，"你放心，绝对耽误不了你的时间。"

于是所有人各就各位，季崇安从布景板前离开，叶臻也往布景板那边走。在两人擦肩而过的时候，叶臻终究还是没有敌过自己的好奇心，她轻声问这个英俊的陌生人："我们是否认识？"

她能轻易辨认一个人的眼神，是男人看女人，是长辈看幼童，还是陌生人看陌生人，都不一样。这个英俊的陌生人看她的方式，明显不是在看一个陌生人，他是知道她的。

以防在无意中跟人结仇，叶臻有此一问。

她的声音不大，除了跟她离得近的季崇安，没人能听见。

季崇安停住脚步，居然也回答了她的问题："不，我们不认识。"

叶臻脚下一顿，转过身来刚想说点什么，两个人就听到"嗞啦"一声响，在空中相碰的目光都变得有些疑惑。

季崇安的视线从她脸上往下移，落在她的腰间，目光顿时从冷淡变成了似笑非笑。

叶臻顺着他视线的落点低头看去，就看到自己身上的长裙在腰间撕裂了一道大口子，破口正在她刚刚觉得紧绷的腰间！

叶臻："……"

这不科学！她有长胖那么多吗？！

还好衣服撕裂的动静不大，在场其他人都没发现，只除了她面前这个似敌非友的英俊陌生人。

叶臻的大脑飞速地转动起来，想着要怎么解决这个问题才不会让自己显得太过丢人。不过在她想出要怎么处理这个紧急情况之前，一件还带着体温的西装外套就已经披到了她身上，贴心地为她挡住了那个破得十分尴尬的口子。

叶臻下意识地抬起头来，美丽的眼睛里自然地流露出了感激和疑惑。

"谢谢……"她不敢确信上一秒还从他这里感觉到了不喜，下一秒他又会出手帮自己。

季崇安身上只剩下一件衬衫。他看着裹紧了自己外套的叶臻，她的身形在女明星中也算高挑，但裹着他的外套时却依然显出了娇小。

他低沉地说了一句“没什么”，没有多作停留，就直接从她面前离开了。

季崇安出手的速度太快，所有人都没看清叶臻身上的裙子崩裂的那一幕，两人之间的交流令围观群众心中一阵纳闷，不明白发生了什么事。只有一手策划了这次“意外事件”的乔馨在旁咬碎了银牙，竟然是季崇安出手破坏了她的计划，让叶臻没有当众出丑！

但事已至此，她也不能冲过去再把她身上的外套扯下来，只好站在原地一跺脚，从侧门先行撤离，免得里头的人把这场事故联想到自己头上。

永远冲锋在“保卫叶臻”第一线的小舟第一个跑了过来：“怎么了怎么了？刚刚发生了什么事！”

她的表情很奇异，摄影棚里很冷？有必要那么突兀要表现绅士风度？

叶臻看着季崇安的身影消失在门外，紧了紧身上裹着的外套，回答道：“我把衣服撑破了。”

小舟：“……”

【02】

小舟平时看起来很没有杀伤力，但她发起飙来的时候，十头牛都拉不住。

“我需要一个解释！好好的一条裙子，怎么会突然撕裂出一个大口子？”作为护犊子的经纪人，她绝不接受这是叶臻转身的动作太大，最近又吃得太胖的说法。

叶臻穿着那条破了一个大口子的裙子坐在椅子上，没有言语，而肩上还披着那件外套。

外套上残留着它主人的气息，让人心安地包围着她。那可真是个奇怪的人，叶臻一边想着一边摸过质地上佳的衣料，明明看上去对自己没有多少良好的观感，还一副没兴趣认识她的样子，却意外地有绅士风度，没有任她出丑。

匆忙赶来的副主编听了服装师的检查结果，裙子的裂口处确实有人为的开线痕迹，顿时感到一阵头疼。这件事处理起来可大可小，往小了说就是杂志社赔一条裙子的事，往大了说却是要得罪 K&S，以后在业界也会留下污点。毕竟是他们让应邀来拍摄封面的明星穿上了保管不妥的服饰，差点让叶臻当众出丑。

这事会是怎样的处理结果，看的全是叶臻本人态度。

他只能用最真挚的态度，先对坐在一旁的叶臻表达己方的歉意：“今天在摄影棚里发生的事实在对不起叶臻小姐，这完全是我们工作上的疏忽，希望没有对叶臻小姐造成太大的心理伤害。”

叶臻一双美目盈盈地看向他，副主编还没来得及对这样的美貌生出感慨，就听到她的经纪人在旁冷冷地道：“服装师的话我想大家也听得够清楚了，这其中就是有人看不惯我的人，在衣服上动了手脚。”

至于看不惯叶臻的人是谁，小舟就差没直接点名是今天“碰巧”也来了摄影棚的乔馨了。

包括副主编在内，在场知道这个跟叶臻走不同路线的清纯佳人在私底下是什么样的人都在心里暗骂了一声。这的确像乔馨常用的手段，她可能没有勇气在背景板上或是灯架上做手脚，怕真的倒下来要出人命，但要花钱买通能接触到这条裙子的人，稍微把连接部分的布料割开让对手当众出丑这种事，她确实不是第一次做了。

在各种竞争场合里，吃过她这个亏的新人不在少数。

叶臻这还是见惯风浪的人，哪怕没有人在这种场合替她解围，她自己也能够化解尴尬的气氛。相比之下，新人的经验就没那么丰富，很容易就陷入窘迫和被动，让乔馨能够轻易占据不败之地，得到自己看中的角色。

这样的把戏既容易奏效，又不会轻易被人抓住把柄，难怪会是乔馨的最爱。

而今天分明应该是K&S的内部斗争，乔馨却选择了在《时尚》杂志的摄影棚里搞小动作，把他们牵连进来之后，见情况不对自己先走了，这实在做得不地道。所有知情者都想道，在可预见的一段时间里，相信《时尚》不会再考虑将乔馨纳入邀请范围。

眼下的问题是，他们该如何收拾场面？

小舟还待说什么，坐在一旁的叶臻就伸手拉住了她，然后站了起来："衣服的事情，我想需要时间来查清楚，不过封面的拍摄也不应该为突发情况而耽搁，换一身衣服我们就继续拍摄吧？"

副主编对叶臻的好感顿时又上升到了一个新的高度。

这般深明大义，愿意顾全大局，真是十分大度了！

副主编简直感到自己见到了六翼圣光大天使，马上转头对服装师说："我们还准备了其他服饰吗？"

服装师连忙点头："有的，我准备了好几套不同风格的衣服，都让总编看过了，除了这条Givenchy高定，还有一套备用的。"

听到有备用的衣服，众人心里一松，然而脸上还没来得及露出笑容，就又听叶臻那个护短的经纪人以一种怀疑的语气问道："不会连备用的那身也被动手脚了吧？"

副主编："……"

服装师："不会！我保证不会——"但说着她自己也不确定了，于是飞快地往更衣室跑，"我这就去检查一遍！"

叶臻这才松开了搭在小舟腕上的手指，对副主编说："那我现在就去换衣服，这条裙子——"

副主编重新找回了自己的镇定和专业性，沉稳地道："叶臻小姐放心，这个问题我们会负责跟 Givenchy 方面解释，我们会处理好。"

他们的杂志跟品牌合作，提供给明星拍杂志硬照的服饰是各个品牌出借的，等拍完照片以后还要原样还回去。既然是在摄影棚里出了意外，把衣服弄坏，他们杂志社自然要出面向 Gvienchy 道歉，还要照价赔偿。这跟叶臻完全没有关系，她只是一个受害者。

副主编目送她跟她的经纪人离开，想起过来的时候听助理说还好是季总监在旁边反应快，脱下外套遮住了裙子撕裂的部分，让叶臻没有当众出丑，不然她现在也不会这么平静这么好说话。

传言中季崇安跟叶臻因为那张唱片而交恶，现在看来完全不是这么回事嘛，副主编心道。这要是交恶的话，谁还顾得上什么绅士风度，为一个他所厌恶的人解围？

摄影师见他站在原地一脸的若有所思，还以为他在担心事情会搞不定，于是开口安慰道："好了老林，衣服让他们给换一身就成，封面我今天会拍好交给你的。"

"什么？"副主编这才回过神来，"哦，不是，我不是在想这个……没事，你好好拍。"

更衣室里，服装师进了里间找备用的高定套装，小舟对叶臻投去了赞许的目光："宝刀未老，演技还是那么出色。"她这么简简单单一句话就让一场风波消弭于无形，还在一群颜粉面前刷了一把好感度，摄影团队里有好几个路人粉眼看着好感度飙升。

"多亏了你的配合。"叶臻可从不吝惜对小舟的夸赞，"没有你我可怎么办？"

小舟以往听到这样的话都会露出得意的表情，而今天的反应却有些反常，叶臻注意到了这一点，不过还没来得及问，服装师就拿着另一身套装出来了："来了来了，新套装，这一身绝对没问题！"

叶臻将目光从小舟身上移开，然后意外地扬起了眉毛，她原本以为那会是另一条裙子，没想到却是一套偏中性设计的西装，而服装师手里还拿着一件专用的裹胸。

服装师难掩激动："哈！我早就想看你穿这个风格的衣服了，拍出来肯定得迷死人。"

叶臻接过衣服，把披在身上的外套脱下来给了小舟。小舟也没想到备用方案会是这个风格，一边看叶臻到帘幕后去换衣服，一边对服装师说："你完了，让她穿成这样，待会儿等她出来不得撩死你。"

服装师期待地看她："真的？"

不过遗憾的是，换上这身衣服以后叶臻似乎没有心情再撩妹，阿Jay进来为她调整了妆容，叶臻就回到摄影棚里，很快以过硬的素质跟出色的镜头感完成了这次封面的拍摄。

拍摄结束后，小舟开车送叶臻回公寓。叶臻坐在副驾驶座上看她打了几个电话。等她收线的时候，车子也差不多快到公寓楼下了。

小舟放慢了车速，偏头看她："今天没其他安排了，回去休息休息，明天我再过来送你去剧组。"

叶臻若有所思地看她："你刚刚是不是有什么话想对我说？你有事

情瞒着我？”

小舟看起来一点也不想说，抱怨道：“你怎么一下子就看出来了？这事等明天我来接你再谈好不好？”

“好吧。”叶臻也不打算勉强她，眼角余光瞥见后座上套起了防尘套的西装外套，又想到在摄影棚里发生的事，便转了一个话题，“所以今天在摄影棚里把外套给我的那个人是谁？他是《时尚》这期准备给乔馨的搭档，他的身份你不会不知道吧？”

季崇安把外套脱下来给了她，人就直接回公司了，她现在想还衣服都找不到人。

小舟嘀咕了一句什么，然后才在公寓底下把车子熄了火，回答道：“人家是季总监。”

季总监？叶臻把自己知道的总监跟这个英俊的陌生人对了一遍，发现半天都对不上号，又问：“哪位季总监？”

小舟打开车门锁，一边拔钥匙一边跟她解释：“他是E.L.S.唱片公司的总监，因为上次不是他本人给你制作唱片，只是被挂上了制作人的名字，所以你才不认得他。”

叶臻：“……”

她坐在副驾驶座上，终于把那个在摄影棚中用复杂的目光看着自己的人跟唱片上制作人一栏写的名字联系在了一起。她沉默地联想到《Mu–Mu–Music》里那两个音乐制作人的话，再想到他那金光闪闪的头衔，总算明白对方为什么一副不想跟自己扯上关系的样子。

季崇安平时出现在公司都是西装革履、一丝不苟的形象。

他今天大相径庭地只穿了休闲款的衬衫，衬衫扣子也解到了第二颗的新形象令公司里许多女职员都十分兴奋，纷纷猜测着总监今天为什么会有这么大的改变。

季崇安一走进办公室，他的助理随后就抱了一堆文件进来，看到上司的样子，顿时起了八卦的心情：“今天去拍杂志封面——怎么样，有艳遇吗？”

季崇安看了他一眼，看到助理眼睛发亮，满脸都是八卦的光芒，于是放下了笔：“你很久没有休假了，我记得。”

“三个月零五天。”助理飞快地答，然后有些莫名其妙话题怎么会从艳遇跳到了这里，继续趴在桌子上，“这跟你的艳遇有什么关系？”

季崇安十指交叉，手肘抵在桌上，眼睛看着他：“跟我的艳遇没有关系，跟你的艳遇有关。”

助理后知后觉地眨了眨眼：“哈，你要给我放假吗，Jason？”他顿时兴奋起来，“带薪是吗？可是我去度假了你怎么办？那么多工作没有了我，你怎么应付得过来！”

“没关系，等你走了我会再请一个助理过来。”

“哈？”助理愣了一下，指了指自己，“那我呢？等我放完假回来，我该做什么？你的工作没有多到需要两个助理吧。”

季崇安慢慢地道：“我可以给你一个推荐，让你去《明刊》当狗仔队，你看起来很合适做这份工作，在我这里当助理是埋没了你的天分。”

“啊哈哈！”助理从桌上下去，干笑了两声，“我这就出去工作，我还是很热爱这份工作的，Jason 你千万不要给我放假，艳遇什么的才比不上工作呢。”

“出去。”季崇安低下头，开始翻看手边的文件。

“是，我这就滚。”助理忙不迭地跑了。

他刚滚出去没多久，就又有人推门进来。

符骅站在门口，一手搁在肚子上，另一手戴着镶嵌着蛋白石的戒指，在门上敲了敲，笑眯眯地道："Jason，我可以进来吗？"

季崇安看着他："你已经进来了，符副总监。"

"呵呵……"符骅笑着走进来，将门关上，选择性地把这个称呼听成了符骅总监，"既然都进来了，那就不在乎再进一步嘛。你刚去给《时尚》拍完杂志封面回来？怎么样，在那里有艳遇吗？"

季崇安看他的眼神一时间很微妙。

符骅不知道自己说错了什么，会让对面的人露出这样的眼神。

但他的脸皮足够厚，可以抵挡得住他的注视，好像什么也没发生一样在他面前坐下来，然后笑着开口问道："怎么了，季总监怎么这样看着我？"

"没什么。"季崇安收回目光，开口道，"你跟我的助理很有共同话题，如果只是想聊天的话，你可以到外面去找他。"

符骅往椅背上靠去，笑着眯起了眼睛，说道："我来这里可不是单纯想跟你聊天，我是来跟你握手言和的。"

季崇安在文件上签名的手一顿，然后才将自己的名字继续签了下去："言和？"

符骅抱着手臂，慢慢地道："上次跟K&S公司合作的事，我知道，我这样绕过你是不对的，但如果跟你说了，你会答应吗？"

季崇安神情不动："不会。"

符骅摊手："那不就是了，那我怎么忍心给你拒绝我的机会？你这几年来已经很少给人做唱片，这样是不会有进步的，你要打破束缚自己的规则，才能有更好的发展。"

话音落下，见季崇安终于抬头看向自己，符骅脸上的笑容更真诚了。

就像他是诚心诚意在为他着想一样。

这老狐狸虽然无赖，但还是知道要怎么去把握一个度。他很快又收敛了笑意，装模作样地叹了一口气，说道：“当然，我今天来还是要跟你道歉。不管怎么样都好，上次的事情是我的错，那张唱片会卖得这么差，我也没有想到。如果早知道叶臻在这方面这么没有天分，我是绝对不会把你的名字放到那张唱片上去的。”

如果叶臻在这里听到这句话，一定想掐死他。

符骅虽然在外形上跟姚同亮很像，但两人在情商跟智商上都有着天渊之别。如果说姚同亮是跟他的属相“猪”的属性一致，那么符骅就是一只中年发胖的老狐狸——体形变了，内在没变。

在灌制唱片的时候，他是监制，如果唱片制作后期没有他在从中搅混水，怎么会疏忽成这样？不说其他，就单说叶臻的经纪人那一关就过不了，他们是绝对不可能放任这样的唱片被拿出去发行的。

符骅眯着眼睛看坐在对面的年轻人，眼睛里的精光被眼皮所遮挡。

再有天赋有才华又怎么样，终究还是差了那么一着，就算知道是自己被故意陷害，他也不能做出反击。

他脸上的笑容慢慢扩大，隔着桌子向季崇安伸出了手：“来吧，握手言和吧，Jason，不要为了外人伤害了我们的和气。”

季崇安眯起了眼睛，冷淡地看着他，然后说了一声：“出去。”

符骅收回了手，不过脸上并没有恼羞成怒的表情，本来他今天过来就不是为了什么所谓的握手言和。老狐狸脸上的表情从微笑变成了遗憾，说道：“Jason，看来你对我的误解有些大啊。”说完摇了摇头，从椅子上站了起来，“那我就先不打扰你了，什么时候你想清楚了，什么时候我们再谈谈。”

他笑了一声，从季崇安的办公桌前离开，悠然自得地走了出去，顺手把门带上。季崇安坐在自己的位置上，低头揉了揉眉心，对这种交锋感到了厌倦。

他想做音乐，但符骅想把他从这个位置上拉下来，自己取而代之。

当年乐朝岚还在 E.L.S. 的时候，符骅就动过这个念头，只是一直没在明面上动手。

季崇安放下了右手，继续翻看手边的文件。只可惜时机还不到，如果自己独立出来成立工作室，也就没那么多麻烦事。

叶臻的脸在他脑海中闪过，然后表情很快定格成了上午他在看到裙子被撑破时的窘迫。一想到她那个时候的反应，季崇安就觉得好笑。他想了想，戴起了耳机，从电脑里调出了叶臻规规矩矩录的歌曲小样，开始播放。

这是他第一次听这个小样，有些意外于叶臻的音色跟气息沉稳，虽然有不少瑕疵，但同样的瑕不掩瑜，她在唱歌这方面还是有可塑性的。

“竟然不算无可救药。”季崇安笑了笑，然后又摇了摇头。

两方对阵，夹在中间的就成了炮灰。如果没有符骅故意放任，这张唱片还真不至于那么差。就算走音走得再厉害，也有神后期，只要叶臻不去唱 Live，那她唱歌的真实水平就不会曝光，说不定凭借粉丝的狂热，今年还能拿到一个歌坛的最佳新人奖。

只可惜，这些人选了她来做牺牲品。

【03】

回到阔别已久的公寓，叶臻做的第一件事就是换睡衣，开电脑。

她的公寓一直有安排人来定期打扫，因此离开得再久也一样干干净净。叶臻叫了外卖以后就坐在电脑前，开始看搜索引擎里显示出来的关于季崇安的一切，包括他的个人喜好及辉煌履历。

他的个人资料上写着他在国外长大，从小学习小提琴，师从古典音乐大师柯里奇，后来因为跟老师在音乐上产生了分歧，才回国投身流行乐坛，一手打造出了流行乐坛的传奇。在这之后，每年的流行乐坛十大金曲里都有大半是出自他的手笔，同时最重要的一点，就是他监制的唱片含金量都很高，销量也很高，“季崇安”这三个字简直就是唱片销量的保证。

而在他辉煌的人生履历里，她的出现简直是其中最大的败笔。

叶臻顿时对自己的讨人厌程度有了新的认知。

在她面前的屏幕上，是一张季崇安在演奏的照片。

他站在阳台上，阳光洒下来，落在他修长的手指和弓弦上，把整个轮廓都染成了暖融融的颜色，看起来跟今天在摄影棚那个英俊而冷淡的男人完全是截然不同的两个人。

叶臻打开游戏，看到300M的更新包在下载，又回到了季崇安的个人页面上。

现在她明白小舟为什么要从乔馨手里抢这个杂志封面的拍摄机会了，毕竟只要两个人出现在同一本杂志封面上，这里头就有太多的文章可以做了，比如说改变唱片的舆论风向。

而这件事绝对不是小舟一个人能做到的。

所以……她到底对自己隐瞒了什么？

叶臻思考了很久，知道她的思路被门铃声给打断——她叫的外卖到了。

她从房间里出来，开门之前谨慎地从猫眼里往外看了看，确认是送外卖的人以后才打开了门。

这幢公寓住的大多是K&S的艺人跟员工，治安比起其他地方来要好，但叶臻还是习惯谨慎地对待一切。拜这样谨慎的态度所赐，她出道至今已经成功避过了许多祸事，安安稳稳地在娱乐圈走到了今天。

在她打开门以后，一直在按门铃的外卖小哥才放下了手臂，把手里提着的袋子递给了她，掏出了订单让她签名：“你好，叶小姐是吗？请在这里签个名，我——”

叶臻一边接过自己订的外卖，一边歪着头看那张订单，然后伸手拿过对方递来的笔，问道：“在哪里签？”

半天没有回答的声音。

她莫名其妙地抬起头来，就看到外卖小哥一脸激动地看着自己，像是见到了什么不可思议的存在。

“你、你……”小哥激动得语无伦次，一手按着头上快要掉下来的帽子，另一手指着她在颤抖，“你是叶臻！”

叶臻好脾气地对这半大少年笑了笑，是的她是，谁说她不是呢？

她看了看这外卖小哥身上穿的制服，确定这是自己经常叫外卖的那家，又看了看外卖小哥的脸，确定是新面孔，于是随便在订单上找了个空位签上自己的名字，把笔跟纸都还给了他，对他说道：“好了。”

虽然楼道里没有聚焦在她身上的灯光，她身上穿的也不是什么高级定制的礼服，而是一身普普通通的睡衣，但她的微笑还是起到了应有的作用。

证据就是，这个疑似她忠实影迷的外卖小哥已经激动得完全不会说话了。

叶臻在原地等了一会儿，没等到外卖小哥回过神来，只能主动提起结账的事。

“两菜一汤再加一份饭，总共是七十块，我没记错吧？”她出来的时候顺手从鞋柜上抓过了零钱包，在里面找了找，凑了七十块钱出来，递到外卖小哥面前，“给，七十块刚刚好。”

那半大少年看了看钱，没有伸手去接，而是有点小激动地叫了一声她的名字，像是终于想起了要说什么。他结结巴巴地说：“我、我是你的忠实影迷，我很喜欢你，我没想到、没想到我在舅舅的饭店里打个工都能见到你……”

是啊，简直没有一点点防备，他们就这样出现在了彼此的生命里。

叶臻对面前这个激动的小影迷点了点头，对他的心情完全理解。

“我懂，你舅舅店里的饭菜很好吃，我经常在这里点单——也许你回去可以帮我向厨师说一下我的赞美？”

她的少年影迷连连点头：“我、我会的。”他紧张着，像是完全想不出话题，目光落在外卖盒上，“那个，你一个人吃午饭，吃那么多啊……”

叶臻：“……”

她这顿吃得确实是稍微有点丰盛了，丰盛到有些放纵了，可难得不在片场吃，总得吃得好一些，是吧？

不过在粉丝面前，她还是要适当维持自己的形象，不能让少年误会自己吃得毫无节制：“其实……待会儿我助理也要来，我先叫着。”

少年不知她的心理活动，耿直地说道：“哦哦，那你们两个人吃得也挺多的。”

叶臻：“……”

送外卖的少年把她堵得一句话都说不出来以后，眼睛里仍旧闪动着激动的光芒，然后下一秒就激动地在口袋里翻找起来。

“呃……”叶臻提着袋子站在自己家门口，忍不住开口问，“你找什么？”

“啊？”少年抬起头来，突然红了脸，讷讷地解释，“我、我想让你给我签个名……”

叶臻本来想说你手里拿着的那不就是我的签名，但看着面前这个显然是在读书时间出来打工贴补家用的少年粉丝，心软了下来。

她对他说了一声“你等等”，把袋子往鞋柜上一搁，转身就进了屋里。

送外卖的少年站在门外，有些茫然地看着没有关上的门，等了不到一分钟就听到脚步声从里面传出来。叶臻仍旧穿着睡衣拖鞋，手里拿着一张自己的签名照出来：“送你，签名照。”

少年[illegible]然地伸手接过，还没有拿到了自己女神的签名照的真实感，呆呆地站在那里看着她。

叶臻[illegible]地笑了笑，把饭钱也塞到了他手里：“谢谢你这么支持我，你还是学生吧，记得要好好用功读书，不要荒废学业啊。”

她的粉丝团里学生占了起码三分之二，这个比例虽然最近这两年来有所减少，但还是十分可观。针对这个特点，小舟给她制定了一系列在这个年龄层的粉丝中竖立正面形象跟正确引导的交流方案，现在遇到学生党，这些鼓励他们好好学习天天向上的话她张嘴就可以来几句。

少年愣了好一会儿才回过神来，看着手里的照片，又抬起头来，说道：“谢谢……我会的！我、我很喜欢你演的戏，你是我的女神……”说完他的脸涨得通红，朝自己的女神深深地鞠了一躬，按着头上的鸭舌帽就跑了。

“等……”叶臻站在门边，看着外卖少年的身影在楼道里跑远，放下了伸到一半的手，算了。她关上大门，提着袋子进了书房，在桌子前面坐下，准备开始享用自己的午饭。本来还想多问这少年两句为什么那么喜欢她演的戏，算了。

游戏更新完成，她打开在线好友列表，发现今天周六云书不至也不在线，于是决定把升级的事缓一缓。她操纵着自己的游戏角色，东奔西跑地在主城地图上做了两个日常，觉得有些无聊，于是挂上了帮会YY。

帮会团今天并没活动，没事做的新晋帮会成员就在 YY 上开起了歌会。叶臻一来，立刻就有人发现了她，跟她打招呼："副帮主你来了！好久没见你上来了，来唱歌吗？"

这时，上一个在 YY 上献唱的人刚刚结束，于是一整个房间的人都跟着起哄："来嘛副帮主，来给大家唱一个！"

叶臻正好吃饱了有力气，于是答应了："等一下，我去找个伴奏。"

有人开了麦问道："臻臻，你今天怎么这么爽快，一让你唱歌你就愿意唱了。"

叶臻回道："这不是来了那么多新成员嘛，唱首歌表达一下我的欢迎。"

她在电脑上找出了伴奏，捣鼓了一阵之后，确定播放 BGM 不会盖过自己的声音，于是就点击了播放键，闭上眼睛找起了当初在录音棚里的感觉。

帮会 YY 在线的所有人都对她开嗓充满了期待。

一群人忍不住在公屏上打字交流："这前奏听起来挺不错的，我怎么觉得以前没听过，新歌吗？"

"嘿嘿，还没听过副帮主唱歌呢，她唱歌应该不难听吧？"

"难说！副帮主从不按套路出牌！"

前奏过后，叶臻的歌声慢慢地跟了出来。

先是一段轻吟浅唱，声音听起来空灵无比，然后开始染上现实的温度——

"如果没有天黑，是否还有心碎……"

"如果真的分别，是否还能再见……"

这下连公屏上说话的人都没有了，全在电脑前听她第一次唱歌。

"我不愿——我不愿——我不愿让你看到我流泪……"

“你不会——你不会——再给我一个安慰……”

叶臻独自沉浸在音乐的海洋中，比她想象中要流畅地唱完了全曲，最后以一个颤抖的尾音结束了这首歌。她睁开了眼睛，这已经是整张专辑里她唱得最好的一首歌了，歌声最打动人的地方从来都不是技巧，而是歌唱者在其中投入的感情。

比起其他曲子，这一首更像是她的真实写照。

她有些惘然若失地关闭了伴奏，这才问在线的其他人：“怎么样？第一次在 YY 唱歌，不算太差吧？”

公屏上顿时刷过一大片玫瑰跟表白的句子：“唱得太好了！副帮主你就是我的女神！”

“啊啊啊！怎么这么好听，这是什么歌？”

“臻臻，你唱得让人好心动啊！”

“出乎意料的好听！认识副帮主这么多年都不知道她这么会唱歌！”

“所以你们真的没人回答我这到底是什么歌吗？！”

醉卧花前大概是在她唱歌的中途加入的，叶臻来的时候没看见他在线，现在他人倒是出现了。他把叶臻的麦序解除了，开了全频自由发言：“你们这是都忘了自己可以开麦说话了吗？你们副帮主刚刚唱的是叶臻的新歌《如果》吧，要我说唱得比原唱好听多了。我觉得如果叶臻唱歌就是这个水平，那她的唱片不应该卖不出去才对啊。”

有这种感想的不止他一个。

正坐在外甥女的电脑前，因为还没关闭的游戏画面跟挂在线上的 YY 而一时兴起，戴上耳机听完了全场的季崇安也这么想。

而讽刺的是，他正好听出了这个唱歌的就是叶臻本人。

叶臻根本没想到自己在帮会 YY 里唱个歌也会被季崇安听到，还被他认出来，现在她只是被醉卧花前这么一句话堵得够呛，什么叫唱得比原唱好听，她就是原唱啊！这到底是在夸她还是在损她？

叶臻坐在电脑前，觉得手痒："我想起一件事情。"

醉卧花前问："什么事？"

叶臻说："好久没跟你PK了，手痒，长安门外打两场？"

"PK？"醉卧花前虽然不知道叶臻为什么突然想跟自己打，不过还是很爽快地答应了她，"好啊，长安城门口等你。"

帮会频道里顿时一阵激动："帮主跟副帮主要PK了，坐标长安城门外！"

于是一群人呼啦啦地跑去看热闹。

长安城门外三座桥，茶店外一片空旷场地，是打架的好地方，不分昼夜都有人在这里决战。叶臻玩的五毒属性均衡，在PVP跟PVE上都有不错的表现，而醉卧花前的门派却是个更侧重于PVP，在战场上分外没人性，一上马就是所有人的噩梦。

两个人认真打起来的时候，胜负一般是五五开，叶臻确实是女性玩家里少有的高手。

她的五毒御姐从另一个主城地图飞过来，醉卧花前原本在打坐，一见她就站起了身，开始给自己加状态，然后在近聊频道里发出了他一早设定好的宣战语："动手吧，不要因为我是一朵娇花而怜惜我！"后面还跟了一个害羞的表情。

叶臻："……"

YY里的人基本上都聚集了过去，围成一圈期待地等着看副帮主跟帮主打起来。

季崇安生出了一丝好奇，好奇这两个人——主要是叶臻——会用什么样的打法。他瞥了一眼自己所在的地图，正好是长安内城，于是用鼠标操纵着屏幕上的小人走了出去。他的小外甥女林欢欢在游戏里玩的是个背着比人还高的重剑的小萝莉，一身黄澄澄的装备，走起路来蹦蹦跳跳，行进速度并不快。

季崇安指挥着小萝莉走了几步，回想起之前阅读过的基础操作，用修长有力的手指双击 W 键，以鼠标右键控制方向，双马尾小萝莉顿时挥舞着重剑飞了起来，看着十分逆天。

他目光仍然冷淡，心里却忍不住觉得这个游戏的设计实在是不合逻辑，这是剑带着人在飞吧？可惜他的操作还不熟练，等游戏角色用大轻功飞过去，这场 PK 已经进入到了白热化阶段，很快两人就在炫目的光影中分出了胜负。

【04】

屏幕上，五毒成女正妖娆地站在原地，不时地轻撩长发。这个游戏人物分明跟游戏中的其他角色没什么不同，但不知为什么就是特别能吸引他的注意。

很显然，最终获得胜利女神青睐的人是叶臻。

但醉卧花前很快又回复满了血蓝，第二次向叶臻发出了挑战，两人于是再度战作一团。

季崇安手按着鼠标右键，让外甥女的重剑小萝莉在人圈外围停下来，哪怕他不懂这个游戏里的大部分招式跟规则，也不妨碍他看得出两人之间的战斗之精彩程度。

一番交手，落败者变成了叶臻。

幸亏在游戏里这样的切磋属于无伤竞技，人物无需真正死亡，也不会被爆装备。两场切磋过后，两人各是一胜一负，却没有要再来第三场的意思。众人的注意力于是重新回到YY上，频道里又重新变得热闹起来，话题依旧在叶臻的唱功上。

“副帮主你唱得超好的，你应该在YY里多唱几首给我们听啊。”

“嗯嗯，对啊！”

“我觉得臻臻你就适合这种抒情的慢歌，太好听啦，我看你去参加《为我转身》都没问题。”

然后讨论着讨论着，话题就歪了，变成开始争执上期的《为我转身》里谁是应该被淘汰出局的，而谁又因为失误被刷掉让人觉得可惜。

叶臻坐在电脑前，盘着腿盯着电脑屏幕，听他们说话，有种被抚慰了的感觉。

虽然这些都不是专业的乐评人，但他们的声音还是很能给予自己力量的。

她正这么想着，就看到世界频道上一下子刷出了五六条帮战信息——

快马驿报！“叶臻一生推”帮会已经向“叶臻一生黑”帮会发起为期两小时的帮战，两方帮会成员将在争夺区域决一雌雄，究竟谁更技高一筹，我们拭目以待！

快马驿报！“唯爱我臻”帮会已经向“叶臻唱的那能叫歌吗”帮会发起为期两小时的帮战，两方帮会成员将在争夺区域决一雌雄，究竟谁更技高一筹，我们拭目以待！

快马驿报！“叶臻唱的那是歌”帮会已经向“叶臻唱的那能叫歌吗”帮会发起为期两小时的帮战，两方帮会成员将在争夺区域决一雌雄，究竟谁更技高一筹，我们拭目以待！

……

叶臻：“？”

怎么回事？这回又是什么导火线？这几个帮会怎么又干起来了！

世界频道一下就沸腾了起来。

【世界】东渡一苇：哈哈哈，真是不消停啊，又要开始了吗？

【世界】风景线：大战来个T，4=1。

【世界】我爱我臻：敢黑臻臻，杀到你们退游戏！

【世界】苏罗秀盈：呵呵，满身黑泥还不让人说了？疯狗都给我滚出策马江湖！

黑泥？又是什么黑泥？叶臻看得云里雾里。

像《策马江湖》这样的游戏，玩家当中经常会有明星的粉丝。

依靠对某个明星的喜爱或是单纯借助他们的名气来聚集玩家建立帮会，也是在游戏里有抱负有野心的领导者经常做的事。

叶臻在年轻一代人之中的受欢迎程度高到离谱，所以在这个年轻玩家居多的游戏之中，人气可以说是数一数二。喜欢她的人很多，不喜欢她的人也一样有很多，一旦冲突爆发，简直是腥风血雨，余波能够绵延好几天。

叶臻看着世界上不停滚动的信息，看着自己的粉跟黑在不停地对骂，不知是什么消息又刺激到了他们，把整个世界频道都刷成了她的个人专场。

虽然这种事从她刚开始玩游戏的时候就有，经常开战的也不只是她的粉和黑——像凌敬轩、乔馨、霍辰，基本上她认识的人都在这个游戏里当过粉黑开战的导火线。不过习惯归习惯，她还是不大想看到这些人把游戏搞得乌烟瘴气的，每次都是干脆地退出游戏，眼不见为净。

叶臻臻臻臻臻在游戏里下线，YY上的同名马甲也退出了聊天频道，季崇安对着越刷越快的世界频道和游戏里不断升级的战况，大概可以想象得出叶臻现在是什么样子。

他摘下为了听他们交流而戴上的耳机，抿了抿唇。

中午回家休息的时间里，选择这个时候来上游戏，似乎是一个错误的选择。

眼下他正待在外甥女的房间里，刚满十岁的小姑娘品位仍然停留在钟爱着各种粉色系萌物的层次上，有着粉红色 Hello Kitty 图案的可爱耳机对很快已经过了三十岁的男人来说，确实太过……可爱了些。

不止电脑跟耳机，这个房间里所能见到的所有事物几乎都是粉红色的。

季崇安没有什么偷窥小女孩隐私的怪癖，只是新学期开始，林欢欢小姑娘又要回归到住校生活中去了。学校并不允许学生带着电脑过去上课，理由是他们年纪还太小，恐怕会没有自制力来平衡学习和网络上的娱乐生活。于是临行前小姑娘恳切地拉着舅舅的手，请求他在不那么忙的时候，替自己照看一下游戏账号，喂一喂她刚抓回来的小马驹。

她的马驹是十二级的闪电，养起来也要费一番力气。

林欢欢小姑娘在指挥着她的人物跑地图任务的时候，意外地抓捕到了这只小马驹，这让她认定了他们俩之间肯定是有缘分的，无论如何也希望能够养出一匹威风凛凛的大马。

当然，如果能够双骑就更好了。这是她的原话。

她郑重地把自己的房间门钥匙交到了季崇安手里，并且写下了自己的账号和密码，再三请求确认之后，才爬下了舅舅的车，背着书包一步三回头地走进了校门。

季崇安今天偶然想起这件事，在回家之后来到外甥女的房间里，打开了电脑。第一时间出现在视野中的除了游戏登录界面之外，就是小姑娘一直挂着的 YY，她虽然人去了学校，却让电脑实现了超长待机，等着舅舅来给自己喂马。

总而言之，今天会在这个游戏里撞到叶臻，绝对算得上是一个意外。

从他投身E.L.S.唱片公司，一手打造出乐朝岚这个乐坛神话，到晋升流行乐坛教父之后，季崇安对合作者的把关一直很严格。这次完全是符骅给他设下的圈套，符骅瞒着他跟K&S合作，做出的结果却要他来买单，难怪外界都戏称他这次是阴沟里翻船。

唱片界最后的良心金身被毁，光是这一点，他跟叶臻之间就有着天然的罅隙。

而当他见到了罪魁祸首，却发现对方跟自己想象中不同，她也是这个计划里被牺牲的棋子时，他对她就没有这么深的成见了。

相反，今天两次意外的接触，还让他觉得叶臻这个人很有趣。

有趣是一个笼统的概念，不知最终指向的结局是好是坏。

但他已经很多年没有对一个人产生过这样的兴趣了，原本只是想受人之托忠人之事地来喂养一组游戏数据，现在的季崇安却对这个游戏产生了更多的探究欲望。

他退回了登录界面，启动浏览器，然后再一次点进了游戏官网。

《策马江湖》不仅有官网，还有自己的内部论坛。

季崇安在官网上浏览了几个页面，点进了论坛，看到置顶的标题，感到这件事情的发展实在是很有趣。游戏里对掐得天昏地暗的叶臻粉丝把战火也蔓延到了这里，一连几个帖都是在直播战况，对骂，分析她的唱功好坏。叶臻粉上蹿下跳为偶像辩护，叶臻黑不放过任何一个战场，以有力的姿势将对方的反击一个一个驳回。

又是唱片的事情，季崇安不得不承认自己对一张失败唱片产生的影响预估错误。

这个游戏自开始运营以来，大概还没有哪个艺人能够把专属论坛变成自己的个人专场，其他数据分析攻略贴跟明星贴都被压了下去，整个论坛区战火纷飞。

如果说这是明星效应，那叶臻也未免太过腥风血雨了一些。

季崇安扫了几眼那排了十几页掐架帖跟声援帖，摇了摇头，有些好笑地关闭了页面。

难得待在公寓里，却不想上游戏，叶臻于是抱着沙拉碗蹲在架子前翻起了自己收藏的DVD。在她的家里，有一整面墙的书架上都摆满了DVD，其中有很多旧电影。

当她像现在这样不用拍戏也不上游戏的时候，她就会从其中挑选一张，然后花上一整天的时间反复看其中的人物和剧情，随意将自己代入其中的某一个角色，开始进入他们的世界里，揣摩这些演员的演技。

所有人都把她在镜头前的收放自如视作是天赋，并不知道她在这背后付出过多少努力。

真正的好演员，演技都是反复磨炼出来的。

叶臻收藏的DVD大多是经典之作，而经典的成就则少不了演员的出色表现。叶臻的诀窍就是去模仿体验这些经典角色，一点一点地从其中汲取养分来提升自己。

她给自己倒了一杯水，站在书架前随意地用手指轻点那些光碟，一只手还拿着水杯。大概两三分钟后，叶臻从其中抽出了一张，很凑巧的是，这是方忆彤的作品。

方忆彤跟萧承煜，这两个名字现在是完全连在一起的，每一次在媒体上出现都是成双成对。而叶臻，她知道自己跟方忆彤是完全不一样的人，方艺彤出道比她早，积累的经验比她多，还有一样更重要的是她不是叶臻这种半路出家、全凭天赋在演戏的演员。

她在六七年前就已经将百花奖的影后头衔收入囊中，叶臻选中的正好是她当年封后的那部电影《长夜未央》的DVD。封面上的女人妆容精致美丽、雍容大气，正是方艺彤在其中饰演的女主角——陈皇后。

真有趣，叶臻心道。萧承煜的前后两任恋人，都是圈内的皇后专业户，而他自己在转型幕后之前，三度蝉联影帝的角色也都是三位不同的帝王。

把DVD塞进播放器里，叶臻坐在沙发上，抱住了抱枕，开始观看。

《长夜未央》是六七年前的作品，它的制作放到今天也算得上是大手笔，从导演、剧本到演员，都是一线级别。画面精致，每一处都有考究，力求尽量还原历史。方艺彤作为第一女主角，一开始制作方放出消息要她出演陈皇后时，业界其实并不看好。因为史书中记载陈皇后容貌平凡，所以不得君王宠幸，方艺彤容貌清丽，独有风韵，恐怕难以演出这个角色的内心世界。

而方艺彤用自己的方式做出了反击。

影片的开头是一个长镜头，然后从一个宫女的视角开始讲故事，慢节奏地进行到十来分钟，陈皇后才出场。叶臻身上像装了一个专门测探对手的雷达，几乎是方艺彤一出现，她就从昏昏欲睡的状态中摆脱出来，精神地盯着她在寝宫中的一举一动。

方艺彤的出场没有台词，所以人物的表现只能依靠演员的动作和脸部的细微表情，从这里，叶臻开始一点一点地看，不时地按下暂停，然后倒带，反反复复地看了十几遍。方艺彤的演技精湛，表演细致入微，每一个面部表情都极其符合陈皇后这个人物的设定，同时又演出了她自己的风格，让人一眼就看得出这是她饰演的陈皇后，不是别人。

等到她开始有台词之后，这种感觉就更加深刻了。

叶臻反复地琢磨着她的演技、她表演的精髓，这恰好是她们两个同样擅长的领域。

看完方艺彤的表演之后，她就开始在自己的客厅里还原这段表演。

这种揣摩演技的方法叶臻做得很熟练，因为在最开始的时候，她就是这么一点一点地学习起其他人演戏的技巧，再慢慢地转化成自己的东西。

陈皇后出场的这一段戏，她在自己的客厅里照着方艺彤的方式演了一遍，然后闭上眼睛，深吸一口气，再按照自己的方式演了一遍，最后坐回沙发上，开始沉思。

有差距。

现在的自己跟六七年前的方艺彤，还是有差距的。

终究是文艺片演得少，没有太多的机会给她磨炼演技中更细腻的一面，也没有人给予她指导，告诉她要怎样才能做得更好。

电视屏幕上的画面已经定格，但方艺彤演的陈皇后却一直在她的脑海里打转，她的清冷，她的悲哀，她的一颦一笑。这些叶臻都可以复制，也可以推翻，用自己的方式去演绎，但就是差了点什么。

上一次她入围最佳女主角，最终却跟影后宝座失之交臂的时候，评委也是这么评价的。

他们说："叶臻是个很有灵气的演员，她从最开始的青涩新人一路走到现在，已经形成了自己的风格。我之前看她的戏，总觉得有所欠缺，后来慢慢地，这种欠缺被填补了，所以她入围了最佳女主角。"

他们这样说道："那一次她稍欠火候。我本以为经过两年沉淀，她应该可以将演技磨炼得更加圆融通透，拿到影后不过是水到渠成，但我却发现，那种欠缺又回来了。她始终还是差了点什么。"

天晓得究竟是少了什么。

叶臻感到一阵茫然，虽然不想承认，但她此刻确实怀念有萧承煜在身边的日子。

|第七章|

DIQIZHANG

易 助 他 人 事

【01】

萧承煜这个名字，代表的是一个传奇。

在演艺事业如日中天的时候，他出人意料地选择了急流勇退，转到幕后去当导演。

他的这一决定曾经在娱乐圈里引起轩然大波。要知道，萧承煜这三个字即使拿到好莱坞，在他们的影帝们面前也毫不逊色。他的俊美和天赋打破了肤色的阻隔，连好莱坞也抵挡不住这个男人的魅力，无论男女都为他疯狂。

四年前他在世界巡回演唱会上宣布自己今后将不再出演电影，不再举办演唱会，也不会再出专辑的时候，不知有多少粉丝哭瞎了眼睛。幸好后来萧承煜的个人网站贴出了官方声明，粉丝们才知道男神只是要转到幕后去做导演，不是彻底退出娱乐圈，这才没酿成灾难。

舔不到男神的颜，舔舔他导演的片子也好，天真的粉丝们这么想着。说不定哪天他兴致来了，就会自己上去演个角色呢?

结果整整四年，萧承煜一次也没出现在大荧幕上，全然专注于他的导演事业，令他的粉丝失望不已。

叶臻跟他的关系，起始于他四年前拍的第一部电影。

众所周知，叶臻最初是因为她在某部偶像剧里的角色一炮走红，但K&S发掘她的时候，初衷并不是为了让她去演偶像剧。

他们之所以找到她，是为了萧承煜的电影。

当初对于萧承煜想要转型干幕后这件事，没有人曾表现出半分怀疑。萧承煜的专业水准从来不需要任何质疑，他在国外读的专业就是导演，只不过他先成为了一个演员。

在圈里混了那么多年，光是蝉联三届影帝这个金字招牌就不知为他带来了多少的人脉跟投资。好的剧本、好的制作、好的演员，这些他一个都不缺，只等他从美国回来就可以正式开机。

然而导演本人却在这时候出了问题。

这个问题不是出在萧承煜身上，但也可以说是出在他身上。

对于处女作，萧承煜选择了拍一个很有文艺风格的剧本，但求口碑，不求票房。

剧本讲的是一对年轻男女的爱情故事，感情很美好，故事也很美好，就是有一个问题横亘在他们之间——男主角始终忘不了他的初恋。

这是一个许多人都会碰到的问题，初恋大概是这世界上最美好的感情了。

初恋的人和事会被放在心中不停地美化，不会随着时间的流逝而被冲淡，反而会变得越来越梦幻，让人难以分辨自己在怀念的到底是那个自己爱过的那个他，还是单纯的想象。

戏中的女主角最开始并没有意识到自己跟男友之间存在这个问题，然而随着时间的推移，与男友之间日常相处点点滴滴地堆积，他心中另一个人的影子就渐渐像拧不牢的水龙头一样，无声地浸透了两个人的生活，让所有的一切都带上了一种濡湿的、让人不舒服的触感。

当男友看着她的时候，她会觉得他在透过自己看另一个人，当他们在一起做什么事情的时候，她会觉得好像有另一个人取代了自己的位置，站在男友身边，跟他亲密无间地做着他们刚刚做过的事。

两个人的世界，第三个人由始至终都没有出现过，却因为男主角的原因，变得像活生生地存在于他们的生活中一样。

这样一个故事想要说的就是有许多事情，过去了就应该放下，有许多感情，注定只适合放在心中封存，而不是任由它外放出来，侵扰到自己所在的时空，打扰到身边的人，让他们正在经营的这段感情变质。

这个剧本中的人物塑造手法与《蝴蝶梦》如出一辙，那个第三人从头到尾都没有出现过，只是存在于某些时光某段记忆里，却像一抹幽魂一样，从头到尾贯穿着整个故事。

萧承煜所烦恼的就是这个第三人，他没有合适的人选。

试想一下，一个角色，到底应该有着怎样的美好，才会让在商场沉浮身经百战的商业巨子对他念念不忘？

从剧本确定开始，前后有不下上百人来试镜，萧承煜都没有松口。

只因他想要的根本不是一个会让男主角念念不忘的初恋，而是一个能够让导演自己难以忘怀的初恋。

他要的是一个能够让阅尽千帆的自己都心动的人。

因为遍寻不得，所以开机的时间也往后推移，萧承煜则再次飞往美国。

临走之前，他将这个任务交给了自己的好友。

没有人会比他更清楚了解萧承煜的一切想法跟过往，其中自然也包括影帝年少时曾经怎样疯狂地迷恋过一个邻家跳芭蕾的少女。

那时萧承煜几乎天天去看她，看她在练舞室里像只轻盈的天鹅一样跳跃、舞动，脚尖旋转出完美的弧度。依照着这个标准，他们找到了叶臻，把她从芭蕾舞台上拉了下来，带到这个光怪陆离的世界里。

作为一个舞蹈科班出身的学生，叶臻那时才大二，全身上下都在透着灵气。但光有灵气没用，她得懂得要怎么在镜头前面去运用上天对她的厚赐，去绽放那些让人怦然心动的美。

所以很快她被送到了一部偶像剧的拍摄剧组，出演了一个为她量身定做用来找手感的角色。在那部偶像剧里，她有大段大段像天鹅一样起舞的镜头，美丽、优雅、轻盈，不知俘获了多少人的心。

她从自己最熟悉的舞蹈开始，一点一点地融入到镜头前的表演中，很快就摆脱了“一个只能在镜头前跳舞的演员”这样的评价，演技一日千里地发展进步着。

在萧承煜回国之后，她就正式成了他电影里的灵魂角色担纲者，在这位刚转职的影帝耳濡目染之下渐渐绽放出璀璨耀眼的光芒。在出道当年一口气包揽了最佳新人奖跟最佳女配奖，跟这位算得上恩师的影帝传出恋情之后，两人不加掩饰甜蜜牵手同行的镜头，更是让她被推到人生的最顶峰，一时间风头无两。

只可惜这是他们的开始，却不是他们的结局。

《长夜未央》的播放结束了。

叶臻如梦初醒。

她站起身来，退出了片子，然后将自己去年入围百花奖的片子找出来，放了进去。

她开始看自己出演的电影。

生活从来都不是童话，在等待电影开始的时候，叶臻出神地想。哪怕她原本以为，就算他们得不到最好的那个结果，两个人好歹也会走得比想象中更远一些，毕竟他们曾经爱得那么热烈，那段感情于她而言简直就像飞蛾扑火。

只是没想到他们开始得快，结束得更快。

她的电影开始了，外面的天色也已经暗下，叶臻独坐在客厅里没有开灯，只有电视屏幕在发出幽幽的光。

《楔中人》的情节内容她倒背如流，哪怕闭着眼睛也知道影片的下一幕会进行到什么地方。这部戏本来是公司为了让她冲击百花奖给她量身定做的一部戏，无论从哪个方面都做了对她来说最讨巧的设定。

上映之后，电影赚足票房，也赚足口碑，十个看过她电影的人，有九个提起他们最喜欢的角色，都是白启珍。叶臻看着屏幕上的自己，没有感觉到任何怪异，她投入起来的时候总是很快会忘记这些细枝末节。

屏幕上的她是个矛盾综合体，这是她演过最考演技，也将自己发挥到最淋漓尽致的一个角色。拍摄时间持续了六个月，她就当了六个月的白启珍，等到影片上映之后，才完全从这个角色里走出来。

她看着屏幕上那个不是自己的自己，没有再起身去重现这样的场景。这已经是她所能做到的极致，再重来一次，她也做不到更好。

算了，叶臻决定暂时把演技陷入瓶颈的事放到一旁，起身去厨房用微波炉热了热今天中午的剩饭，就这么凑合着吃了晚饭。洗过澡之后，她估摸着游戏里的风波应该也消弭得差不多了，于是又坐到电脑前登录了游戏。

她的人物还停在长安的地图上，周围只有三三两两在切磋的人。

周六晚上的《策马江湖》通常比平时热闹一些，不过游戏开启了跨服之战，又开放了新副本，玩家们要么在战场上刷分，要么就在副本里努力地推BOSS，主城地图上的行人稀少也不奇怪了。

叶臻看着自己的游戏角色，一时间也不知做点什么好。云书不至的头像依旧暗着，等级倒是从89变成了91，升级速度看起来比叶臻还快。她操纵着自己的人物，漫无目的地到处逛了一圈，回来的时候发现原地多了个扎着双马尾的重剑小萝莉。

那个背着重剑的小萝莉似乎也不知该做什么好，呆呆地站在原地，小脸朝着长安城外，偶尔会做几个待机动作。

同是天涯沦落人，能在长安城外遇到也是一种缘分。叶臻心下一动，点击鼠标解除了人物ID屏蔽，然后就看到了背着重剑的小萝莉头顶的那串ID——欢乐小铃铛。

再一看帮会名称，居然是忆长安？

估计是帮里的小号，想看看附近有没有人愿意跟她组队一起做日常吧。

叶臻点开对方的装备信息，毫不意外地看到这是个刚满四十级的小朋友，身上穿的都还是地图任务送的蓝装。小萝莉身上的装备之所以从外观上看去会那么齐整，是因为早早在成衣店里买了成套的衣服，保存了永久外观。

所以说，玩重剑的果然土豪多。

她坐在电脑前舒展了一下筋骨，难得大发善心地想着看在大家一个帮会的份上，今天就带小朋友玩玩。叶臻手中的鼠标很快选中了正在旁边站着不动的欢乐小铃铛，纤细的手指轻击键盘，向小萝莉发出了一个组队邀请。

组队邀请发出去，欢乐小铃铛很快就有了回应。

屏幕上，小萝莉的名字闪烁了一下，在叶臻的视野中由同阵营的绿色变成了组队状态的蓝色。

小铃铛在队聊里发出了一个问号。

【队伍】叶臻臻臻臻臻：新手?

【队伍】欢乐小铃铛：嗯。

【队伍】叶臻臻臻臻臻：我看你在这里发了好久的呆，是有任务过不去吗?

【队伍】叶臻臻臻臻臻：还是你不知道现在该做什么好?

季崇安修长的手指在鼠标滚轮上摩挲了几下。

事实刚好相反，他上线的打算就是帮小姑娘喂马，然后再下线，然而这个组队邀请打断了他正要退出游戏的动作。因为某种他自己也不清楚的兴趣，他再次回到了游戏界面里，接受了这个邀请。

而另一边，叶臻觉得这个小萝莉的回复速度有点慢。

【队伍】叶臻臻臻臻臻：你打字好慢。

【队伍】叶臻臻臻臻臻：别怕，我们是一个帮会的。我就是看你一个人站在这里怪无聊的，要不要我带你去做任务?

季崇安思考了片刻，选择了一个看起来符合逻辑的提问，来接她的话。

【队伍】欢乐小铃铛：你是想收我做徒弟吗?

在《策马江湖》里，玩家只要一升上 80 级就可以开始收徒，师徒系统在任务中可以给双方带来一系列的增益。对高阶玩家来说，收几个徒弟是不错的选择，等到他们出师的时候，系统还会给作为教导者的一方送上出师礼。

叶臻倒是从来没有收过徒弟，小铃铛这么一问让她有点心动。

【队伍】叶臻臻臻臻臻：我没收过徒弟。

【队伍】欢乐小铃铛：那你收我当徒弟，我就是你的开山大弟子了。

小萝莉仿佛已经认定叶臻来搭讪是想收她当徒弟，叶臻觉得她这个反应实在是很好玩。这个游戏里有很多低龄玩家，大多偏爱萝莉跟正太体型，叶臻猜想这个小铃铛本人肯定也比她的角色大不了几岁，这种直来直往的说话方式就像个小朋友。

季崇安学着小外甥女说话的语气，想到她上线之后发现自己拜了最喜欢的偶像为师的反应，冷淡的眼里也浮现出一丝笑意。

这算不上是戏耍，只不过是他心血来潮。

而叶臻很快就答应了。

【队伍】叶臻臻臻臻臻：拜师，以后师父带你吃香喝辣，想干什么就干什么。

【队伍】欢乐小铃铛：什么吃香喝辣？

小朋友的反应懵懵懂懂，不过还是很快接受了叶臻发过去的收徒邀请，两人很快就结成了师徒。

【队伍】叶臻臻臻臻臻：就是告诉你师父很厉害的意思。

【队伍】欢乐小铃铛：哦。

叶臻看着新任小徒弟的回答，觉得这个小徒弟好像有点不够活泼。

不过多了个徒弟还是让她的心情好了起来，她带着小铃铛去 40 级地图扫荡了一圈，91 级的大号在怪物中出入有若无人之境。小萝莉就跟在她身后吃经验，偶尔弯腰去捡几样她感兴趣的物品，不时问几个问题，转眼就是两个钟头过去。

等叶臻停下杀怪的时候，小铃铛已经 44 级了。

【队伍】叶臻臻臻臻臻：等你升上 50 级，我再给你收套低阶紫装。

【队伍】欢乐小铃铛：师父带我升级升得好快。

【队伍】叶臻臻臻臻臻：乖，以后我上线就带你升级。平时我不在游戏，你想升级的话，我也可以找几个人带你。

【队伍】欢乐小铃铛：不用，我没多少时间上来的。

叶臻顿时脑补了一个背着书包作业多多的小可怜形象，连玩游戏都只有周末这么一点时间。

【队伍】叶臻臻臻臻臻：小朋友要好好学习知道吗，作业做完才能上来玩游戏。

小铃铛很乖，不仅答应她不会沉迷游戏，而且一到十点就下线睡觉去了。

叶臻有种自己教出了一个乖小孩的成就感。

等小徒弟下线后，她又去90级地图做了两个任务，看到自己的经验条龟速地爬了一小格，也克制地下线了。

[02]

第二天一早，小舟开车来接她回片场，还带来了陈妈妈的爱心早餐。

看着她一点也不见外地吃东西，小舟嫉妒地说："我妈看了我手机里的照片，说你瘦了好多，昨晚就把汤给炖上了。"

叶臻有种特别招长辈疼爱的魔力，无论是小舟的妈还是霍希的妈，都乐意给她进补，每次一见面都说瘦了瘦了，恨不得把她补成一个球。

此刻她吃饱喝足，正坐在副驾驶座上放空大脑，闻言问道："你给她看了哪张？"

小舟握着方向盘，嘻嘻地笑了起来："你衣服没破的时候我偷偷拿手机拍了一张，绝版珍藏。等以后你成了跟乐朝岚一样的传奇天后，我就可以给你写回忆录，回忆我们的峥嵘岁月，如何跟黑暗势力作斗争，然后再放上这张绝版的照片——”

“吁吁——”叶臻在她越扯越远的脑洞中回过神来，连忙在副驾驶座上吁了两声，打住了小舟的信马由缰，“你这一紧张就胡说八道的毛病什么时候才能改一改？”

“我没紧张。”小舟还嘴硬不承认，“开车而已，我紧张什么？”

“你紧张得直出汗。”叶臻瞥了她鼻尖上细小的汗珠一眼，摇了摇头，“说吧，有什么事瞒着我？”

“其实也没什么啦。”见实在瞒不过，小舟终于放弃再负隅顽抗的意图，老老实实招供，“就是我从下周起就不再担任你的经纪人了，我会被调去行政部。”

这还叫“其实也没什么”？

叶臻惊得倒吸一口气，看上去像是遭受了沉重的打击，脸都黯然了：“所以……他们下一步是准备雪藏我了吗？”

小舟手一滑，差点没握住方向盘：“什么？当然不是了！我怎么可能答应这种事！”

叶臻问：“那是怎么样？”

小舟说：“上头给你安排了新的——”她差点把该保密的部分也说了出口，猛然惊醒，把后半截话吞了回去，警惕地看着叶臻。只见这人哪有半点受打击的模样，正靠在车窗上似笑非笑地看着自己。

“新的什么？”她对小舟比了个手势，鼓励道，“说下去。”

“真是太过分了你这家伙……”小舟自暴自弃地转了目光，不再看她，“新的经纪人，好了吗？别的我不能再说了。”

“一个能让你放心去行政部的新经纪人，让我来猜猜看——”

“不准猜！”小舟简直要崩溃给她看，这人没事长这么聪明干吗，“总之我可以安心地去行政部了，你知道这一点就好啦！”

“安心去行政部做卧底？”

小舟：“……”真是烦死了这个人！

剩下的路程里，她都拒绝再跟叶臻说话，直到在剧组的拍摄场地门口把人放下才忍不住叮嘱：“有什么事直接打我电话，你这边的戏也拍得差不多了，很快就能回公司了。”

确实，叶臻答应参演《城堡》的时候，附加要求就是要在两个月内拍完她的戏份。现在约定的时间已经剩下不到一周，拍摄也进入到了收尾阶段，小舟就怕这时候再出什么岔子。

叶臻没多说什么，拍了拍她的肩膀就转身回到了自己的战场中。小舟看着她的身影消失在门后，这才合上了车窗从拍摄场地外离开。

时间转眼又过去了一周，进入到了十二月中旬。《城堡》剧组离开了影视城，转移阵地到海边去拍最后一组戏。经过了两个月的高强度工作，所有人都靠这最后一口气撑着，谁也不敢放松，怕一放松就回不来了。

就算剧组里有极个别想撒野的，也被江天给瞪回去了，只能盼着最后一场快点拍完。

他们这最后一场拍的是全片的高潮，周家小少爷在跟黎诺一起外出采购时被人绑架，绑匪要求周子衡一个人来码头上的废弃仓库交赎金，并且要求他们不能报警。周子衡按照他们的要求取了赎金，没有报警，暗中布置了自己的人在外面埋伏。而黎诺因为无法安心在家里等候，于是也跟了过来。

周子衡进入仓库跟绑匪交涉的过程中，黎诺一直在暗中观察，凭借一些反常的现象跟专业能力推断出绑匪绑架小朋友的目的并不是要钱这么简单。果然，周子衡进仓库跟绑匪一番交锋后，绑匪拿到钱放了小朋友，转头就将枪口对准了周子衡。

正如她所推断的，这群人的目的从来都不是赎金。

他们就是要周子衡从他防卫森严的堡垒里出来，好完成雇主的委托杀了他。这样周子衡手中庞大的商业帝国就会落入旁人之手，他们的雇主也就有机可乘。

这群绑匪固然狡猾，而周子衡的人也训练有素，分成两头行动，在另一个地点救出了小少爷，这一边就在绑匪开枪前攻入了仓库中，双方开始全面交火。

周子衡的身手虽好，但也在混战中被子弹打中肩部，是黎诺冒险带着他一起逃了出来，被匪徒一路追到了山崖上。就单单是这场追逐戏，他们就拍了二十几条，滕子昂在这里有一段负伤跟两个绑匪打斗的场面，先要单脚踢飞他们剩下的那把枪，还要在心爱的人被置于悬崖边的危急中救下她。

他们的武术指导把这段打斗设计得激烈而又不失帅气，这也意味着演员的体力被消耗得很厉害，等滕子昂换上挂彩的妆跟叶臻拍那段在悬崖边上死死拉着她不让她坠落的场景时，他的手臂都已经开始发抖了。

悬崖上的风很大，海浪冲击山壁的震颤仿佛也能传到两人身上。

黎诺整个人都悬挂在悬崖边上，一手抓着一块凸起的石头，另一只手臂被上面的男人用力地抓住。

她低头去看底下的海浪和礁石，几十米的高度令她感到头晕目眩，她抬头去看这个用受了伤的手死死抓住自己的男人，他眼中的深情和绝望仿佛要将她整个人都吞噬进去。

周子衡手上惯戴的手套已经在打斗中遗失，两人直接相触的肌肤令他感到自己的心神如坠烈火，周身仿佛有无数爆裂星火炸开，灼烧着他的心神和灵魂，被子弹贯穿的伤口带来的痛楚也不及这痛楚的千分之一。

他的手指越发用力地在她手臂上收紧，另一只手竭力稳住身体，不要向前滑去。

放开他抓着的这个人，他就可以摆脱这种自己一直以来都试图逃避的痛苦，不去接触外界，不去接触别人，把自己隔绝在孤独的城堡里。而他的灵魂又在发出嘶吼，让他绝对不能放开眼前这个人。

他抓住她，就像抓住了整个世界，无论如何也不会让这个世界再次将他遗留在城堡中。

在黎诺开口说话之前，周子衡便先说出了他的决心："我绝对——"每说一个字，他的全身肌肉就紧绷一分，"不会放手。"

而她只是在死亡边缘那样安静地望着他。

他听到她的声音几乎被风撕碎："放开我，你就不会痛了，我很抱歉……周子衡。"

我医治不好你——

他看到黎诺的眼睛在这样说。

——也兑现不了我的诺言。

周子衡从未感到像现在此刻这样绝望过，就像一直在黑暗中生长的贫瘠植物终于见到了太阳，却又要被再度夺去生命中的阳光。

他们的身体在受着重力的吸引，慢慢地向着悬崖之下滑去。

周子衡痛苦地闭上了眼睛，几乎是哀求地道："不要放手……为我……哪怕是为我活着……"

他允许自己鲜血淋漓的内里在此刻被剖开在她面前，让自己脆弱的灵魂一览无余。

黎诺的眼泪从眼角一流出来，就像流星般坠落海里。

他们都在悬崖边上，摇摇欲坠。

……

"Cut！"

江天的声音从上面传来："男主角的妆花了，化妆师你去给他补补，你们两个就趴在原地不要动！"

在离地不过两米多高的"悬崖"边上，叶臻跟滕子昂敬业地保持着原来的姿势。

叶臻看着滕子昂趴在自己面前翻了个白眼，感到手臂被他抓着的地方已经有瘀血了。

化妆师很快给滕子昂补好了妆，江天在监视器后喊了一声 Action，他们又迅速恢复到那种绝望的状态中。

所有人紧张地注视着这一幕，看男女主角在崩溃边缘声音颤抖地说着诀别的台词。

黎诺的手已经快抓不住那颗石头，在生命的最后时刻里，她透过蒙眬泪眼看自己心爱的人："对不起……还有……好好活下去……"

周子衡只能感受着她被重力从自己手中一点一点夺走："不……"

在众人的屏息之中，他选择了和她一同坠落！

"好！"这种在崩溃边缘徘徊的情绪终于符合了江天想要的生死诀别跟挣扎，终于在他们第三次重拍的时候，放过了这一条。

江天从监视器后站起来，放下了他的扩音器，放声一吼："全世界收工！"

全剧组愣了一瞬才反应过来，发出了欢腾的尖叫："啊啊啊……"

结束了！终于结束了！

从开机到拍摄基本完成，历时四个月零二十一天，期间三次更换女主，多灾多难的《城堡》终于杀青了！

对于其中一些镜头的瑕疵，他们又折回影视城花了半天时间补拍了几组镜头，在 12 月 17 日的时候发布了官方微博，宣布整个剧组的拍摄工作至此正式结束。

滕子昂作为制片人兼男主角，信手一挥在市中心的五星级酒店包下了一整个宴会厅，拉着几车人前往酒店尽情狂欢。他脱下了外套，举着酒杯站到了椅子上，一抻胳膊喊道：“杀青！”

底下几桌人跟着把酒杯一举：“杀青！”

滕子昂自已一仰头把酒喝了，然后朝着底下的人一挥手臂：“吃好、喝好、玩好！谢谢！”

底下一片欢呼：“噢噢噢……”

他得意地跳下椅子，整个剧组正式陷入狂欢。

叶臻的位置就在他旁边，她刚到外面去接了个电话回来，身上都带着夜的凉气。

时隔两个多月，她的朋友圈里再添一部电影杀青的消息，又引得底下一片整齐划一的惊叹。巧合的是，她的朋友圈一发出去，《帝王策》方面就发来了信息，说是需要她回去补拍几个镜头，林苡安潜伏三年呕心沥血打造的这部扛鼎之作终于也要杀青了。

所以她在这场庆功宴上也不能放松太过，不免又被滕子昂感叹她是个拼命三娘。

他扯松了领口，几杯酒下肚，俊脸已经泛起了红晕，坐叶臻旁边看着庆功宴上放松的剧组成员们，嘴里发出了吃吃笑声。

叶臻看他一眼，伸手拿走了他的杯子：“别喝了别喝了，你看你这都开始傻笑了。”

滕子昂被拿走了杯子，也就乖乖地没再说要喝，叶臻给他倒了杯茶，听他带着醉意在嘀咕：“你们……你们这些人怎么就这么拼呢？明明可以靠天赋吃饭……嗝，还要过得比别人勤奋……还让不让人活了……”

叶臻知道他这话主要针对的并不是自己。

今天这庆功宴所有人都来了，就江天一个人留在机房，说要检查拍好的部分，这会儿说不定已经剪起来了。

滕子昂嘀咕了半天，忽然抬起头来，郑重其事地握住了叶臻的手。

叶臻好脾气地任他拉着：“要做什么？”

他两手握着她的右手，上下有力地摇了摇，深沉地道：“谢谢，谢谢啊。”

叶臻回道：“不客气，下回再找我。”

滕子昂听到这话，坐在椅子上瑟缩了一下，然后很严肃地摇了摇头：“不要了……下次不要再这么折腾了，我……直接找你拍！”

叶臻闻言忍不住笑了起来。确实，他要是每次拍戏都像这样要换三波女主，最后才找她来救场，那也太痛苦了。

滕子昂缩回手，坐在椅子上乖乖地喝起了叶臻倒给他的茶。等江天终于在机房里倒腾得满意了，想起这还有个庆功宴可以参加的时候，滕子昂已经趴在桌上睡死了。他只能随便打包了份菜，然后把已经睡得不省人事的好友带回去。

直到十一点多，剧组成员才意犹未尽地散去。叶臻回到自己的公寓里，洗了澡出来已经十二点多了，然而却没有半点睡意，她于是打开电脑登上了游戏。

《策马江湖》一如既往地发布了几百 M 的更新包，叶臻看着登录界面上更新包的下载进度条，觉得自己的业余生活已经完全被侵占，每天除了工作就是打游戏，甚至都没别的事可做。

这样的状态是不好的，可她一时也想不出有别的什么可以替代，于是放弃了这一瞬间的警醒，挂上了 YY。等听到耳机里传出了熟悉的提示音，代表游戏更新完毕，这才又把窗口切回了游戏界面。

虽然是在深夜时段，但像她这样无所事事的人还是蛮多的。她盘腿坐在电脑前，打开了游戏日历，一面看一面用手指在钢化玻璃桌面上敲击着，琢磨着该做点什么日常来打发睡前的这段时间。

醉卧花前的信息马上就来了。

【密聊】醉卧花前：二宝来跟我们打战场场。

YY里提示音一响，醉卧花前把她的号从会客室拉到了战场小房间里，跟其他几个人招呼道："你们副帮主来了，她DPS，再找两个治疗。"

叶臻一挑眉，密聊了醉卧花前。

【密聊】叶臻臻臻臻臻：这么晚还打战场？

【密聊】醉卧花前：午夜激情队。

【密聊】叶臻臻臻臻臻：去找别人，我上来做个日常就睡了，明天一早还工作呢。

【密聊】醉卧花前：要拍戏？不是说杀青了吗？

【密聊】叶臻臻臻臻臻：另一部，要我回去补拍两个镜头，也快杀青了。

【密聊】醉卧花前：原来如此。

【密聊】醉卧花前：别走，人叫齐了，打完这局再走。

深夜的25人战团可不好组，叶臻于是决定陪他们打完这局再走，进了团队里一看，发现一群陌生的ID里有两个特别熟悉的，一个是醉卧花前，另一个则是云书不至。

他们竟然把她的搭档也找来了。

[03]

人数一凑齐，没有寒暄，所有人就立刻动身前往战场入口。

排上队以后，大家就开始等待进入战场的倒计时。

战场的规则就是两个阵营各派出两个25人团队，系统随机抽取地图，把两个团队传送到特定地图中去厮杀。哪个团队的玩家能活到最后，又或者哪个团队能先超越对方，取得任务物品，系统就会判定哪一方获胜，同时成绩还会计入对应的阵营战绩。

叶臻从没在积分赛以外见过自己的搭档，云书不至上线的时间总是很规律，仿佛他玩这个游戏的目的就只是为了来参加跨服之战一样。除了战术交流，两个人私下里甚至连话都没说过几句，她不免好奇他怎么会来参加深夜战场活动。

醉卧花前又收到了她的密聊。

【密聊】叶臻臻臻臻臻：谁把他叫来的？

【密聊】醉卧花前：叫谁来？

【密聊】醉卧花前：你搭档？

【密聊】叶臻臻臻臻臻：对，我就是在说他。

【密聊】醉卧花前：不清楚，不知道是谁叫他来的。

他们叫人都是从在线成员列表里按等级由高到低地密聊，估计是密聊了云书不至问他打不打战场，人家觉得来打发打发时间也无所谓就来了。

叶臻这样想着，打开了在线成员列表，选择了按等级排序，排行第一的赫然就是云书不至。几天不见，他的等级又高了，现在已经96级了。

受跨服之战的刺激，玩家练级的情绪高涨，个人等级的提高带来整个等级榜的总体水平的上升。全服排行第一的君如月如今等级已突破一百大关，成了全服第一个等级上了三位数的玩家，愿我如星紧跟其后，反超了等级榜前十的好几个玩家，以99级位列第二。

至于一直没什么机会练级的叶臻，等级停在93级之后就没动了，现在已经掉出了三十名之外。

叶臻这才意识到现在不是云书不至在拖她后腿，而是自己要抓紧时间练级了。

这时，战场排位的倒计时结束了，所有人眼前的画面都暗了下去，被传送进了战场地图里。画面一恢复，叶臻就认出这张地图是战场地图中最难搞的“九曲玲珑”，需要 25 人团队分成三组，从三个不同入口朝迷宫中心进发，中途有可能遭遇陷阱，也有可能跟突然在转角出现的敌人狭路相逢。

真是个令人头疼的地图，醉卧花前看到随机结果心里也是这么想的。他在麦上像是感到十分头疼地一口气，安排道：“来分组吧，这里需要三组人马，三个指挥，还有两个谁来？”

有一个经常担任副指挥的玩家接受了这个任务，剩下还需要一个指挥，没人再出来自告奋勇。叶臻犹豫着要不要开麦，毕竟她对“九曲玲珑”这个战场地图不是很熟，带着小队走怕失误。

一个她没听过的声音在耳机里响起：“我来。”

叶臻花了一些时候才意识到这是云书不至的声音。

她连忙切换界面，去注视那盏一闪一闪的绿色小灯，这代表着云书不至在说话。云书不至的声音跟她想象的很不一样，在她想来自己的搭档应该是个沉默寡言的男生，声音没有这么沉稳，没有这么成熟，没有这么磁性。

系统提示音一响，醉卧花前给她发来了密聊信息。

【密聊】醉卧花前：你的搭档比我想象中的要成熟。

【密聊】叶臻臻臻臻臻：嗯……声音也比我想象中的要成熟。

【密聊】醉卧花前：人家现在可是我们帮会里的第一高手了，又懂指挥，声音还这么好听，最受现在的小姑娘们欢迎了。二宝你可得看住了啊，可别让人把你好不容易找来的搭档给撬走了。

叶臻："……"

这话看着怎么这么奇怪？

醉卧花前一边跟她打字，一边嘴上已经同意了云书不至担任指挥，把整个团队分成9、8、8三组，很自然地把叶臻放到了云书不至带的第三组，让他们搭档培养感情。为了不在指挥时互相影响，所有人在YY里也分成了三个小房间，现在第三小组的房间里，就剩指挥云书不至一人的灯长亮着。

叶臻再次听到了云书不至的声音。

那声音偏低沉，带着容易让人沦陷的磁性，是声控们最抵挡不住的华丽系声线。他在频道里发布指示："十秒后从C入口进去，注意脚下。"

话音刚落，队伍频道里就跳出了两条新信息。

【队伍】白玉兔叽团儿：指挥我怎么之前没见过你呀？

【队伍】白玉兔叽团儿：你是新来我们帮会的吗？

叶臻看了一会儿，觉得醉卧花前真是料事如神。他说得果然没错，云书不至一说话，就有小姑娘跃跃欲试想要搭讪他。

这个"白玉兔叽团儿"是个古墓派女玩家，加入帮会已经有一段时间了。游戏角色的俊美形象总是容易让人对背后的操纵者产生美好的幻想，再配上这样完美的声音，云书不至在她们的幻想中那得是萧承煜这个级别的男神。

叶臻想着自己这个有着男神级别声音的搭档被搭讪会有什么反应，云书不至的声音再次低沉地响起来："是的，我是为一个人来的。"

叶臻毫无防备地被这句话电得正着，连滚动鼠标的手指都定格在原地，队伍频道里更是一下炸开了锅。

【队伍】香辣断腿堡6：只为一人来！

【队伍】麦辣断腿堡9：敢问少侠是为哪一个来的！

【队伍】一只自然卷：万万没想到，这种偶像剧般的剧情居然会发生在小僧身边！

【队伍】白玉兔叽团儿：指挥大大你是为谁而来的！是为我吗？！

叶臻这才缓过神来，先唾弃了自己一番，然后赶在事情被她的搭档这样暧昧不清的描述搞得更复杂之前开始打字说话。

【队伍】叶臻臻臻臻臻：对，人是为我来的。

吃瓜群众大概没想到另一个当事人会这么干脆地承认，反应很是惊诧。

【队伍】香辣断腿堡6：副帮主你?

【队伍】麦辣断腿堡9：你在外头欠下的风流债，终于找上门来要你负责了吗？！

【队伍】一只自然卷：阿弥陀佛，万万没想到——那帮主他怎么办?

【队伍】叶臻臻臻臻臻：等等，这关醉卧什么事？正式给大家介绍一下，这是跟我一起参加跨服之战的搭档云书不至，我从世界上找回来的，人家之前没有帮会，于是我就顺带邀请他加入忆长安了。

【队伍】白玉兔叽团儿：哦——

【队伍】香辣断腿堡6：哦——

【队伍】麦辣断腿堡9：哦——

【队伍】云书不至：是这样。

【队伍】云书不至：时间到了，出发吧。

当事人的解释让这段八卦变得毫无爆点，大家也就都失去了兴趣，跟在云书不至身后进入了迷宫。

在有惊无险地越过了几个刁钻的隐藏陷阱之后，他们在转角处遭遇了一波敌人，对方的运气显然没有他们好，没有一个像云书不至这样的指挥告诉他们要怎么跳过隐藏陷阱，结果中招死了几个人，剩下的几个血也只剩下一半。

云书不至毫不迟疑地发动了进攻："上，治疗注意加血。"

所有 DPS 一哄而上，一阵乱斗把对方小队仅存的几个人给灭了。

然而落在后方的治疗一个人要奶七个人，压力太大，令整个战斗过程状况频出，差点让己方的两个人死在对手不要命的反击下。

云书不至不得不做出调整，说道："我切治疗。"

这样小队里有两个治疗，后方的担子就没这么重。

在他切换心法的下一刻，叶臻发现自己头顶多了个"涅槃"状态。

这是云书不至挂在她身上的复活技能，能让她在死亡之后迅速原地复活一次。

在他们排积分赛的时候，这就是云书不至的标准起手式。他并不介意在后方担当治疗，考虑到他的治疗手法比叶臻高太多，每次加血都恰到好处，不会浪费一点。

叶臻感到一阵踏实，有绑定奶时刻关注自己的感觉就是好！

他们在原地修整片刻后，继续向迷宫中心前进。

"九曲玲珑"的规则设置是在地图上随机放出三个宝箱，对战的两个团队需要兵分三路向迷宫中心进发，拿到宝箱多者即为获胜。这也就意味着双方想要定出胜负，起码要有一方拿到两个宝箱——众所周知，其中一个宝箱一定会在迷宫中心出现，因此双方究竟是在迷宫中心兵戎相见才能一决胜负，还是在行进过程中就有一方集齐两个宝箱结束游戏，全看运气。

叶臻觉得到目前为止，他们的运气都很不错，不仅灭了突然出现在面前的敌方小队，还在前往迷宫的过程中找到了一个宝箱。

这中间耽搁了一些时间，导致他们抵达迷宫中心的时候，先到的那两队已经跟敌方打得不可开交了。醉卧花前当机立断，马上把他们整个小队拉上了公共房间，然后在麦上说了一声：“打！”

眼下的状况看来是双方手上各有一个宝箱，这迷宫中央的第三个宝箱会落在谁的手上，就要看谁能站到最后了。如果想要在战斗中打开宝箱，那是不可能的，因为打开它需要十秒读条时间，每个职业都有打断读条的技能。

于是响应帮主的号召，后面过来的人也立刻加入到了战斗中，五个DPS杀入混战中发大招，两个治疗留在后方给所有人加血。

叶臻一冲进战团就放出了自己的天蛛一阵缠杀，她的人物身上不停飘起紫色光芒，血条在受到伤害落下之后又会瞬间回满。她一心冲杀，完全不必顾虑身后，因为只要有云书不至在，谁都伤不了她。直到对方最后一个负隅顽抗的治疗也死在他们的群攻之下，云书不至才把设在她身上的焦点撤销。

他们打开了迷宫中心的宝箱，夺取了深夜战场的胜利，众人一阵欢呼。

【团队】醉卧花前：赢了。

【团队】醉卧花前：怎么样，都困了没有？

团队频道里一阵乱七八糟的回答，都无比精神。

叶臻斜眼看屏幕右下角的时间，已经快一点了，可她打了这局战场之后，确实人又精神了起来，并不是很想现在去睡觉。

【团队】醉卧花前：既然大家都不困，难得这么人齐，干脆去清个潜龙渊的CD吧？反正BOSS能推几个就推几个，没意见吧？

叶臻眼睛一亮，头一个在团队频道里叫了一声好。

【团队】叶臻臻臻臻臻：打战场打得太精神了，就去清个潜龙渊吧！

【团队】醉卧花前：二宝你这么积极，明天可别起不来上班。

【团队】香辣断腿堡6：明天周末——

【团队】麦辣断腿堡 9：副帮主你还要去上班？不要上了！

【团队】香辣断腿堡 6：跟我们通宵！

【团队】叶臻臻臻臻臻：行了我起得来，抓紧时间 move move move！

【04】

潜龙渊里守门的两位坛主是最好推的 BOSS，醉卧花前兼任指挥跟 T，轻轻松松过了老一，BOSS 掉落的东西也没有悬念的没叶臻的份。

等分配完装备后，所有人又迅速往老二所在的宫殿走，这两个宫殿之间有很长一段路，没有什么小怪，就是副本里不能用轻功，要跑着过去实在太慢了。

叶臻原本想放自己的马出来好骑马过去，结果刚一出宫殿门眼前就弹出两个共骑邀请，一个来自醉卧花前，一个来自云书不至。

叶臻：“？”

平时跟醉卧花前下潜龙渊，他确实也习惯在这几个宫殿间邀她同乘，而这段时间她跟云书不至形影不离地打积分赛、跑地图做任务，两个人也经常骑一匹马，他们会发出邀请确实不奇怪。不过这两个人同时邀请她，这是要怎么选？

叶臻思考了两秒，从坐骑栏里放出了自己的青牛，翻身骑了上去。

【团队】叶臻臻臻臻臻：我骑牛。

【团队】香辣断腿堡 6：绝版坐骑！想骑！

青牛也是可以邀人同乘的坐骑，叶臻也没多想，顺手就邀请了香辣断腿堡 6 共骑。

【团队】香辣断腿堡6：[麦辣断腿堡9]啊啊啊！我抵挡不住副帮主的魅力！我骑牛去啦！

【团队】麦辣断腿堡9：行了行了，去吧。

香辣断腿堡6跟麦辣断腿堡9都是唐门，而且据说是一对双胞胎，所以说话特别有默契。青牛载着五毒御姐跟唐门御姐，看似慢腾腾地往前走，实则跑得比马还快，一眨眼就到了第二个BOSS的宫殿门口。

潜龙渊的二BOSS推起来也不难。整个副本设定是魔教的秘密根据地，BOSS排序就是魔教高层按照实力高低排下来。实力在魔教高层中排倒数第二的是魔教的右护法，必杀技有两个，一个是释放毒气，一个是放大型机甲，最后临死前还有一段对圣女的真情告白，会把全部玩家定在原地，强迫所有人听他讲完自己的暗恋史。

唐门双胞胎显然一点也不想听这段剧情。

【团队】香辣断腿堡6：一点也不想承认这人是唐门弃徒。

【团队】麦辣断腿堡9：一点也不想承认这人是我们同门。

【团队】香辣断腿堡6：只敢对玩家大吐暗恋史——

【团队】麦辣断腿堡9：却一点都不敢对喜欢的人告白！

【团队】香辣断腿堡6：我们唐门没有这种懦夫！

【团队】麦辣断腿堡9：懦夫！

在他们的吐槽声中，这个痴情魔教右护法终于重重倒下，尸体变得闪闪发光，等待玩家去摸装备掉落。

云书不至是所有人当中离魔教右护法最近的人，自然一解除冻结状态就去摸了装备。叶臻都已经做好了再次落空的准备，走到宫殿门口准备召唤坐骑，结果下一瞬云书不至把右护法掉落的装备发到了团队频道里，顿时在团队成员中激起了不同的反应。

【团队】香辣断腿堡6：咦？

【团队】麦辣断腿堡9：哎？

【团队】一只自然卷：阿弥陀佛，好像都是五毒的装备……

“二宝二宝二宝！”醉卧花前在麦上一迭声地叫住了叶臻，“回来回来回来！”

【团队】叶臻臻臻臻臻：干吗？

醉卧花前把被一堆信息顶了上去的BOSS掉落再在团队频道里发了一遍，在麦上喜气洋洋地说道：“你看看，你看看唐门弃徒右护法给你掉落了什么？”

叶臻下意识看了一眼团队频道里的物品，原本还打着哈欠，下一刻整个人都精神了。

所有人都听见她激动地开了麦：“卧槽卧槽卧槽！戒指戒指护手牌子还有我的笛子！”

全是五毒的！全是好东西！

她打了这么多次潜龙渊，见到自己能用的好装备加起来还没眼前这一次多！

叶臻单手握拳在桌上一砸：“醉卧借我钱！这几样东西我吃定了，谁都别想跟我抢！啊哈哈哈哈……”

团队里。

【团队】妙卿：这孩子都高兴疯了。

【团队】朝朝暮暮：失望了那么多次，乍一见到这么多她的装备，难免激动。

【团队】香辣断腿堡6：今天团队里就俩五毒。

【团队】麦辣断腿堡9：就副帮主跟她的小伙伴。

【团队】香辣断腿堡6：同门相残。

【团队】麦辣断腿堡9：分道扬镳。

【团队】香辣断腿堡 6：但我还是希望他们两个能抢起来——

【团队】麦辣断腿堡 9：这样我们就能拿到高工资了！

【团队】香辣断腿堡 6：高工资，耶！

【团队】麦辣断腿堡 9：高工资，耶！

【团队】今夕月：别高兴得太早，你们先看看人家的装备用的是什么。

他这一提示，所有人都下意识去看云书不至的装备，结果被这一身精炼到 7 的极品套装跟他手里其貌不扬的橙武给震惊了。

【团队】香辣断腿堡 6：噫！

【团队】麦辣断腿堡 9：大橙武！

【团队】白玉兔叽团儿：壕！

云书不至先前在战场地图穿的是一套 PVP 装备，等进了潜龙渊之后又换了一套，因为五毒的套装在旁人看来都差不多，所以大家也就没注意他换了一身这么高级的 PVE 装。

人家都有大橙武了，怎么可能还会想跟叶臻抢潜龙渊的套装跟武器？

果然就听云书不至又打开了麦，低沉的嗓音简直令人心曳神摇，而且一听就是在对叶臻说："我对装备没有需求，这些都是你的。"

【团队】妙卿：感觉我萌的"醉叶"CP 要拆。

【团队】白玉兔叽团儿：+1。

【团队】香辣断腿堡 6：排。

【团队】麦辣断腿堡 9：醉卧帮主地位不保。

【团队】一只自然卷：阿弥陀佛。

【团队】叶臻臻臻臻臻：等等，先告诉我"醉叶"这样的**是怎么来的。

【团队】叶臻臻臻臻臻：邪教。

【团队】朝朝暮暮：不不，以后没有"醉叶"了，我们改站"云臻"

了副帮主。云书大神看得又打得，还能给你摸装备，你看帮主除了会嘲讽还会做什么？快跟我们一起叛变，离开这个没用的脸T，勇敢去追求自己的新感情！

叶臻在电脑前笑得打跌，听醉卧花前在麦上啼笑皆非地说："暮暮我跟你无冤无仇，何必这样对我？这几件装备还有没有别人要拍？没有的话我就底价插给你们副帮主了。"

大家一致表示没有需求，副帮主守得云开见月明，今天注定鸟枪换炮。

醉卧花前便对叶臻说："好啦，没人跟你抢。牌子跟戒指一个2000，武器5000，一共9000点我交易，一手交钱一手交货。"

叶臻豪气地在交易栏里放了一万金："一万金，不用找了。"然后等一拿到装备，她就立刻就精炼了两级，迫不及待地装备上了。

她看着自己的游戏人物，看到飙升了一截的装备分数，只觉得自己简直能日天。

【团队】叶臻臻臻臻臻：谢了，云书。

【团队】妙卿：无以为报，我们闺女只能以身相许了。

【团队】香辣断腿堡6：这很老套。

【团队】麦辣断腿堡9：但是我们吃瓜群众很受用。

叶臻看着在团队频道里耍宝的双胞胎，并不能否认在这个游戏里跟不同的人相处的时候，都会有很多让人心动的细节。尤其是云书不至刚刚说把这些装备都给她的那一瞬间，她简直能听到天使的号角在耳边响起！

然而虚拟世界里找动心的感觉容易，要找能让自己动情的人却很难，她从没有在游戏里发展过新恋情。即使是跟相处时间最长的醉卧花前，两个人也没发展成游戏里常见的情缘关系。

恋爱是非常麻烦的事，更别说是她的身份带来的问题了。在这样快意恩仇的江湖里，心动的感觉就昙花的盛开一样，来得很快，去得也快。

所以她默默地打了一行字。

【团队】叶臻臻臻臻臻：我对你们所有人都是纯洁的战友情。

【团队】香辣断腿堡6：噫，我还以为你邀请我坐你的青牛，起码在你心中是有几分特别的——

【团队】麦辣断腿堡9：看起来并没有。

【团队】醉卧花前：战场也好，共骑也好，跨服之战也好，明明都是我先……

【团队】香辣断腿堡6：噫。

【团队】麦辣断腿堡9：噫。

【团队】一只自然卷：阿弥陀佛，帮主的白学造诣好深。

【团队】叶臻臻臻臻臻：……

【团队】云书不至：不客气。

云书不至刚才仿佛不在电脑前，对叶臻那声道谢，他的回复这才姗姗来迟。

这句不客气跟上面的对话完全脱节，让人看了半天才反应过来他在回复什么，叶臻赶紧趁着对话断层催促大家去推下一个BOSS，众人于是才又继续朝着第三宫殿移动。

大概凌晨三点的时候，他们推到了第五个BOSS。

这时候大部分人的兴奋劲都散去了，而且这倒数第二个BOSS难度提升，以至于他们第一次没能碾压过去。因为魔教圣女的几个大招凶猛无比，大家掉血掉得厉害，所以云书不至在这里切了治疗，总算是控住了全团的血，团队最后终于靠默契磨死了圣女。

叶臻今晚除了在右护法那里拿到了武器跟戒指和护手，在左护法跟圣女这里又拿到了衣服跟头饰，收获从来就没今天这么丰富过。圣女倒下后，所有人都被困意侵袭，不打算再去推教主，于是团队解散，互相告别之后就纷纷下线了。

叶臻的身体疲惫得不行，精神却仍旧亢奋。她关了电脑，洗了个脸爬上床，躺在床上脑子里飘荡着各种纷乱的念头，不知过了多久才睡着。

闭上眼睛才没多久，小舟的电话就来了。

她的手机在枕头旁边拼命地响，叶臻躺在床上挣扎着捞过手机看一眼时间——这才六点，离她上床才过了两个小时。脑子里仿佛有一万只蜜蜂在嗡嗡嗡，灵魂都要被震出去，她开始后悔昨晚为什么要那么迟睡，或者为什么要睡——哪怕是通宵到六点，也比现在睡了两小时就被吵醒强。

叶臻瘫在床上接起电话，气若游丝地开口："喂……"

"起床了！"小舟充满元气的声音跟她的半死不活形成了鲜明的对比，"今天出任务！"

叶臻闭着眼睛，半张脸陷在了枕头里："我知道……再睡五分钟……"

她拿着手机，手指越来越松，眼看着又要睡过去。

"看你这死样——"小舟阴恻恻的声音在她耳边响起，"老实交代，昨晚又熬夜打游戏到几点？"

叶臻一下子睁开眼睛，从床上坐了起来，头发蓬乱："起了起了！"她忍着眩晕感，坐在床上打了个哈欠，"你来接我？"

小舟说："当然是我来接你。"

叶臻一边掀被子下床，一边听她在那头嘀咕："我下周才开始去行政部上班呢，现在我还是你经纪人。我马上就开车过来接你，早餐想吃什么？"

叶臻随口报了几样，小舟记下之后就挂了电话，准备绕路去给她买早餐。

等她开着车来到公寓楼下的时候，叶臻已经戴着墨镜在楼下等着了。

一见车子过来，也不用招呼，叶臻就从另一边打开车门钻上了车。

“吃吧吃吧，趁热。”小舟把手里的早餐递给叶臻，还塞给了她一个东西。

叶臻举着那个三角形的黄色纸片状物体，拉下墨镜对着清晨的阳光看了看，问自己的经纪人：“这是什么？”

“前两天我跟我妈上山去拜拜的时候给你求的符。”小舟握着方向盘，在公寓楼下平稳地调了个头，“辟邪驱霉招桃花。”

叶臻沉默地拿着符，这仿佛是在逗她，一个破符，三重功效?

“以后我不能跟在你身后了，给你求道符保佑保佑你。”小舟的声音从前排驾驶座传过来，“你可让人放心不下了，一下没看住又在熬夜玩游戏，你左手边的格子里放着眼膜，赶紧敷上。”

“我没事啦。”叶臻放软了语气，听得出她声音里的担忧，“昨天是高兴，我下副本终于出装备了哎，以后不熬夜了。”

小舟坐在驾驶座上翻了个白眼，信她才怪。

叶臻一面收起了符，一面摸到了眼膜，摘下用来遮黑眼圈的墨镜，拆开包装敷上了才开始吃早餐。

|第八章|

DIBAZHANG

难 念 自 家 经

【01】

回到熟悉的《帝王策》片场，这里的布景跟两个多月前还是一样，并没有太大的变化。叶臻从车上下来，摘了墨镜拿在手里，脸上扬起笑容，向着正在摄像机前跟副导演说话的林苡安走去。

“嗯嗯，就是这样，去吧。”林苡安跟副导演说完，一抬头看到叶臻，高兴地站了起来，“叶臻，来得很早啊。”

叶臻对他笑了一笑：“这不是怕要补的镜头多嘛。”

林苡安摆了摆手：“不多，就几个小镜头。”

小舟跟在她身后，也跟林苡安打了个招呼，两人寒暄了几句。

叶臻朝四处看了看，对林苡安说：“今天片场的人挺少啊。”

林苡安点了点头，说：“都拍得差不多了，我就放了他们一天假，就是这里的布景要开始拆除了——”他说着，用手里卷成一卷的剧本朝周围点了点，“所以今天才让你过来一趟，想趁着这个时间补拍几个镜头，很快的。”

叶臻跟着点了点头，把手里的墨镜交给了小舟：“要补拍什么镜头？”

林苡安于是比着剧本，把几个要补拍的镜头大致给她说了一下，基本上就只是要她站着让人拍拍背影跟侧影，连台词都不用说就搞定了。她听完之后表示自己已经完全了解，林苡安便大手一挥：“去吧，去换衣服化妆，等拍完我们再聊。”

服装师已经准备好了衣服，在化妆间里等着她，叶臻一进门见到她就想起了自己的戏份杀青的那天讲的话，真是打脸。

叶臻叹了一口气：“我又回来了。”

服装师显然也跟她想到了一块儿，抿了抿嘴忍住不笑出声：“最后一次了，这回是真的最后一次穿这身衣服了。”

叶臻张开双臂，一副破罐子破摔的样子：“来吧来吧，下回再也不乱立 flag 了。”

孝贤皇后的这身衣服她穿了一个多月，服装师帮她穿戴起来依旧轻车熟路。叶臻换上衣服之后照了照镜子，虽然脸上还没上妆，但皇后的气势已经回来了。镜子里，叶皇后款款微笑，不到两秒又收起这种端庄的表情，朝自己做了几个鬼脸，然后站在镜子前哈哈大笑起来。

小舟在外间听到她的声音，叫了她一声：“叶臻？衣服换好了就出来呗，我还没见过你演孝贤皇后是什么样子呢。”

叶臻于是从里间出去，小舟一见她就大力夸赞：“好看！”

化妆师在旁插嘴道：“这还没上妆呢，上了妆更好看，要不怎么说他们跟皇后对戏的时候老忘词儿。”

叶臻已经习惯了她们这样拿自己打趣，她坐到化妆台前，面带哀愁地摸了摸自己的脸："红颜祸水，我简直拖了全剧组的后腿。"

化妆师忍不住笑了出来，在镜子里看她："闭眼闭眼，就你贫嘴。"

叶臻听话地闭上了眼睛，嘴里说道："唉，我还以为我走了就不用再回来了呢。"

化妆师手上一面熟练地动作，一面跟她说话："没事，补完这几个镜头林导就会放人了，很快的。我听说你的新戏也杀青了？那回去之后应该就能休息一段时间了吧。"

叶臻闭着眼睛："别，千万别让我休息，还是工作好。"

化妆师摇了摇头："你们这些年轻人，就是仗着年轻不把身体当回事，先别说话了，给你化完妆赶紧地补镜头去。"

叶臻于是不再吱声，只听小舟在旁跟服装师有一搭没一搭地聊天。

半小时后，她站到了镜头前，看起来已经完全是孝贤皇后了。

她朝摄像机这边示意了一下，林苡安点了点头，副导演于是叫了一声："Action！"

镜头不断拉近，拉近，给了她一个特写。

叶臻的眼睛望着远方，像是在看着什么，又像是什么都没在看，手指拈着从窗外飞进来的落花，微微一用力，就将花瓣碾碎了。

林苡安坐在监视器后面，看着画面上叶臻每一帧的表情变化，满意地点了点头。副导演走回他身后，跟他一起看着这个画面，嘴里感慨道："感觉比起上次，叶臻的演技又进步了。"

林苡安摸着下巴，只见镜头前的皇后美丽雍容，目光中却隐隐带着哀愁。

他笑了起来，喊了一声："Cut！过了，下一条！"

叶臻立刻从这种状态里退了出来，向自己的经纪人招手要剧本。

这一整天的天气都很好，阳光铺洒在整个城市上空，十分适合出游。

叶臻在片场里总共补了七个镜头，虽然进展神速，但也拖到了夜幕降临的时候，午饭跟晚饭都是在片场一起吃的。林苡安看着这几个镜头的倒播，脸上带着满意的笑容，伸手拍了拍叶臻的肩膀："好，很好，副导演都跟我夸奖你了，你这几天又有进步。"

叶臻看了站在旁边的副导演一眼，露出了笑容："谢谢李导的夸奖啊。"

副导演对她友善地点了点头。

"演员就该这样，不断地提升自己，不能满足于现状。"林苡安放下手臂，示意她随自己到处走走。叶臻于是维持着盛装打扮的模样，悠悠地跟在他身后踱步。

"新戏也杀青了？"两人走到了红色的宫墙下，林苡安自顾自地背着手走在前面。

"杀青了。"

"唔，接下来可以休息一阵了。"林苡安甚至都不用回头看她，"这段时间我也给你留意了一下，我的老朋友们那里有几个适合你的角色，不过开机时间都在明年一月以后。到时如果你还需要的话，就跟我打声招呼，我给你定下。"

除了感谢，叶臻都不知说什么才好了，但林苡安全然不放在心上，继续和她闲聊电影，闲聊角色塑造。叶臻知道他是爱惜人才，才会这样帮自己，如果今天她不是足够出色，也不会让林大导演青眼有加。这样的提携教导，远远超过了寻常演员跟导演的关系，担得起她叫他一声老师。

自然而然，叶臻也就换了称呼："老师，我有个问题总想不明白。"

林苡安终于回头："你问。"

叶臻于是说出了心底疑问："我入行也有四年，演过的电影超过二十部，自认演技不输许多人，偏偏跟影后头衔无缘，哪怕国内最普通的电影节，也吝啬于给我一个最佳女主角。我到现在都有些糊涂了，自己究竟是自视过高，还是就是个年年陪跑的命？”

林苡安听着她的困惑，看着她美丽的眼睛里流露出的不忿，忽然哈哈大笑。

叶臻听他说道：“如果明年百花奖邀我当评委，我一定给你一个最佳女主角，算是对你的肯定，也算是鼓励。”接着话锋一转，语气也变得严肃了些，“可惜百花奖终究不会邀我去当评委，我不能这么明目张胆地偏向你，他们不肯给你一个影后头衔，大抵是因为看你演戏，始终觉得你少了那么一点东西。”

没想到在林苡安这里也会得到这样的回答，叶臻愣了一下，然后问道：“可我究竟少了什么？”

林苡安背着手，给她一条一条地分析：“演技你有，而且谁都看得到你在不停进步，这一点很好。论天资，你比起当今影视圈里的任何一个谁都不差，所欠缺的就是时间了。也许就是因为你演的戏多，摊薄了你的爆发力，所谓厚积薄发，评委们大概都认为你需要沉淀。”

他说着，再次伸手拍了拍叶臻的肩：“你有很大的能量，所有人都看到了，可是你还从没有在一部戏里一次性完全爆发过，所以他们还在观望。只要爆发一次，满足了他们的小贪心，影后宝座就是你的。”

华灯初上，车水马龙。

叶臻坐在车子里，眼睛看着外面璀璨的灯火跟建筑群黑漆漆的轮廓。林苡安的一番话，给她打开了全新的思考方向。

鱼与熊掌不可兼得。她想要拿个影后头衔来证明自己，就得把拍片量给降下来，接个好剧本，拍个好电影，来一场演技大爆发征服全世界。

小舟从后视镜里看了看她，叶臻有半个身子沉浸在黑暗中，看起来既沉默又灰暗。

她知道叶臻在想着林苡安的话，一年就拍一部戏，损失的那可不止是曝光率，她担不起。小舟收回目光，不无遗憾地叹了一口气："看来我还得等上好几年，才有机会跟你去横扫戛纳柏林奥斯卡了。"

叶臻的声音在后排响起："说不定债一直还不清，我这辈子都去不了戛纳柏林奥斯卡。"

"呸呸呸，瞎说。"前面到了红灯，小舟跟前面的车保持着一定的距离，慢慢地减速，"你已经演得够好了，别对自己这么苛刻。"

叶臻自己可能会忘记这一点，可她不会忘记。

不是科班出身的艺人，能够在这条路上走得这么远，要付出的努力是常人想象不到的。众人把叶臻今天的成就归结为她的运气，而小舟清楚地知道这些都不是白来的。

红灯计时结束，绿灯亮了起来，车流又开始慢慢移动。

小舟踩下了油门，问道："肚子饿不饿，要不要去吃宵夜啊？"

叶臻拿出了手机，摇头道："算了吧，不记得上次摄影棚里我把裙子撑破的事被传出去，那些小道消息是怎么写的？"

虽然她不是模特，但明星的身材管理也很重要，长得太胖那上镜会相当不好看。

"那条裙子又不是因为你太胖才撑破的！"不说还好，一说小舟又来气，哐哐砸了两下方向盘，"都是乔馨那小贱人干的好事！给我等着，就别让我逮到机会，不然看我怎么收拾她！"

"嗯嗯……"叶臻本来低着头随意地敷衍着，突然想起了外套的事，于是又抬起头，"季总监的外套呢？我之前把外套落车上了，不会就一直丢在那里了吧？"

“哪等得到你想起来？”小舟翻了个白眼，“我早送去干洗了。”

“干洗完以后呢？”叶臻问。

“让人送回去了呗。”小舟答。

“啊。”叶臻失望地啊了一声，“失策啊。”

小舟一下子警惕起来：“干吗干吗，你又想搞什么幺蛾子？”

叶臻说：“这多好的一个借口，你该让我去还外套的，还可以趁借还外套的时候向人家表达谢意，顺带化解毁片歌手跟乐坛教父之间的仇怨。”

小舟：“……还有呢？”

叶臻：“还可以亲眼看看到底哪个王八蛋是符骅，认清他的长相好找人揍他一顿。”

小舟：“醒醒，你没机会了。”

不知不觉就回到了公寓楼下，小舟放下了车窗，看着叶臻从后面出来：“明天没通告，可以休息一天，下周你就会见到你的新经纪人了。”

叶臻把手放在车顶上，弯下腰来看她：“接替你的人到底是谁？”

小舟的表情一瞬间看起来像是很想翻白眼，伸手推她：“都说了要保密，反正他打算见你的时候，你就知道他是谁了。走走走，快回你的公寓去，早点睡听到没有？不准再熬夜打游戏！”

“神神秘秘。”叶臻耸了耸肩，转身背对着她挥了挥手，“不说就算了，下周见。”

【02】

进了公寓楼，值班的警卫跟她打了个招呼：“叶小姐回来了。”

叶臻按下了自己的楼层，对他笑了笑："是啊，收工了。"

这栋公寓楼是K&S名下的资产，每天都有大大小小的明星进出，警卫们早就看习惯了。等电梯一来，叶臻就走了进去，在电梯门关上以后脱力地靠在了一旁。

电梯平稳无声地上行，带来一种超重感，叶臻低垂着眼睛，想着下周见新经纪人的事。小舟对自己的未来发展表现出前所未有的乐观，不难猜测这位新经纪人肯定是来自他们少东云凛的派系了。

云凛身上充满了神秘感，叶臻从没跟他正面接触过，只模糊地记得在报纸杂志上瞥见过他的照片。不过小舟既然会被说动，站到他的派系中，这就说明他确实有能力换来她的忠心。现在他选择向被其他高层打压的叶臻递出橄榄枝，叶臻没有理由不接。

只是这样一来，之后的日子就肯定不会好过了，她要做好跟其他人交锋的心理准备。

打开玄关的灯，叶臻从鞋柜里找出拖鞋扔到地上，把脚上的鞋子换了下来，一边走进来一边按着有些酸痛的脖子。

路过客厅的时候，她看了一眼墙上的钟，时针正指向八点。

"还这么早。"叶臻放下手臂，自言自语了一声，"先去洗个澡好了。"

这样决定着，她打开了电脑，挂上游戏，从衣柜里翻出了睡衣进浴室去洗澡。

温度稍高的热水舒缓了肌肉的疲惫，令她发出了舒适的叹息。只是，她人生里难得轻松的时刻似乎永远持续不长，才刚洗到一半，就听到客厅的电话响。

叶臻顶着一头泡沫站在花洒下的："……"

会打她公寓电话的就那么几个人，会在这个时候打她公寓电话的，那就只有一个。

电话铃声锲而不舍地响着，她打开热水，胡乱把头发的泡沫冲掉，然后围着浴巾跑出来接。浴室跟客厅有一段距离，等她穿着打滑的拖鞋跑到座机旁时，电话铃声刚好停下。

屏幕上显示有一个未接来电。

感受着皮肤上残留沐浴露的滑腻和刺痒，叶臻一手抓着浴巾，站在电话旁等着，直到单调的电话铃声再次响起来，秦修的名字跟着一串号码显示在屏幕上。

她伸手接起了电话。

“在游戏？”里面传出秦修的声音平静如常，就好像刚刚她并没有漏接那个电话一样。

“洗澡呢，我的哥。”叶臻回答道。尽管全世界都知道她沉迷游戏，可她也不是时时刻刻都挂在游戏上的。

“我到你公寓楼下了。”秦修的车熄了火，“洗好了就下来。”

“等我十五分钟。”叶臻扭头看一眼钟，“大概八点半，我公寓对面的茶馆见。”

“好，我在那里等你。”秦修说完，一点也不拖泥带水地结束了通话。

叶臻抓着浴巾，挂了电话火速冲回浴室里，花了几分钟时间把头上跟身上残留的泡沫冲干净。秦修不喜欢等人，她匆匆套上衬衫跟牛仔裤，用电吹风大致吹干了头发，戴上眼镜就匆匆下楼了。

走进茶馆的时候，领班认出了她，上前来迎接：“叶臻小姐。”

“我找人。”叶臻的目光在四下扫了一圈，看到秦修正坐在沙发上，手上翻看着一本过期的财经杂志，显然在等她。

她连忙走了过去：“二哥。”

秦修抬起头来，看到了她，放下杂志站了起来：“终于打游戏打到近视了？”

叶臻本来正在跟领班要一间安静的厢房，让她其他东西就按照老样子上，闻言连忙转过头来澄清：“没有！我好歹也是个明星，出门不做一下伪装怎么行？”

领班在旁忍笑：“两位请跟我来。”

叶臻推了推他：“走啦。”

秦修是她父亲至交秦文煦的次子，长她九岁，叶臻管他叫二哥。

秦修的个人事务所在业界很有名，主要业务是替一些名流理财投资，叶臻的个人资产跟财务状况就是由他在打理。

领班将他们引到一间僻静的厢房，便退了出，叶臻摘下眼镜放在桌上，看秦修在自己对面坐下。即使在私下里，他也依旧是一副冷淡的精英派头，英俊成熟又多金，简直就是金领女性们梦寐以求的结婚对象——完美，但又不过分遥远。

在叶臻的印象当中，秦修跟她们中的每一个都保持着恰到好处的距离，丝毫没有要结束单身的意思，谁都不知到底怎样的女性才入得了他的法眼。

“在想什么？”秦修抬眼看她，叶臻连忙笑笑，摆手示意自己没在想什么。秦修也不戳穿她，顺势问道，“这段时间挺忙吧？”

“没，就老样子吧。”叶臻把手肘撑在桌上，不确定自己是看起来气色很差还是怎么着，“刚杀青了两部戏，明天可以休息。”

“那看来我来得很巧。”秦修没多说什么，把带来的文件递给了她，“月底快到了，我来给你看一下你的个人资产状况。”

叶臻摆了摆手，表示自己不想看，秦修于是不勉强地把文件收了起来，听她说道：“具体细节我是不全清楚，不过大体账目我心里有数。”

叶臻没说假话，像上个月，她的纯收益是三百万，除去置装费跟一些必要的养护费之外，就是给团队开的工资跟交回家里的家用了。她上个月的收益里，有将近二分之一是花费在了家用上，再算上几个主要支出，剩下的就没多少了，真是彻彻底底的收支平衡。这样的消耗法，真是印钞机也印不及，叶臻都要庆幸自己的身体这两年没出什么毛病了。

她随手揪了揪摆在桌上的那枝玫瑰，感慨道："这要是跟赵欣苓一样割个盲肠，丢个工作什么的，资金链就得直接断了。"

"你知道就好。"秦修说，"所以也不用我多说了，别让自己倒下才是最重要的。"

两个人都清楚，这趟万里长征已经到了最后阶段，她如果不想功亏一篑，就不能在这个时候倒下。

有人在外面敲了敲厢房门，两人的交谈中止。

等到侍者把茶点上齐了退出去，他们才继续刚刚的话题。

"叶伯父留下的债务，到上个月底为止，你已经偿清了 70.75%。"秦修给了她一个准确的数字，"剩下三成，按照你这几年的上升发展和效率，最多两年时间就能彻底还清。"说到这里，冷淡如他也对叶臻露出了一个笑容，"到时你就自由了，可以做你自己想做的事。"

"这你可难倒我了，二哥。"叶臻说，从父亲出事以后，她的人生就只剩下偿清债务这一个目标，光是要完成这个目标她就已经竭尽全力了。

不过这都是后话，秦修的这个假设是基于理想状态做出的，现在不一样了。

叶臻给他斟了一杯茶，叹着气说道："按照我之前的情况，两年时间是足够的，可现在不同了。公司显然不打算这么轻易放我自由，我今年下半年的工作安排跟上半年相比无论在质还是量上都差了一截，我现在是靠自己积累的人脉来接活。"

秦修的目光凝重起来，问道："你之前怎么不说？"

叶臻放下了手中的壶："我之前根本就没发现，这还是霍希提醒我的。实际上在小舟休假的时候，高层就打算半雪藏我了，他们不会给我足够的资源。这样等明年续约的时候，我就会因为无法按时偿还债务，不得不接受他们以更低的续约条件来绑住我更长的时间。"

秦修慢慢地皱起了眉："他们这样做就过分了。"

话虽如此，但谁都清楚，从长远利益上看，这样确实能够保证公司得到更多。

"现在出现了一个转机，我收到了一个合作的讯号。"叶臻想到她下周就要换新经纪人了，尽管还不知那位神秘的少东是要作何打算，不过她还是保有一定的信心，"如果那些人执意要这样，我也会做出自己的反击。"

这些算计跟阴谋真是让人厌烦，叶臻一副头疼的样子，不想再继续这个话题。

秦修看她端起杯子，然后因为茶水太烫无法入口又放了下来，抬起头来看自己。

"这部分我会自己处理，二哥你只要继续帮我搞定财务管理就行。那么，问题来了，你今天特意过来一趟，是他们提出了什么新要求吗？"

"你猜得没错。"秦修点了点头，然后看到叶臻的眼睛里浮现出一闪而逝的厌恶。

她说："我怎么一点也不感到意外，他们想怎么样？"

秦修发出了一声冷淡的笑声："你法律上的祖母——岑丽芳女士提出了新的要求，她要求这个月的家用要在原本一百五十万的基础上翻一倍，理由是叶老先生的病情治疗需要用到一种进口的新药。根据医生的说法，这个新的治疗方案有 40% 的可能会让叶老先生恢复意识。同时按照她的说法，小杰今年秋季开始上学，这也会多出很大一笔支出，全部都要你来支付。”

叶臻越听越想笑，在原本的基础上翻一倍，就等于一个月向她要三百万。就算是叶家的公司还没有破产的时候，她父亲每个月给的家用也不过十万，这女人简直是在狮子大开口。

“如果我不给——”她问秦修，“她打算怎么样？”

“她的原话是‘叶臻要是不给，我就去K&S跟他们要钱’。”秦修显然对他们这样的嘴脸十分厌烦，看到岑丽芳跟她的亲生儿子出现在他的办公室里，他简直想叫保安把这对母子给轰出去，“如果从K&S那里也要不到，她就会去接受报纸杂志的采访，你二叔还宣称会开通公众账号来爆料，让所有人都看看你是怎样拒绝赡养中风昏迷的祖父跟亲弟弟的。”

叶臻无语，想到她二叔叶子元那颠倒黑白搬弄是非的嘴脸，只纳闷他们老叶家的基因怎么能生出这种奇葩？

秦修看她无意识地伸手去揉眉心，看上去很是苦恼，便扯开了话题：“我带了些有趣的东西给你看。”说着递过了自己的手机。

“有趣的东西？”叶臻抬起头，伸手去接，“什么啊？”

秦修的手指在桌沿轻轻敲击，示意她打开：“自己看。”

叶臻挑了挑眉，随手在屏幕上画了个Z，解锁了秦修的手机，第一眼就看到了视频界面。她抬眼看秦修：“视频？”

秦修没说话，看来这就是他说的有趣的东西了。

叶臻的手指在手机边缘划了两下，想着秦修到底会让自己看什么视频，到底还是忍不住点了播放。只见画面上一开始是空的房间，没有人也没有声音，她越看这屋子的摆设越眼熟，再认真一想，这不就是秦修的办公室吗？

她刚想开口问个明白，画面上的门就被人从外面推开了。

叶臻目光一凝，将手机拿近了一些。画面上，来人收回了保养得当的手，抚了抚衣襟，不紧不慢地走了进来。这是个看起来最多不过五十岁的贵妇，在她身旁还有一个气质轻浮的男子，光是从他们肖似的相貌就不难推断出这是一对母子。可耐人寻味的是，这个男子的眉眼间也有几分跟叶臻相似的影子。

视频里的这两个不是别人，正是叶家次子叶子元跟他的母亲岑丽芳。

叶子元比叶臻的父亲要小差不多十岁，算起来也已经是四十岁的人了，只是他养尊处优，一门心思放在享乐上，所以看起来不过三十出头，这一点真是像足了他母亲。而岑丽芳好歹还有高门贵妇的气度，叶子元却完全是不学无术的二世祖，白长了一张好脸。

岑丽芳一推门，他立刻越过母亲走了进来，结果发现秦修不在办公室，顿时不满地叫嚣了起来："这屋里怎么没人啊？"

说话间他人已经走到了桌边，转身催促道："妈哎，你怎么走这么慢呢？赶紧进来，等会儿谈完我还约了人打牌呢。"

岑丽芳并不受他催促，淡淡地看儿子一眼："急什么？看看你自己，急哄哄的像什么话？要不到钱，你拿什么跟人家打牌？"

叶子元耸了耸肩，依旧是一副吊儿郎当的样子："你不是还有挺多私房钱吗？先借点给我不就好了？"

他说着拉开了椅子，在秦修的办公桌前坐下，没有顾自己的母亲。

岑丽芳缓步走过来，将手里的 LV 手拿包放在桌上。

叶臻盯着手机屏幕，看到这个 LV 最新款的手拿包简直要吐血。这个最新款，没记错的话欧洲专柜都要卖十几万，她每个月拿回去的钱究竟有多少用在了躺病床上的爷爷身上？

秦修在对面观察她的表情，拿过茶壶给自己斟上了茶，暗自摇头。

他们知道这对母子过得奢侈是一回事，但亲眼看到又是另一回事，叶臻再想息事宁人也好，看到这一幕也容易沉不住气。果然，对面愤愤地传来一句："我总算知道我赚的那么多钱都是怎么被他们花掉的了。"

秦修拿着杯子，抬眼看她："就算你再给他们三百万，被花光也就是瞬间的事情。"

手机上的画面颠簸了一下，叶臻被吓了一跳，发现似乎是叶子元拿起了桌上的摄像头，摆弄了一下。而她还没来得及想其他，就发现叶子元似乎并没有意识到这是个摄像头，又把东西放回了桌上。

他等得实在无聊，把桌上能够到的东西都拿起来摆弄了一遍，抱怨道："秦家那小子怎么还不过来？真是没家教，他怎么敢叫我们在这里等。"

叶臻听到这里，抬眼看坐在对面的秦修一眼，见他还是神情冷淡的样子，显然并不在意叶子元说了什么。岑丽芳的声音从手机里平静地传来："耐心，我教过你多少回了，要耐心。只有足够耐心，你才能得到你想要的东西。"

而叶子元显然被她这套理论弄得不胜其烦，他对着镜头的方向翻了个白眼，把手里的镇纸重重地放回桌上，转了个身面对她："我怎么耐心得了？妈你说，这回我们能不能要到钱？你看琳琳的成绩一直不好，要她考上好学校是不行了，只能送她去外国读书，她可是你唯一的孙女，你可不能不管她。我最近手气又不好，赌球赌马都输，叶臻每个月就给家里一百多万，根本不够花啊。"

叶臻："……"

真是好不要脸啊二叔，那钱是给你们的吗？

"你还怕从她身上会要不到钱？"岑丽芳的目光冷静又理智，说出的话简直要把叶臻气得仰倒，"那丫头怎么可能不给钱？她还想着要把她爸爸欠下的钱还清，只要她一天是这么想的，她就一天离不开那个圈子。生活在聚光灯下的明星都容不得一点瑕疵，个个都知道要爱惜羽毛，放心，三百万而已，以你这个侄女现在的身价，还怕她拿不出来吗？”

叶子元没有出声，显然被他母亲的这番话镇住了，从手机扬声器里传出来的只有岑丽芳笃定的声音：“我的孙女会如愿去国外念书的。”

叶子元的表情明显兴奋起来：“妈，那你能不能给我多要点钱？我也好拿去翻个本啊。”

岑丽芳的目光锐利起来，瞪了他一眼：“你还想赌？再多的钱给你也只会被你输光，那我们一家人吃什么用什么？你要是再去赌，就别想从我这里再拿到一分钱，之前你受的教训还不够吗？真想再弄出点连我都收拾不了的事才甘心吗？”

她的情绪隐隐有些失控，叶臻觉得她好像是话里有话，难道叶子元之前因为好赌搞出过什么她收拾不了的事吗？

“我就是随便问问嘛……”

画面中，叶子元摸了摸鼻子，灰溜溜地缩回了自己的椅子上。

岑丽芳也冷静下来，不再说话，令叶臻无法再验证自己的猜想。

她看着这视频里的两人，感到岑丽芳真是把自己的性子摸得透了，难怪这么有把握自己一定会给钱。正在这时，门再次被推开，秦修终于从外面进来了。画面上，他看到这两人就皱起了眉，叶臻看到他的助理跟在他身后，看着屋里坐着的这两人，迟疑地解释道：“呃，秦先生，我说过您不在这里，需要见您的话是要先预约的，可这两位客人说他们认识你，硬要进来，我拦不住……”

秦修也知道这对母子难缠，便冷淡地点了点头：“他们确实认识我，没事，你出去吧。”

这一位的谈话时间那可是寸秒寸金，放这么两个不知来路的人进来，助理的心里其实是很忐忑的，现在听老板这么一说，马上松了一口气就出去了。

见助理离开，秦修反手关上门，转身走进屋子里。叶臻听到叶子元轻浮的声音在画面中响起：“秦修，你可真是大忙人啊，做长辈的要在这里等半天才能见到你。而且不是我说，你这里的人也太不像话了，我们来了这么久，居然连杯咖啡都没有送上来。”

秦修不接话，直接问道：“两位为什么来我这里？”

叶子元笑了一声：“当然是……”

只是他的话还没说完，就被自己的母亲给打断了，岑丽芳开口道:“秦修，我们今天来这里，确实是有事要找你。”

秦修走到了自己的办公桌后，一面放下文件，一面抬手看表，然后在椅子上坐下：“在我下一个客人过来之前，你们还有半个小时的时间。桌上的牌子上写的是我的价位表，两位想咨询什么？我这里是按时计费，不足一小时按一小时算，看在两位是长辈的份上，尽管今天没有预约，我也可以为你们解答。”

叶臻没忍住直接笑出了声，完全可以想象得出当时这两人听到他这话要怎么腹诽。

视频中，叶子元就直接被他带了进去，不敢置信地道：“什么？我们是你的长辈，来跟你说两句话你还要收钱？”

秦修冷淡地看他一眼，说道：“情分归情分，生意归生意，叶二叔要分得清才好。”

叶子元的无赖性子上来，刚要犯浑，就被他母亲再次制止住了。

看到叶子元愤愤地坐回原位的时候，她才开口：“秦修，我们今天来这里找你确实是有事，但不是为了跟你的业务相关的问题。我们两家是世交，所以臻臻也很信任你，特意找你做她的理财顾问，她的所有收人跟投资都要经你的手，她每个月打回家的钱也是从你们这边走的账。所以我想，如果是需要提高一下每个月家用的额度，先来找你说一声那就再适合不过了，毕竟臻臻忙着拍戏，我们也不想打扰她。”

她这话说得非常有水平，秦修终于正眼看她，挑了挑修长的眉：“我没记错的话，臻臻她每个月都要给你们一百五十万，怎么，不够花？”

他说着目光意有所指地落在岑丽芳的LV包上，但这个女人的面色却丝毫不改。

她依旧平静地和他对视，抬手缓缓地抚过鬓发：“家里事多，他们的爷爷现在要用个新疗法，臻臻的弟弟妹妹又要上学，这么点钱确实是不够花的。老爷子是什么情况你也是知道的，并不是我穷要钱，家里要照顾这么一个病人，又要用最好的药，光这一项支出就够了。”

叶子元听着，在旁哼了一声，转开目光不再看秦修。

叶臻觉得他这个摄像头真是实用，拍摄的角度太广了，无论怎么放都能把整个房间的画面给拍进去。她看到秦修的眉目不动，问道：“你们想要多少？我问过叶臻的意见再给你们答复。”

“哎，不多！”叶子元终于又逮到了他有兴趣的问题，抢着回答道，“三百万而已。”

“三百万还不多？”秦修冷淡地瞥他一眼，“你怎么不去抢？”

叶子元气结：“你——”

“够了，别再给我丢人了！”岑丽芳看起来为这个儿子很是头疼，她径自转向秦修，“秦修，这是我们的家务事，你只要负责帮我们问过臻臻她给不给这个钱就行。三百万对一般人来说确实是笔巨款，但你我都清楚，这对臻臻来说只是小事而已，她现在随便接个广告都不止这么多钱。”

秦修不咸不淡地讽刺道：“确实，如果不是整个叶家的债务都压在她身上的话，以她的身价，的确不至于会账面上连三百万现款都拿不出来。”

岑丽芳拿过放在桌上的手拿包站了起来，叶子元见状，也跟着站了起来。

她这才说道：“我今天过来不是为了做口舌之争，只是为了让你转告她我们要这三百万，这不是在征求你这个理财顾问的意见。我们向叶臻要这笔钱，拿不出来是她的事，而且如果她因为某些人的意见而告诉我们她拿不出这笔钱的话，那我们孤儿寡母的就只好去她的公司要了。家里要给老人治病，穷得揭不开锅，她这个做孙女的能挣那么多钱，却不帮衬着家里，这说得过去吗？尤其她还是当红明星，你觉得这样的事情如果爆出来，对她的形象会有什么影响吗？到时她是否还能像现在一样受到这么多人的青睐，我想你比我更清楚。”

“对啊。”叶子元轻浮地笑了笑，“如果叶臻不愿意给这笔钱，那我这个当叔叔的就只好去跟媒体爆料了，我会好好告诉大家我这个侄女是怎么罔顾自己的家人死活，面对亲人的苦苦哀求也不肯拿出钱的。”

秦修冷冷地看他：“你觉得你说的这些话，会有人相信？”

叶子元不以为然：“我不需要他们相信，我只需要他们写出来就够了。而且这些媒体要的从来就不是事实，他们要的只是夺人眼球的噱头，试问有什么比当红女星曝出家中丑闻更夺人眼球的新闻呢？话我就放在这里，我们先走了，你记得一定要转告叶臻我们的话啊。”

这对母子转身离开，完全没有意识到自己刚才的言行都已经被桌面上的摄像头给录了下来。在两人离开之后，画面就定格了，视频播放结束的标志跳了出来，停在了叶臻眼中。

在她发呆的时候，秦修的声音适时地响了起来：“如何，是不是很有趣？”

【03】

叶臻回神，把手机还给他："为什么你会录下这个？"

秦修伸手接过："最近事务所发生了失窃事件，所以在全部人的办公桌上都放了这样的小玩意，他们会正撞在枪口上我也没想到。"

叶臻："……"

那就真的是他们自己倒霉，怨不了任何人。

秦修拿着手机，在她眼前晃了晃："有了这个，可以直接告他们诽谤勒索，如果不想再养着这几个蛀虫的话，你可以先发制人。"

叶臻对这个提议感到了心动，有机会摆脱这对母子对她来说简直是天大的好事。可她还是有所顾虑，光脚的不怕穿鞋的，一旦撕破脸，这对母子就会更加肆无忌惮，再被有心人加以利用，自己说不定就会永无翻身之日。娱乐圈里从来不乏被丑恶的家人拖累死的明星，就像当年的易天晴，分明有无尽的光辉前程，却被家人泼脏水累到被雪藏，星途从此黯淡。

她不想做第二个易天晴。

眼看那位神秘的少东向她抛来橄榄枝，正是翻身有望的时候，实在不适合在这时跟他们撕破脸。这一战，不管是输还是赢，对她来说都没有好处，她需要这份光辉前程，她不想让四年来的努力在这时功亏一篑。

秦修看她这个样子，就知道她不会跟这对母子撕破脸了。

"你还是会给她这笔钱。"

叶臻看他一眼，被他的冷脸所震慑，不过她没有退缩，而是开口道："要撕，但不是现在，钱先给着。"

这得有个计划，务必一击即中，让他们没办法再翻身，让舆论也无法对他们倾斜。

既然要赢，那就要赢得彻底，赢得堵住所有人的嘴。

秦修皱眉："你的账户里已经没有足够的钱了，要不要我——"

"那倒不用。"叶臻摇了摇头，拿出手机，"三百万而已，随便拍个广告就有了，先把那视频传给我吧，我回去再研究研究。我觉得我二叔身上有古怪……太奇怪了，如果她再来要钱，你就告诉她，钱会在下个月十号之前会打到她账上。"

秦修放缓了神色，都不忍心再给她增加压力了："有问题的话，就告诉我。"

叶臻点了点头，看上去仍旧心事重重。

秦修没有在这里待很长时间，叶臻跟他告别之后回到了公寓里，看着电脑画面却无心游戏。她反复回想着岑丽芳跟叶子元在私下对话时的神情，始终觉得哪里不对，但又说不上来，最终还是先放到了一遍，拿过手机拨通了戚睿的电话。

戚睿是 K&S 的公关部经理，也是当初发掘她签下她的人。他为人处世很是圆滑，在圈内的人脉也很广。叶臻跟他的情谊虽然比不上跟经纪人小舟那样深厚，但也算不错了。小舟下周就要去新部门，想来云凛也给了她足够多的任务，叶臻不想在这个时候再去打扰她。

电话响了两声，戚睿就接起来了，叶臻听见他的笑声。

"叶臻？"他的声音里带着明亮的笑意，音调比平时要高一些，应该是正在和朋友喝酒消遣，她听得到手机里慵懒的蓝调背景音乐，"怎么想起给我打电话了？"

"有件事想要找你帮忙。"叶臻也不废话，"想来想去，估计也只有你能帮我了。"

戚睿还没有完全喝大，听到这话很快就反应过来，拍起了胸脯：“有什么事用得上我，说！能帮得上我一定帮，帮不了我也能给你想想办法。”

电话这头，他的人靠在沙发上，目光却比声音里显出的醉意要清明许多。

长相称得上英俊，气质却有些流里流气的青年朝坐在对面的人做了个手势，换来他一个冷淡的目光。

云凛只是朝他一瞥就又低下头去，看着手上的一份合同，仿佛并不在意他跟旗下艺人的谈话内容。

“哦哦，嗯嗯，公司之前一直没有给你安排通告，这我也知道的。”戚睿坐在沙发上，一脚压在另一条腿底下，有意无意把叶臻说的那些话又重复了一遍，眼睛观察着另一人的表情。

然而让他感到失望的是，云凛连眉头都没动一下。

要么是对这些事情了如指掌，要么是觉得这种消息无关紧要。

戚睿只能放弃了撩他的心思，坐直身体，弯腰把酒杯放到桌面上。

“嗯，嗯嗯，知道。”他说，“就是需要我这边帮你协调一次，看公司现在有什么广告适合你接是吗？这个没问题，我跟娱乐部那边还是有来往的，这个不是什么大事。毕竟如果厂商指定了你，上头也不可能拒绝，把煮熟的鸭子自己扔出去吧？嗯嗯，行，我办事你放心，你现在戏拍完了是吧？好，行，有任何消息我会尽快告诉你，你就抽时间到公司来一趟搞定这个。”

云凛始终低着头，不去看他浮夸的表演。直到他收线叫自己，云凛才抬起头来，看到戚睿朝他得意地晃了晃手机：“叶臻的求助，看来她很缺钱用啊，真是听着都觉得可怜。我先接下了，不过具体让她接哪个广告，就——”

“把这个安排给她。”云凛打断了他，合上手上的文件放在桌面上往对面一推，看戚睿慌忙扑过来接住了，这才开口，“明天选个合适的时间通知她，让她过来把这份合同签了。”

“哇哦。”戚睿一边翻看合同，一边飞快地扫视各个条款，等看到金额的时候疑惑地抬起头来，“五百万？你真用心啊，跟她需要的钱简直分毫不差哎。”

他说着合上了文件，放在一旁，又重新拿起了酒杯。

“好了，这件事包在我身上，我会替你办妥。只是阿凛，我不明白你一直以来为什么都不亲自出面，反而要通过我来帮她解决问题？”

这是戚睿一直以来的疑惑，就像当初签叶臻进公司的时候，云凛也没有出面，搞得叶臻直到现在都还以为是戚睿发掘的她。

“还没到时候。”云凛的声音永远是理智的，“等到合适的时候，我会出面的。”

“好吧。”戚睿耸了耸肩，“快别看你的合同了，来跟我喝一杯，这个鸡尾酒挺好喝的。你这里还有没有？让我带回去，正好明天开party。”

“他们送了几箱过来。”云凛示意他看吧台的方向，“都拿去吧。”

戚睿很高兴，顺口邀请他去参加自己明天开的party，云凛拒绝了。

被拒绝了青年也不以为意，还是很高兴地叽叽喳喳讲个不停。公关部门就是典型的八卦部门，作为负责人，他是掌握了最多料的人，就算倾听的对象不给他反应，戚睿还是能继续讲，毕竟他跟自己这个表哥从小就是这种相处模式，他早习惯了。

只是他很好奇，云凛的电脑上究竟有什么能让他这么入神？除了在看刚刚有人送来的这份合同时移开了目光，现在竟然又在顾着看电脑而无视他了。

戚睿想了想，终究没敢探头过去一看究竟。

这时，云凛放在桌面上的手机响了起来，戚睿看他接起了电话："你好，我是云凛。"

戚睿在旁想，这电话不知是谁打来的。

对方也不知说了什么，云凛听没两句神色就变了，沉声道："好，我马上过去。"

他合上了电脑，从沙发上起身，戚睿见状也跟着站了起来："怎么了阿凛，出了什么事？"

"你跟我一起去。"云凛抓过车钥匙，示意他跟上，"万嘉旭的妹妹出了车祸，需要马上过去处理现场。"

万嘉旭的妹妹？戚睿一边穿外套一边想，老万家的事跟他们有什么关系？

但他看云凛的神情凝重，一点也不像没事的样子。戚睿这样茫然地跟了他一路，直到来到车库门口的时候才终于想起来，一边伸手去开副驾驶座的门一边向云凛求证："我们好像上个星期才签了万嘉宝？"

"系安全带。"云凛看他一眼，"你没记错，所以现在要赶在记者之前把事情压下来。"

戚睿快手快脚地把安全带系好了，连声催促："快走快走。"

"坐稳了。"车子驶出了车库，云凛一下将油门踩到了底，黑色的SUV在夜色里绝尘而去。

两人抵达的时候，救护车已经把伤者送走，警方正在现场取证，周围还有几个记者在打转。云凛停车熄火，戚睿认真地盯了一圈外头的环境，转头来说："待会儿有记者过来就我上，你压阵就好。"

云凛向他点了点头："好。"

戚睿这才放心地开门下车，从人群中找到了相熟的警官，熟络地叫对方："刑队长！"

邢警官从原地回过头来，看到他们，便示意自己的下属先去做自己的事。云凛跟着戚睿走过去，看他很快握住这位警官的手，大力地摇晃两下："刑队长好，我们又见面了。"

云凛在他身旁站定，思索片刻，拿出手机给代练发了个信息，让他先上号去下本，然后才开始观察万嘉宝的座驾。车子撞在了隔离墩上，撞得车头都瘪进去了一块，还在冒着烟，看起来当时的车速确实不慢。

邢警官闻到了酒气，在闪烁的灯光下以犀利的目光看戚睿，冷不丁地问道："酒驾？"

戚睿曾经酒驾被他逮着过，闻言默默地收回了手："这回不是，我表哥开的车，他没喝酒。"说着示意他看云凛。

云凛舒展了眉头，正要跟这位邢警官打声招呼，手机却在这时响了起来。他看了一眼来电人，一边走到旁边接起电话一边朝邢警官点头致歉，听戚睿在身后跟邢警官保证道："我表哥可是滴酒不沾的，而且我也只是喝了点人家送来的新品……不提这个，你跟我说说这车祸呗？"

云凛分神听着电话那头赶到了医院的人汇报，不时地应上一声，迅速地分析着情况，这头还听到邢警官的声音在说："你们公司的艺人在我地盘上出车祸的频率有点高啊，是不是故意跟我作对啊？"

戚睿否认："那哪儿能啊，这回是怎么啦？"

邢警官："超速了，前头修路都看不见，一头撞上了隔离墩。"

戚睿："这可太不应该了！修路的工人里头有人员伤亡没有？"

邢警官没声，目光深沉地看他，看得戚睿心里一咯噔，想道完了完了，该不会撞死人了吧？还好云凛这时结束了通话，过来解救了他："医院那边来电话了，车上的两个人一个轻微脑震荡，一个轻微骨折，都没有大问题。"

他的话音落下，就看到青年紧张地看过来，问道：“那路面上呢？”

云凛看了刚刚故意吓他的邢警官一眼，猜测着K&S的艺人跟员工每年到底要在他的管辖范围内留下多少记录，安抚地拍了拍堂弟的肩膀：“当时路面上没人。”

戚睿：“……”吓死他了！

云凛收起手机，转向邢警官：“给邢警官添麻烦了，以后我们会加强艺人用车方面的监管，以避免这类情况再次发生。”

“那就好。”邢警官第一次跟戚睿以外的K&S高层打交道，“你是？”

“鄙姓云。”云凛伸手和他相握。

“K&S的少东？”邢警官挑了挑眉，显然猜到了他的身份，“幸会。”

戚睿见两人攀谈起来，显然云凛处理这方面的手腕比自己高多了，于是放心地溜到了一旁，去应付那些已经在外围蠢蠢欲动的记者。

果然记者们一见K&S的发言人出面，立刻像蚊子见了血似的围了过来：“Leo！出车祸的是不是K&S的艺人？情况严不严重？”

“请问这对K&S目前的几个拍摄计划会不会有什么影响？”

戚睿拨开伸到自己面前的一支录音笔，做了个手势示意他们平复一下，然后才挂起了官方的笑容：“老规矩，只回答你们三个问题，一个一个来。”

【04】

叶臻打完电话，得到了戚睿的许诺，又看了两遍手机里的视频才上了游戏。

今天凌晨三点多才散去的清CD团现在又欢聚一堂，摩拳擦掌准备把潜龙渊的最后一个 BOSS 也给推了。她一上线，就看到帮会频道里乱做一团，各种信息疯狂刷屏，因为刷得太快又夹杂了很多无意义“啊啊啊啊”，让人完全抓不住重点。

叶臻原本还阴沉的心情迅速被兴奋跟好奇给冲淡，这是趁自己不在的时候又搞出什么大新闻了？她在帮会频道里抓取不到信息，于是开了麦，问道：“怎么了怎么了，怎么全都跟吃了兴奋剂似的？教主推完了？大 BOSS 掉橙武了？”

魔教教主刑如渊是潜龙渊里的最后一个 BOSS，并不直接掉落橙武，但有一定的几率掉落用于制作橙武的星辰石。云书不至手上那把橙武就是用星辰石做的，属于现阶段《策马江湖》里最顶级的武器，而且据说还可以进阶，不是游戏里顶级的土豪那是根本做不出来的。

听到她的发问，唐门双胞胎在帮会频道里回应了她——

【帮会】香辣断腿堡 6：没掉橙武！

【帮会】麦辣断腿堡 9：但是也差不多了！

【帮会】今夕月：啊啊啊啊啊啊啊啊啊啊啊啊啊啊我也要开！

【帮会】一只自然卷：阿弥陀佛——先让小僧插个队！

然后又刷过一片“啊啊啊啊”，把双胞胎的话飞快地刷没了。

叶臻：“……”

终于有人大发善心地在 YY 上私聊了她：“等下哦，臻臻，我截了图，等我发给你。”

私聊她的是个女大师，偶尔会在固定团里担任二 T，没有权限在 YY 公屏里发图，于是单独把截图发给了她。

叶臻看完截图，顿时两眼放光，同样加入到了帮会频道疯狂刷屏的人群当中。

【帮会】叶臻臻臻臻臻：我也要排队开仙人引！我也要开！

难怪刚才双胞胎会说虽然没掉橙武但也跟掉橙武差不多了！

原来今天帮会贡献度终于达到了要求数，醉卧花前于是正式开启了“仙人指路”系统，召唤出了 NPC“骊山老母”。当初叶臻在招人的时候承诺过，加入忆长安的新玩家，帮会贡献度最高的将得到“仙人指路”系统开启之后的首杀。他们这回招了八百多人，云书不至作为其中升级最快的、做任务最多的、帮会资金眼也不眨就捐了五十万金的那个，自然而然成为了帮会贡献度最高的那个，拿下了“仙人指路”的首杀。

然后他就在“骊山老母”那里预测出了一颗星辰石！

只要拿着这块“仙人引”，开打前在潜龙渊副本的最后一个 BOSS 面前使用，教主刑如渊就会掉落星辰石！

这样的好运气，简直叫人嫉妒疯了！

【帮会】香辣断腿堡 6：没用，副帮主——

【帮会】麦辣断腿堡 9：在你来之前人就已经排到一千多号了！

【帮会】叶臻臻臻臻臻：啊啊啊啊啊啊啊！

【帮会】醉卧花前：别号了别号了，人齐了接着推教主大人去了。你们倒是可以问云书愿不愿意把他那块仙人引拿出来给你们做引，说不定教主大人能一次掉两块星辰石呢。

【帮会】海天一色：醉卧的说法很有道理，有星辰石做引，说不定会一口气出两个。

【帮会】白玉兔叽团儿：真的吗？海天帮主？

海天一色没立刻回话。

他正带着帮会里的精英团在新开放的“秦始皇陵”副本里开荒，隔了一会儿才空出手来打字。

【帮会】海天一色：我只是说，有这样的可能罢了。

【帮会】醉卧花前：让你们海天帮主好好带队开荒，昨晚的清 CD

团组起了，组起了，都点我进组，点我进组。

一个精英开荒团，一个杂牌清 CD 团，两任帮主谁在积极建功立业谁在混日子，简直一目了然。叶臻给醉卧花前发了一个鄙视的表情，换来他一个丈二和尚摸不着头脑的反应。

她进了组，切换到团队频道里，看到他们的杂鱼队伍里比外头还热闹。

【团队】白玉兔叽团儿：云书大神求用仙人引！

【团队】今夕月：铜球。

【团队】朝朝暮暮：要是出了第二块星辰石，今晚的工资就有着落了。

【团队】今夕月：可惜是个清 CD 团，没有啥购买力，不然以星辰石的市价，这个月的伙食费都有着落了。

【团队】朝朝暮暮：乐观一点嘛，财富榜前二十我们团里就有仨呢。

【团队】香辣鸡腿堡 6：帮主的职业——

【团队】麦辣鸡腿堡 9：堪称一门双废——

【团队】香辣鸡腿堡 6：不如给副帮主好了！

【团队】麦辣鸡腿堡 9：副帮主脸这么黑，说不定一生就这么一次见星辰石了。

【团队】叶臻臻臻臻臻：喂喂，我还在这里呢。

【团队】香辣鸡腿堡 6：我们就是说话比较耿直——

【团队】麦辣鸡腿堡 9：副帮主你最好也接受现实。

【团队】叶臻臻臻臻臻：……

过地图的时候，团队频道里安静了片刻。

等一过完地图出来，叶臻就发现醉卧花前在说话。

【团队】醉卧花前：说句心里话，你们副帮主脸这么黑，居然能找到一个手这么红的搭档，我一直不敢相信。

【团队】香辣断腿堡6：仔细一想——

【团队】麦辣断腿堡9：真的是这样哎！

【团队】叶臻臻臻臻臻：……

【团队】叶臻臻臻臻臻：快点传送！别聊天了！

潜龙渊副本只要打通了前面六个BOSS，玩家就可以从副本入口直接传送到教主刑如渊的宫殿，十分方便。但每次下本总有人忘记这一点，傻乎乎地按照原路跑过去，所以醉卧花前每次都要在他们过地图的时候提醒："副本入口点NPC传送，直接传送，我看你们谁还傻到要自己跑。"

话音落下，地图上两个跑出去的蓝点就灰溜溜地掉头跑了回来。

叶臻传送到大BOSS面前以后，在团队里四处张望了一下，没看到云书不至的影子。刚无论是在帮会还是在团队里大家聊得热火朝天的时候，都没见到他开口说一句话，叶臻都以为他是不是把游戏挂着人走开了。

正想着，她的聊天栏里突然收到云书不至的上线提示，接着继唐门双胞胎从副本入口传送过来以后，下一个在传送点出现的赫然是云书不至。

得，看来他们刚刚在频道上刷了半天是白刷了，人直接掉线了。

吃瓜群众毫无所察，在大BOSS刑如渊面前各就各位，吃定了小药，刷了一轮Buff，就如临大敌地等帮主放话开打。说实在的，魔教教主真不是容易打的BOSS，想起他们开荒的时候，那可是天天死，每隔几分钟就团灭一次，搞得大家到现在都还对刑如渊有阴影。叶臻仔细地检查了一遍自己的装备，不希望在这时候出什么岔子。

这时云书不至终于在频道里出声了。

【团队】云书不至：稍等，让我开一下仙人引。

沉寂了半天没说话的大神终于表态，大家都感到一阵振奋，这是要开星辰石了啊！

【团队】白玉兔叽团儿：都别动，让大神先走！

【团队】朝朝暮暮：给我们开个仙人引献祭献祭，争取今天让教主掉落两个大橙武！

【团队】香辣断腿堡6：教主感觉身体被掏空！

【团队】麦辣断腿堡9：厉害了我的哥！

【团队】一只自然卷：小僧准备好录屏了！

仙人指路毕竟是新系统，所有人都没有看过“仙人引”用起来会是什么效果，叶臻也很期待。

在现场的围观群众想来，这东西用起来那肯定是惊天动地的，他们屏息以待，结果等了半天也没等到什么惊天动地的画面效果，不由得就开始怀疑云书不至是不是真的把它用上了。

频道里跳出一条新信息。

【团队】云书不至：好了，可以开怪了。

大家都没反应过来。

【团队】白玉兔叽团儿：哎？这就好了？

【团队】一只自然卷：小僧感到自己受到了欺骗……

【团队】香辣断腿堡6：什么？这就已经用了？

【团队】麦辣断腿堡9：这也太浪费感情了！我还以为起码这玩意用起来的效果会比烟花好看呢！

之前紧张的气氛一扫而空，叶臻在电脑前无语地看他们你一言我一语地表示游戏策划居然没搞个惊天动地的大场面，认为这是让他们的感情受到了欺骗。云书不至依旧没说话，她于是点开了背包，在里头翻了翻，找到了她想要找的东西。

幽暗的宫殿里忽然升起了一轮明月，吸引了所有人的注意，就连端坐上首的魔教教主目光也跟着这明月的轨迹移动。这皎洁的月光在空气里停留了很久，直到把整个宫殿都渲染成清冷的颜色，才渐渐消失在空气里。

所有人都望着明月消失的方向陷入了茫然。

【团队】今夕月：这是……仙人引的释放效果有滞后？

【团队】妙卿：可能是吧……

【团队】白玉兔叽团儿：可我怎么觉得这是中秋节系统送的那个烟花……那个夜之月放起来的效果？

【团队】香辣断腿堡6：什么像啊——

【团队】麦辣断腿堡9：这根本就是夜之月吧！

【团队】一只自然卷：阿弥陀佛。

【团队】醉卧花前：哈哈哈，这谁放的？二宝？

【团队】叶臻臻臻臻臻：对，我放的。

【团队】叶臻臻臻臻臻：怎么样，一个烟花效果够不够？不够我再放一个。

【团队】香辣断腿堡6：噫。

【团队】麦辣断腿堡9：够了够了！

其他人也不再瞎起哄，纷纷说够了，T上前一个嘲讽把魔教教主从他的宝座上引了下来，这就开怪了。刑如渊一下场，当头就是一个大招“万叠重浪”，把前来挑衅的玩家们冲刷得东倒西歪，还直线掉血。

醉卧花前在麦上指挥，声音也比平时多了几分正经：“治疗注意血线，拉不起就开个爆发——减伤减伤，全都开好了！别让血线砸到底了！”

刑如渊的大招总共有四波，中间分别有简短的剧情过渡，给时间让玩家调整阵营跟站位。这四个大招一波比一波强，如果第一波就有人挂了，那他们干脆就别打了。

虽然被巨浪冲刷无法控制自己的人物，但团队成员总体来说表现还是不错的，治疗稳定地控制住了血线，在大招进入读秒倒计时的时候开了一波爆发，直接把全团血量回满。叶臻看着自己的血线从原本的一半又回到了满格，心里顿时充满了安全感，跟着其他人迅速呈五队分散开来，站好了位置。

下一刻，站在台阶上的魔教教主就一分为五，分别对上了不同的小队！

唐门双胞胎的手速很快，在放机关之前还在团队里吐槽了一下。

【团队】香辣断腿堡6：一个低武世界居然还能玩分身术，真是太不科学了。

【团队】麦辣断腿堡9：这些飞来飞去的武功本来就不科学！

其他人手速没他们快，只能在心里附和。

醉卧花前提醒道：“剧情快走完了，要开打了啊。”

叶臻牢牢地握住了鼠标，另一手放在键盘上，等到插件提示一出来就马上开始全力输出，手段激烈地把刑如渊的这个血影分身的血线给压了下去。这第二波攻击过程中，BOSS并不会放特别恐怖的大招，要考验的是他们的团队配合，五个小队被要求在一分钟内把五个分身的血量打到20%，而且不能打死了，只要打死一个都会合体直接进入狂暴阶段。

压轴大BOSS的狂暴可不是说笑，那是要团灭的。

所有人都全神贯注，紧张地看着插件显示的BOSS血量，53%，47%，38%……打到30%的时候，醉卧花前作为全团指挥开始控场了：“都放慢速度，慢慢地磨他。”

叶臻收了攻高破防高的天蛛，放了偏重于控制的黑头蜈蚣出来，降低了进攻的频率。

醉卧花前在监控所有血影分身的血量，不停地做着调整："3队的DPS不够，5队？5队你们都打到23%了，停止攻击，分两个DPS过去给3队帮忙。其他的人，其他的我没说你们也得自己稳住。"

靠谨慎小心地磨血量，又撑过了一回合，五个血影分身在血量都变成20%的时候化作了五团血雾，重新回到台阶上汇聚成了大BOSS，血量变成了原来的四分之二。负责走这一段剧情的魔教圣女出现在台阶下，上前刺了亲生父亲一刀之后就死在了一众玩家面前。

"为什么……"刑如渊的周身浮现出隐隐血线，衣袍无风自动，"你是我的女儿……为什么连你也要背叛我！"

五个小队迅速从各个方位奔向他身后，避开魔教教主对着前方发疯般地随手放大招，生怕跑得慢了死在这个疯狂的父亲手下。

【团队】一只自然卷：阿弥陀佛，问世间情为何物。

【团队】香辣断腿堡6：所以说，大师你可千万不要随便动感情——

【团队】麦辣断腿堡9：刑大教主就是因为当初瞎动什么感情，所以才跟人生了这么个女儿，还在被我们围殴的间隙里被他女儿补了一刀！

【团队】白玉兔叽团儿：实在是可怜啊。

不过感叹归感叹，刑如渊转过来的时候他们还是毫不手软地继续围殴他，直到他不甘地放完最后一个大招，身体轰然倒下。

系统跳出了一条提示，叶臻一看，发现自己竟然拿到了一个无伤成就。

团队里也有不少人显然是第一次在这个本里拿无伤，都有些小激动，不过最激动还是可以去摸BOSS尸体了！

【团队】醉卧花前：好了，谁想去摸的？

【团队】香辣断腿堡6：从感情上讲，我推荐副帮主去——

叶臻拿过放在一旁的水杯，看到这话意外地挑了挑眉，单手打字发了出去。

【团队】叶臻臻臻臻臻：我去？

【团队】香辣断腿堡6：不！你别去！万一星辰石被你摸没了怎么办？

【团队】叶臻臻臻臻臻：……

【团队】麦辣断腿堡9：到时吃亏的可是云书大神，所以就听从理智的声音，让大神自己去摸吧！

叶臻没话好说，其他人自然也没意见。

“仙人引”是云书不至放的，星辰石也是他预测出来的，他自己去摸那最合适不过了。

云书不至仍旧保持着有些反常的沉默，走到BOSS的尸体前摸了装备掉落。

所有人的屏幕上方顿时都跳出了一条星辰现世的滚动广播——

星辰现世，闪耀八荒！恭喜中原侠士在“潜龙渊”副本中得到星辰石！

世界频道迅速地炸了。

【世界】天道好轮回：卧槽！星辰石！哪个团出的？

【世界】闪亮的霜月泉：非洲人这辈子都没见过星辰石！你们能告诉我星辰石长啥样吗？

【世界】子左：[星辰石]长这样，你自己看。

【世界】云上八荒：云荒招人啦！屠龙宝刀，点击就送。[申请加入]

【世界】孤久则安：星辰石是什么？

【世界】降解酶：是用来做橙武的，这个团要发了，工资随便都得上两百万吧。

【世界】香辣断腿堡6：哪有那么好啦，这颗星辰石是我们团出的，不过不是自然掉落，是用新出的那个仙人指路系统预测出来的，早就名石有主。

【世界】麦辣断腿堡9：别的刑如渊也没出什么好货，今天工资顶多1000金。

唐门双胞胎在世界频道上爆完料就蹿了回来，继续跟其他人一起激动。

尽管这是颗预测出来的星辰石，可还是让一群非洲人激动不已，恨不得能真的从屏幕外伸手去摸一摸。叶臻不能说自己超然物外，她也是第一次见星辰石，此刻也是蹲在电脑前，恨不得伸手进去摸一摸，沾一沾这欧气。

【团队】醉卧花前：好了，欣赏够了没有？欣赏够了我就物归原主了。

【团队】香辣断腿堡6：给我给我给我！

【团队】麦辣断腿堡9：其实我是伪装成断腿堡弟子的五毒教众！给我给我给我！

【团队】醉卧花前：云书，我把星辰石分配给你了啊。

【团队】云书不至：给[叶臻臻臻臻臻]。

原本还想着伸手进去沾欧气的叶臻愣在电脑前，云书不至这突如其来的馈赠简直超越了惊喜，达到了惊吓的程度。先前云书不至可没有提过要把这颗星辰石给叶臻，在轻描淡写地送出一颗星辰石之前，甚至没有一句铺垫。

团队里的其他人反应比叶臻快。

【团队】香辣断腿堡6：啊？

【团队】麦辣断腿堡9：恭喜副帮主！得星辰石者得天下啊！

【团队】叶臻臻臻臻臻：等等。

【团队】叶臻臻臻臻臻：有点不对，先别给我。

她回过神来，飞快地去密聊了云书不至。

【密聊】叶臻臻臻臻臻：哎，为什么这么突然要把星辰石给我？

【密聊】云书不至：是雇主的意思。

【密聊】叶臻臻臻臻臻：？

【密聊】云书不至：我是代练。雇主让我把星辰石给你的。

【密聊】叶臻臻臻臻臻：哦，这样啊。

云书不至大概是临时有事，所以找了代练来上号代他下本。

叶臻握着鼠标，有点茫然地想道，既然是代练，那自己现在问也是问不出什么结果。她于是切回了团队频道里，准备先拿了星辰石，等回头自己的搭档上线了再说这事。

【团队】叶臻臻臻臻臻：好了，先给我吧。

【团队】醉卧花前：讲好数了？

醉卧花前选定了叶臻，把星辰石分配给了她。

【团队】叶臻臻臻臻臻：云书不在，这是代练在上他的号，他交代让代练把星辰石给我来着。我估计他拿着那两把橙武，暂时不会需要星辰石了。

【团队】朝朝暮暮：也对，人都两把橙武在手了。

【团队】今夕月：恭喜恭喜，你很快也是有橙武的人了。

叶臻没说话，她看着躺在包裹里的星辰石，总觉得就这么收下好像欠了她这个搭档什么。

云书不至太神秘了，她除了知道他的操作一流、意识一流，手红，声音也好听以外，别的什么都不知道。他的胜负心不重，打积分赛输了也从不失态，要知道就连叶臻自己有时候也忍不住会在游戏里爆粗，可她的搭档不这样。

叶臻简直怀疑跨服之战的奖品对这样的人来说存不存在半点吸引力了。

可如果不是为了那几件套装，他又是为何而来呢？

副本打完，团队里的人很快就散了。

叶臻独自去做制作橙武的任务。在任务的间隙里她密聊了云书不至两次，结果在线上练级的都是代练，直到屏幕右下角的时间跳到00:00，他人也没回来。

她集齐了材料，到能打造橙武的NPC处交纳了足够的钱，得到了一支造型华丽的虫笛。在人来人往的都城里，拿着华丽大橙武的妖娆御姐吸引了不少玩家的注意，纷纷在近聊频道里猜测着她手里这支到底是真的橙武，还是一个武器拓印。

五毒御姐叶臻臻臻臻臻把虫笛拿在手里默默地把玩片刻，然后就原地下线了。

|第九章|

DIJIUZHANG
棋 落 声 势 成

[01]

K&S 有艺人出车祸的消息很快被传播了出去，网上关于这个事件的报道一时间铺天盖地。云凛和戚睿各自动用了不少手段和关系才把最核心的真相粉饰过去，网上所有娱乐圈爆料的大 V 跟媒体都只是语焉不详地说有 K&S 的当红艺人在周六深夜出了车祸，几行字里写得让人连主角是男是女都分不清。

粉丝们炸开了锅，K&S 的男神女神个个质量上乘，充满魅力，粉丝当中有不少是双担乃至多担，无论是哪一个出了车祸他们都要心疼得半死。虽然爆料里说，车子只是深夜超速撞上了路障，里头的人并没有什么大碍，但这些人连出事的是谁都没有说明，让他们想给人祈福都不知该给哪个祈，真是急死人了。

实在没有办法，群众只能动用自己的力量，前来K&S蹲守，看到哪一个男神／女神出现就排除一个。在网上也发起了一轮地毯式的排查活动，大家纷纷PO上了他们这两天见过的在照常出没的K&S艺人，看到自己的“爱豆”没事之后，提心吊胆的粉丝都纷纷表示感谢，而且还跑去还愿。

在这么多艺人里，只有叶臻，沉迷游戏，既不上社交网络也不出门，谁都拍不到她，可把她的粉丝给急坏了。尤其是爆料大V第二天又更新了实况，指出这个出车祸的艺人是K&S的当红小花，把范围缩小到了女艺人身上。

所谓小花，这是一个很笼统的词。

乔馨是不是小花？她是，既年轻，又不是很红。

叶臻算不算小花？她是，虽然红，但是很年轻，算得上是小花里的领军人物。

这样一看，K&S里算得上是小花的女星就实在是太多了，这就很尴尬了。

粉丝们不辞劳苦，挨个把乔馨跟一众女星的踪迹都搜索了一遍，发现她们都好好待在剧组拍广告、拍电影之后，剩下排查不出的就只有那么一两个了，而这其中就有叶臻。

事情发酵了两天，叶臻在家没等到通知她去公司的电话，继续两耳不闻窗外事地宅着。以至于在看到冰箱里没存货了，准备去超市采购的时候，被人中途拦截了下来。

“叶臻！”相熟的狗仔从花坛里跳出来，把她吓了一跳，“你拍完戏了？什么时候回来的？这两天怎么都没见你人？你知道现在网上都在天翻地覆找你吗？”

“啊？”叶臻拿着钱包，茫然地在镜片后面眨了眨眼睛，“你问那么多问题我是先回答哪一个好？他们找我干吗？”

狗仔很尽职，还给这个搞不清状况的人解释：“你们公司有艺人出车祸了。”

叶臻反问：“然后？”

“然后 K&S 都没有公布车祸的具体消息啊！大家都不知到底是谁出了车祸，伤得重不重，你知道吗？”他说着，已经举起了录音笔，期待地看着叶臻。

叶臻露出一个沉思的表情，抱着怀里装满食物的纸袋，用超市派发的优惠券卷成的纸卷抵了抵眼镜，深沉地看他：“你看我像是能接触到高层的人吗？”

狗仔：“像！”

叶臻：“……”

她无语地从纸袋里摸了个橙子，递了过去：“吃橙子，我在影视城拍戏连着拍了三个多月，这还没回公司呢，你现在问我什么我都不知道，录音笔关了吧。”

狗仔下意识地照做了，愣愣地接过橙子：“你真的不知道啊？”

叶臻应了一声：“所以啊，我尚在人间的消息就要靠你来公布了。”

对方：“这个当然……拍个照吗？”

叶臻瞥一眼他的相机，想着今天出门的时候化了妆，身上穿的衣服也大方得体，于是点了点头：“拍吧。”

几分钟之后，狗仔带着她的生活街拍照跟安全健在的消息满意地走了，剩下叶臻回到公寓里，打开了好长时间没有登录的微博跟个人官网。她一刷开页面，果然看到底下追问她健康与否的粉丝跟给她祈福的帖子一样多。她想了想，不知道公司现在是什么意思，贸然发微博提到这些也不对，可像这样保持沉默也不对。

一直沉默着，看起来就像是她出车祸了。

思考再三之后，她PO了一张自己在压腿的照片上去，还配了一行字：工作结束，回到家里真是舒服啊，要把荒废的基本功练起来了。

微博一发出去，很快就有了评论跟转发。

几个圈内好友十分套路地称赞她身姿好看，不输当年，粉丝们则纷纷喜极而泣——

粉丝1：啊啊啊，叶臻你出现了！之前是因为都在拍戏没空上微博跟我们报平安吗？

粉丝2：啊啊啊，好高兴，担心死我了！总之你没事就好啊！

粉丝3：心头大石落地。不过这样，我觉得臻宝她会不会还什么都不知道？我看了一下她的排片，今年的日程真的是安排得超紧的！

叶臻看着这条评论，觉得简直讲出了自己的心声，她坐在电脑前犹豫了一下要不要打电话给小舟问问到底发生了什么事，可一想还是算了。小舟现在估计也很不得空，这个消息被压得这么紧，肯定是因为涉及其中的人身份太过敏感，她还是别知道得太多要好。

连续刷了两条粉丝热门评论，她在其中看到了一条很吸引注意力的消息。

粉丝4：你人没事就太好了！说起来，臻臻你新拍的杂志封面嗷嗷嗷！太好看了！比心比心比心！

粉丝5：什么什么？什么杂志！臻宝拍了什么杂志封面！她又偷偷接工作了吗？个人官网上都没发布啊！

粉丝6：已经买到的人指路这一期的《时尚》。

粉丝7：啊啊！要买！

粉丝8：真的是超帅啊！攻一脸！

粉丝9：等等……听你们这样一说很好奇这次叶臻是什么造型，方便给个链接或者直接拍张杂志的照给我看看嘛？

粉丝 10：给你。[图片]

粉丝 11：这？这？这何？这帅哥是谁？

粉丝 12：攻！一！脸！

粉丝 13：天啦真的好帅啊我的臻！男女通杀！

……

“上次拍的杂志吗？”叶臻这才想起还有这事，刚刚她在逛超市的时候路过书架，还随手抽了几本自己经常会看的杂志，放在袋子里没拿出来，不知有没有拿到《时尚》呢。

她放下鼠标，起身去纸袋里翻出了刚买的杂志，最上面的那一本就是这一期的《时尚》。叶臻站在客厅里，一眼就看到封面上的自己，只见经过后期修图之后，封面上的她看起来就更 Man 了。明明是女扮男装，居然也不显得违和，看起来就是个不一样的美男子，真是化妆一百分，后期一百分。

叶臻啧啧称奇，觉得多看两眼自己都快爱上自己了，于是拍下封面发在了朋友圈里。

叶臻：[图片][图片] 太帅了，很无奈。

许久没动静的朋友圈一更新，底下又是一堆评论，叶臻敬业地回复了全部评论，带着杂志回到了书房，坐在椅子上把杂志翻到了封底。

这期的双封面，一个是她，一个是季崇安，这人可真是气质跟容貌都属上乘的贵公子，光是在杂志封面上看着都让人感慨。她欣赏完封面，这才开始翻中间，翻着翻着就发现这期的《时尚》跟往期不同，中间居然还做了一张拉页，不打开看根本看不出其中的隐藏的惊喜。

叶臻把拉页展开了，赫然看到上面的两个主角是季崇安跟自己。

这张照片又是什么时候抓拍到的？

照片是身穿火红长裙的叶臻跟身穿深色西服的季崇安在摄影棚中对望的场景，叶臻抬眼看了看标题，写的还是封面拍摄花絮。

因为是花絮，所以看得出这张照片抓拍的时候周围还有工作人员，连同背后的布景板跟打光也入镜了。可她也不得不承认，这整个构图看起来确实非常赞，周围再纷乱也好，画面突出的中心还是这两个人。

叶臻想，这肯定是在她的裙子裂开之前抓拍到的，图片上的两人神情各异，在空中相遇的目光仿佛有种奇妙的化学反应。这要是不给前情提要，谁也想不到这是乐坛教父跟砸他招牌的毁片歌手的初次会面，就连叶臻自己看久了都有些怀疑现实了。

她很想知道别人看到这张图会是什么反应，于是拿起平板进了自己的个人官网，熟门熟路地登录小号，果然看到论坛热帖上就有这一期《时尚》的最新消息。点进帖子里，一楼不仅放出了她的个人封面图，还放出了中间这张拉页，二楼是发帖人的一些观赏感言。

底下的楼层里，在寻味两人关系的大有人在。

3楼：这帅哥是谁？没见过啊！好帅啊。

4楼：E.L.S.的金牌制作人，乐坛教父季崇安，真人比杂志上还帅，我见过！

5楼：跟臻臻配一脸！

6楼：噫，说他们两个因为那张唱片的事情关系不好我是不信的，谁会这样看自己讨厌的人啦。

7楼：楼上说得对。

……

这一个帖，短短几十分钟时间就盖了好几百层楼，里头还不乏充满想象力地给他们编织一见钟情然后相爱相杀的后续的楼层，不时还混杂有对她那张唱片的分析。叶臻维持着惊叹的表情爬完了整座楼，开始深刻地认识到一点——不管这是不是那位素未谋面的少东玩的一手，自己这张唱片的舆论风向都已经开始变了。

【02】

因为这一波的带动，她的唱片销量又有了起色。

季崇安在做客某个音乐节目的时候，主持人提及他跟叶臻合作的这期杂志封面，问起他对叶臻的看法，季崇安的反应也不像众人先前所想的那样不喜。

他只是用了两个字来形容叶臻："有趣。"

主持人试探性地提起那张惨遭滑铁卢的唱片："叶臻之前出的那张唱片的成绩可不怎么好，你难道认为她的表现符合你的预期？"如果季崇安连自己的一贯原则都打破，那他们就真的需要重新审视他跟叶臻之间的关系了。

不过季崇安的目光让她意识到，自己显然问了一个很蠢的问题。

他收回目光，开口说道："她这一次的表现当然不符合我的预期，不过有下一次的话，我想她的唱片会在我手中做得更好。"言下之意不仅是不反对跟叶臻有下一次的合作，而且好像还在暗示她这一次的唱片，并没有经过他的手。

这实在太让人意外了！

节目一播出，姚同亮又在办公室摔了杯子，而符骅的脸色也好不到哪儿去。

叶臻在游戏里忙忙碌碌，倒是不知道季崇安对自己的评价还挺高。

忆长安的扩张现在告一段落，帮会成员需要重新进行整合，好方便开展各种帮会活动。新进的玩家里有很多新手小白，除了打怪跟被怪打之外什么都不懂，于是兑现醉卧花前为了招人随口许下的“我们会不定期举办各种技能培训哟”的承诺的重担就落在了帮会管理层身上。鉴于醉卧花前又不打招呼地玩起了失踪，帮会事务全都由海天一色来安排，作为副帮主之一，叶臻也被分到了带新人的任务。

【帮会】叶臻臻臻臻臻：我带人是没问题，问题是我带他们去做什么？

【帮会】海天一色：跑商、做日常、斗技，做什么都行。

【帮会】叶臻臻臻臻臻：行。

于是五毒御姐就开始了兢兢业业带小白的生活。

叶臻带着一群新手四处跑商，教他们怎么做日常任务，怎么更高效地获取经验，新手们一个个跟在她身后，看起来简直就像是工作室带着小号在批量练级。

而新人们总是容易对老手产生盲目的崇拜感，尤其是在叶臻用她的号给他们示范完怎么一个人单枪匹马磨死一个副本 BOSS 之后，一群人瓜分完了 BOSS 掉落的几件低阶紫装，就开始在 YY 公屏上向她表白，疯狂地刷玫瑰花。

等叶臻检查完自己的装备抬起头，就看到整个屏幕都被玫瑰花给霸占了，这群新人还在游戏里拼命地用道具对她刷好感度，人物头顶还在 BIUBIUBIU 地冒红心。

“副帮主好帅！”

“副帮主一个人就把 BOSS 给遛死了，你的操作太牛了！”

“副帮主求情缘！副帮主你缺腿部挂件吗？”

叶臻：“……”这要不是三次元里见过的疯狂粉丝多，简直得被这样的热情给吓到。

她开了麦，斟酌着开口解释了一番：“还行吧，只要在网上看过单刷攻略，刷起来还挺简单的。等以后等级上去了，技能熟练了，你们也可以自己来刷。这个副本除了会掉落60级左右的装备，还有一定几率出珍稀材料，我们帮会有自己的机关师，制造装备需要挺多珍稀材料。如果你们打到了珍惜材料的话，可以上交给帮会，管理人员会给你们兑换成贡献点，或者是等价的丹药附魔。”

在《策马江湖》里，丹药跟附魔还是很有用的，特别是在下本的时候，可以在短时间内大幅度提高人物的属性和攻击力，而新人们的反应也很给面子：“好！以后刷到了材料就上交帮会！”

在叶臻琢磨着下面该带他们去哪里的时候，有人问道：“副帮主以后还带我们刷本吗？”

这个……机会不大啊。

她又开麦解释：“一般大型副本的话，都有我们醉卧帮主带大家刷，我的工作时间比较不稳定，基本上是没机会带大家刷本的。”

“啊，好可惜，还想让副帮主带我们刷本的说。”

叶臻：“等你们见过帮会里真正的大神之后就不会这么想了，他们指挥起副本来可比我厉害多了，不仅嘴上能讲战术，DPS还能排进团队前三。以后让帮主带你们下本，让大神给你们表演表演全场遛BOSS，都有机会的。”

她说着打开了自己的好友列表，看到醉卧花前跟云书不至的头像都暗着，不由得感到有些意兴阑珊。解散了新手团队以后，叶臻操纵着自己的五毒御姐往仓库方向走去，在里面整理出了不少适合新手用的东西。

小铃铛最近很少上线，级别也就一直停留在四十几级，叶臻于是把系统送的经验券也打包了。这玩意是跨服之战为了平衡玩家的水平搞出来的，使用了以后可以直升到90级，最大限度地缩小玩家跟玩家之间的差距。叶臻自己都已经练到九十多级了，用不上这个，于是就寄给了自己的小徒弟，让她能快点升级。

等到周三，戚睿的电话终于打来了："叶臻？怎么样，待会儿十点有空吗？"

他的声音听上去有点疲乏："有空的话就来公司一趟，那天你托我的事有着落了。"

"这么快就有着落了？"叶臻早起练级，坐在电脑前一边讲电话，一边把目光从游戏画面上移开，"好，我就直接去你办公室？"

戚睿说："对，直接来我办公室。"然后又补充了一句，"顺便给我带杯街角咖啡厅的拿铁。"

叶臻看了看时间，笑道："好啊，你等着。"

她一挂电话，这就关了电脑，打车去公司。车在 K&S 附近的那家咖啡厅门口停下了，她进去打包了一杯拿铁，这才走路过去。

K&S 的大厅里常年有粉丝在蹲守着，特别是在有艺人出车祸的敏感时期，等在这里的人就更多了。叶臻绕过这群不知是谁家的粉丝，拉了拉自己的连帽衫，搭电梯上了戚睿办公的楼层。

K&S 高层的办公室都在三十七层以上，整座建筑最顶层的总裁办公室风景独好，闲置至今，不知最后谁会坐到那个位置上。K&S 的内部战场分为三个部分，大银幕、小屏幕还有唱片。他们的 CEO 李锡明上了年纪，老骥伏枥，没抱有什么远大的志向，手下虚虚地笼着大屏幕，实际上少东一归位就全部放权给了他，剩下的小屏幕跟唱片则归了姚同亮跟另外两位副总打理。

自从知道姚同亮在唱片的事情上算计了自己，叶臻就对这个胖子没有好感，她站在电梯里，看着字数升上五楼，然后停下，门开了。

四个大男孩打打闹闹地走进来，没朝她这个方向多看一眼。

他们每个人都有着高高大大的身材，四张脸看起来阳光青春，各有各的帅气。四人的年纪看起来顶多二十岁，都还有些稚气未脱，一进电梯就开始笑闹，让整个空间一下子就变小了。

"哈哈哈，你刚刚摔的那一下好糗啊——哎呀，你干吗打我？"

"打的就是你！给我按住他！"

"哈哈哈，不要打我好嘛！我只是说实话而已！"

叶臻不由得再往后退了一些，给他们让位置，心里想道年轻真好，浑然不觉自己也只不过大他们几岁。她认出了这几个男孩子是公司力捧的新偶像组合，今年马不停蹄地唱歌、出片、拍写真、参演偶像剧，着实小火了一把。他们几个没认出她来，叶臻也不在意，靠着墙低头就玩起了手机。

公司那么大，他们出道的时间又差了好几年，双方根本没碰上过几次面。而且在镜头前跟镜头后判若两人的艺人多得是，她今天穿的还是大学的时候的衣服，要是这都认得出那必须得是真爱。

电梯上升到十五层的时候，又停下了，这回进来的却是熟人。

凌敬轩今天穿得休闲又不乏正式，手上拿着墨镜，走到哪里都像一个发光体。新人偶像们一见到他就紧张起来，连呼吸都下意识地屏住了，不知是谁带头一起毕恭毕敬地弯下了腰，叫了一声："凌师兄。"

然后默默地往旁边退去，给他让出中间的位置。

叶臻抬了抬眼，看到这一幕就觉得可乐。凌敬轩演天子的时候是各种霸气侧漏冷酷无情没有错，可他在生活中还是个很随和的人，果然被后辈这么小心翼翼地对待，他本人也有些头疼。叶臻看他一面走进电梯里，一面朝后辈们温和地问好："这是不是太隆重了？不需要这样，私底下的时候可以随意一些。"

K&S 的新生代里把他看成是男神的人还是很多的，刚好这部电梯里就有四个。小鲜肉们一见到男神这么随和，不由得就开始两眼放光，想要趁这个机会跟他多说两句话。不想男神的目光却越过了他们，落在那个正在电梯角落里玩手机的人身上，然后微微一笑，略带戏谑地开口道：“皇后怎么在这里？”

皇后？

几个小鲜肉傻傻地顺着他的目光回头，看到了叶臻。

叶臻听到他朝自己发话，只好暂停了游戏，拉下了帽子：“这都认得出来？”

凌敬轩只是笑笑，叶臻于是也改回了戏里的语气：“皇上这话说得，您可以跟您的仰慕者交流，臣妾就不能来看看了？”

几个大男孩看清了这张美丽的脸，这才后知后觉地意识到刚刚被他们晾在一旁的是叶臻，是这段时间一直在跟凌敬轩搭戏的女神叶臻！

他们顿时陷入了慌乱中：“女神……哦不对，臻臻姐……对不起啊，刚没认出你。”

大男孩们瞬间就软了下来，开始后悔刚才进电梯的时候怎么不看清楚一点。

这可是女神本人，多少人想见都见不到！他们还顾着打打闹闹没多看几眼，真是感觉好后悔啊！

“没事。”凌敬轩安慰他们，“她要是不想让人认出来，你们谁也别想发现站在身旁的就是她。”

“这样说就太看得起我了。”叶臻在旁说道，“而且师兄你不就认出我来了？”

凌敬轩只是出声给几个后辈解围，微微一笑便扯开了话题：“来找小舟？”

“不找她，我找戚睿。”叶臻否认了，稍稍歪过头看他，“师兄你呢？

上去见姚副总？”

姚同亮这个人比较好面子，对这个“副”字十分介意，一般人提到他都会省略中间的副字，简称姚总。但叶臻不打算再给他脸，她决定以后都不再省略这个“副”字。

凌敬轩没有直接肯定，也没有否认，说道：“六月份的巡回演唱会，来商定一些细节。”

几个大男孩在旁边听着，目光中流露出艳羡。

天王级别的演唱会跟他们新人组合的小打小闹当然不是一个级别。凌敬轩在影坛方面的成就无可置疑，在歌坛上的地位也是坚不可摧，只不过他这几年一直专心在大银幕上发展，已经有很久没有新动作了。这一次，姚同亮显然是筹划了一场大手笔啊，叶臻想，世界巡回演唱会，起始点 A 市，途经三十六个国家，终点设在美国纽约，有几个人能这样开演唱会？

不止这几个男孩子，就连她听到这话以后，也有些羡慕嫉妒恨。

她畅想着那个几十万人一齐欢呼歌手名字的画面，神往地道：“真好，我也想开演唱会。”

凌敬轩温和地看着她，说道：“有机会的。”

他看人的目光总是十分真诚，仿佛他心里真的就是这样认为的一样。

然而叶臻也就是随便说说，她自觉在唱歌方面没有突出的优势，再加上第一张唱片的惨烈，这种事想想就算了。她鼓励那四个男孩子：“好好唱，多向你们的男神学习，以后世界巡回演唱会的时候请师姐去当一回嘉宾。”

偶像新丁们受宠若惊，头如捣蒜。

电梯到了二十七楼，四个人出了电梯，离开之前不忘跟两位前辈告别，尤其郑重地跟被他们忽略的叶臻道了歉。在这之后，电梯顺利地升上了高层，叶臻跟凌敬轩约好了下次出来喝咖啡，然后分别去了不同的方向。

【03】

拎着打包好的咖啡来到戚睿的办公室外，叶臻伸手敲了敲玻璃门。

“进来。”戚睿坐在办公桌后头也不抬。

叶臻走进去，等到她走到办公桌前面的时候戚睿才抬眼，发现来的是她，手里还拿着他的咖啡，顿时高兴地伸手来接：“就知道你肯定会给我买，坐坐坐。”

“给你。”叶臻把咖啡给他。

戚睿打开盖子贪婪地吸了一口，然后露出了陶醉的表情。

她看着他也不管咖啡烫不烫就灌了一口，接着长吁了一口气：“太好了，活过来了。”

“这么累？”叶臻推了推手边的一个小摆件，抬眼看他，“又有艺人给你整什么幺蛾子了？”

戚睿皱着眉，用手里拿着的笔在桌面上敲了敲：“万嘉宝，有印象吗？从星彩娱乐签来的小姑奶奶，本市首富的孙女。”

见叶臻点头，他才继续说：“就是这位小公主，被人刺激到了，深夜飙车，车一头撞在了隔离墩上。不幸中的万幸，车上两个人——就她跟她经纪人，两个人都没事。她经纪人撞到了脚，脚趾有点骨折，她自己被安全气囊一弹，结果有点脑震荡，现在还在医院躺着没醒。那些记者简直是闻风而至，拼了命要查探到底发生了什么事，万家的意思是要我们把这些消息都封锁住，可不是把我搞得焦头烂额。”

叶臻恍然大悟，放松地往后一靠，靠在了椅背上："原来出车祸的是她啊，她到底为什么搞成这样？"

戚睿神神秘秘地道："为情所困啊，小公主被男朋友劈腿了。你想想看，要她亲眼看到她那个男朋友跟她的闺蜜上床，而且还是在她刚拍完戏，连夜赶过去想为男朋友庆祝生日的时候，你说小公主怎么可能不发疯？"

叶臻点头点到一半发现不对，连忙道："你八卦的表情快收一收，都快溢出来了，把咖啡喝了快点说正事。你这是给我安排了什么广告？要去哪里拍？我得做什么准备？"

戚睿刚刚沉浸在有人跟他谈论八卦的快乐中，都把正事给忘了，听叶臻一说才想起来，向她竖起一根手指："等等。"

他从抽屉里拿出了遥控器，对着天花板一按，玻璃墙四周就有窗帘缓缓地降下，隔离了外头的视线。做完这个，他才从另一个抽屉里拖出了一份文件，从桌面上推过给叶臻。

"你看看这个。"

叶臻打开文件夹，看到里面是一份代言广告合同，产品是一个名叫Freedom的鸡尾酒系列，面向的消费群体是二十到二十五岁左右的年轻人。合同后面还附来广告策划案的内容提要，上面简单地写着时间、地点、角色跟几个大致的场景，叶臻花了不到半分钟时间就看完了这页纸上的内容。她忍不住为自己所看到的东西吹了一声口哨，抬头惊奇地看戚睿："大制作啊，这个广告概念我在国内还没看到过呢。"

戚睿神秘一笑："告诉你，国外也没有，这绝对是独一份。"

他这样的反应，令叶臻对这个厂商的来历更好奇了，她再去看合同上写的代言价格，确实才五百万，请代言人就出这个价格，估计厂商从一开始就没打算请当红女星来拍这支广告，被叶臻接下纯属是撞上了。

叶臻犯起了嘀咕，她本来觉得这家生产鸡尾酒饮料的厂商应该很有来头，现在一想又觉得不对，他们说不定已经觉得用五百万来请明星代言就算是很有魄力了——那么问题来了，这么一个按理来说应该规模不大的公司，从哪儿找的这么厉害的广告策划？这广告要是能拍出策划案上的效果，肯定得引起狂潮，看这特技投入都快赶上一场小型科幻电影的成本了。

她得出结论，这肯定不是一个普通的广告策划案。

至于现在到底是她无意中捡了个便宜，还是背后有人在有意安排，叶臻就不清楚了。

她伸手抽过了戚睿手中的笔，在一式三份的合同上签下了自己的名字："就这个了，我很满意。"这代言广告既不起眼，代言的价格也不高，更不是什么出名的品牌，不会有人半路跳出来跟她抢。

合同签好以后，她收起了一份，把剩下两份推回给了戚睿："不过我能不能问一句，这合同本来是准备给谁的？"

戚睿一口气把咖啡灌完，抽了张纸巾擦了擦嘴，回答道："这个广告本来也没有指定谁来，毕竟厂商出这个价格，也就是想随便找个说得过去的女艺人来拍。我一跟他们联系，说你有档期可能会愿意接，他们负责人简直乐疯了。"

这个答案听起来没什么破绽，叶臻于是转问了另一个她关心的问题："那报酬什么时候支付？"

"这个我也提醒过他们，需要在广告拍摄完之后一周内付清。"戚睿说着，朝她露出了一个得意的笑容，"我办事，你放心。"

叶臻眉目舒展："靠谱。"

这样一来，就可以在10号之前把钱打过去了。

她松了一口气，然后才想起要跟戚睿道谢："谢了，欠你一次。"

戚睿也往背后一靠，摆着手道："唉，别这么说，好歹也是我发掘的你嘛。这么些年你可给公司赚了不少钱，我领的工资里可是浸着你的血汗呢。"

"你倒是明白。"叶臻夸他，"要是人人都像你一样明白就好了。"她说着，从桌前站起了身，"好了，那剩下的事我就自己跟厂商联系了。"

"你经纪人……"戚睿话起了个头才想起她换了新的"经纪人"，而那位还没打算召见她，于是把话头掐了，点头道，"去吧，企划部那边我会给你报备，就说厂商是直接找你前经纪人联系上你了。"

"大恩不言谢。"叶臻把随身的包拉上，"改天再请你吃饭。"

"去吧去吧，谢谢你的咖啡。"他又按了一下遥控器，四周玻璃墙上的窗帘缓缓升起，看她走出了自己的办公室，等到她人走远了，才拿出手机拨通了云凛的号码。

三十七层，副总裁办公室。

云凛拿出手机，向坐在面前的凌敬轩示意自己需要接个电话，起身来到了落地窗前。他眺望着远处林立的高楼，听戚睿的声音从手机里传来："妥了，已经把合同给她了。话说回来，你打算什么时候才露面啊？"

窗外的阳光灿烂，眼前的玻璃窗上倒映出他自己的影子。他这几个月来布下的每一着先手都已经开始浮出水面，渐渐形成稳固的局面，无人再能动摇。

云凛终于听到自己说："下一次，我会亲自见她。"

【04】

广告拍摄时间定在周五，导演跟绿叶全部到位，万事俱备，只差女主。

广告商方面的负责人姓曾，是个矮胖的中年人，朋友们都习惯叫他老曾。他站在秋日的阳光里充满期待地搓了搓手，回想起整个广告代言的洽谈过程，心里可以说得上是五味陈杂。

这个鸡尾酒广告是在一多月前开始跟K&S接洽的，他们的老董事长终于采纳了企划部的意见，愿意找个明星来代言产品，打开僵局。认真算起来，他们公司也是老牌饮料生产商了，早些年也取得过一些荣誉和成绩。后来因为受到各种新式饮料的冲击，他们就渐渐失了光景，产品也不再像从前那么受欢迎，这一次改生产线，是在逼不得已的情况下做出的决定。他们清楚，老董事长心里其实还想着要让他们的功能饮料东山再起，而不是用鸡尾酒来取代它占据市场份额。

这件事被交给他来全权负责。

他们本来的计划就是向K&S要个具有高冷气质的女星来代言，根本不敢想叶臻这个咖位的存在，所以当K&S企划部的负责人出面约他商谈，表示叶臻愿意以五百万的代言价格接下这个广告的时候，老曾差点高兴得笑出声。叶臻在大屏幕上的杀伤力有目共睹，一般的广告商想要签下她，没有一千万那根本不用想，现在K&S竟然五折大酬宾，他自然立刻就点头答应。

说到底，这广告代言不就那么一回事，把一个新产品的未来跟代言的明星绑定在一起，跟着代言人的身价水涨船高。产品的改良总有尽时，艺人的发展却是不可限量，尤其是像叶臻这样的女星，老曾有足够的理由相信，在未来几年内她会比现在更红，而在十年、二十年之后，她又会达到什么高度，谁也不知道。

从长远上看，这是有百利而无一害的。

老曾这心里跟明镜似的，就算叶臻拍完这个广告就宣布要退出娱乐圈，由她来拍这个广告他们依旧不亏，毕竟这是她拍的最后一支广告，是她演绎生涯中意义重大的一站，光是这个噱头就可以狠狠地炒作一笔了。

唯一让他头痛的问题就是，K&S 在提出换叶臻来代言的同时，也提出了另外一个要求。

他们坐在 K&S 三十七层谈合同，对方是 K&S 企划部的负责人，年轻有为，气度不凡，跟他这样为生活奔波的中年人完全不一样。对方的语气虽然很温和，但说出的话里却透着一股不容拒绝的意味："是这样的，我们希望贵公司能换个广告创意，目前的这个广告创意实在是普通了些，也不符合我们给叶臻的定位。不过曾经理也不用担心，我们已经准备了一份新的广告策划案，你可以先看看，然后我们再谈。"

"啊？"老曾没有想到还会有这么一出，他想说自己做不了主，可眼下被对面两双眼睛注视着，他也只能点头说好，然后接过了这份新的广告策划案。对面坐的两个人，他只认识企划部的温经理，并不认识温经理身旁的那位。老曾之前试图从对方的衣饰跟气度上判断他的身份，然而对方的相貌生得实在太像是圈内人，搞得老曾都有些困惑了，难道这也是 K&S 想要安插进广告里来的人？否则哪里需要这么大费周章地搞一个新的广告策划案？

他搞不清楚，于是专注地看手上的策划案，越看眉头就皱得越紧。

倒不是因为对方提出的新策划案不好，而是恰恰相反，他皱眉就是因为这个广告创意实在是太好了！老曾也是干广告出身的，他毫不怀疑这个广告要是真的拍出来，他们的鸡尾酒一定会在年轻一代当中引起一股新的风潮，受到他们的大力追捧。

这让他更犹疑了。他们的董事长是个上了年纪的老人，上了年纪就意味着固执，意味着不愿变通。他们一开始定下的受众不是年轻一代，新的广告策划案也跟他们董事长最初拍板的创意完全不同，更别说这个新创意的拍摄成本远远超出了他们的承受范围。老曾没有把握改变董事长的观念，也没有把握他们这样一家不大的公司是否拿得出足够的魄力来跟这样优秀的广告方案相匹配。所以看完这份新的广告策划案之后，他哪怕再心头火热，再想拍案叫绝也好，也无法代替公司做出决断。

这实在是太令人为难了。

老曾满怀希望地抬起头来，看着自己相对熟悉的温经理："温经理啊，你看，我们的公司规模小，这一次想拍支广告来打开市场，可实在是拿不出这么多钱来照着这个方案来做啊。其实吧，我想以叶臻的人气，由她一个人完成我们原本的广告创意，效果应该也是很不错的，你看要不我们就还是按照原本的广告方案来拍？"

他小心地赔着笑，却又忍不住惋惜地看了一眼手中的策划案。

这么好的广告方案，分明是大师级的作品，就算他们不拍，肯定还有大把公司抢着拍。现在K&S愿意拿出来给他们用，还没有提钱的事情，摆明了是自己这一边占了大便宜了，偏偏公司却实力不够，没钱来支撑这个创意，这实在是让人觉得心酸。

"曾经理说的这些都很有道理，不过我们还是希望你们能够慎重考虑。"温经理的姿态平和，语速不疾不徐，"相信不用我说，曾经理也知道这次合作实属偶然，错失了这次机会，可能就没有下一次了。"

老曾本来就因为对面这两人带来的压迫感而不停地流汗，听到这话心理负担顿时又加重了些，额头上的汗在擦干之后立马又冒了出来。

对方仍旧是那样温文尔雅的神情："我个人建议曾经理再考虑一下。"

老曾又抬手用纸巾擦了擦汗，他也想拍板决定，他也不想错失这个千载难逢的机会，可像他这样一个小小的负责人，实在是做不了什么的。正当他张口打算说点什么的时候，放在兜里的手机响了起来，他只好向两人歉意地笑了笑："不好意思啊，我出去接个电话。"

温经理点头："曾经理请随意。"

而那个老曾不认识的青年依旧没有表态。

老曾低头看了一眼来电联系人，不敢拖延，马上离座接起了电话。

"喂，董事长？是是是，对对对，正在谈着。"他听着电话那头董事长的声音，脸上的表情越来越古怪，听到最后已经有点震惊到说不出话来，"好……好，好的，我知道了，是是是……是，董事长，好的，再见……"

他握着手机回到两人面前，仍旧没能从刚刚听到的消息中回过神来。温经理为他斟上了面前的茶，他身旁的那位也坐在沙发上看向他。

老曾把手机放在桌面上，定了定神才开口说话："我们董事长刚刚打电话来，说万氏集团刚刚收购了我们公司……"说到这里他停顿了一下，语气变得微妙起来，"所以，他现在已经不是董事长了。"

他想道，商场上的事真是如同风云，瞬息万变啊。万氏之前只是稍稍透露过一点重组意向，没想到这么快事情就定了！老派又吝啬的董事长退位，财大气粗的万氏集团对这个广告的意思却是只要效果好，不在乎花多少钱，这发展真可谓是峰回路转。

老曾一口气喝干了面前的那杯茶，又重新拿起了那份广告策划，这一次的心情已经完全不同了。他再次将上面的东西再看了一遍，舔了舔嘴唇，抬头说道："那——我们公司就用这个广告方案了？"

温经理仿佛对此毫不意外，他微微一笑，说道："明智的选择，曾经理。"

而他身旁那位一直没有开口说话的青年，在老曾做出这个选择之后终于第一次开口了，他说道："这个广告里除了叶臻之外，还需要另外一些人出镜，虽然只是起到陪衬作用，但如果没选好的话，就会降低整个作品的水平。"

他的声音低沉而富有磁性，让人不由自主就被他所说的话给吸引过去，老曾接触到他的目光，感到额头上的汗又冒了出来。

他平静地问道："这些人由 K&S 来选送，不知贵公司可有意见？"

"没、没意见，只要是为了广告效果，就都行，都行！"在这样具有压迫感的目光下，刚刚被任命全权负责的老曾连忙点头，同时移开目光看向温经理，挤出笑容道，"温经理，我从刚才就一直想问了，这位是？"

"这位是我们副总云凛。"温经理介绍道，上下两句之间有一瞬的停顿，"同时也是我们 K&S 的少东。"

"凛少，凛少好！"老曾忙不迭地问好，没有想到这位竟然是 K&S 的未来掌权者，"你看看我，都没认出少东来，实在是不好意思。"

少东亲自出面，瞎子也看得出 K&S 对这个广告有他们自己的规划，说不定连万氏集团对他们的收购也有 K&S 促成的原因。老曾再不迟疑，笃定地道："广告的事情凛少大可放心，我们一定不会让你失望，也不会让叶臻小姐失望。"

云凛点头："辛苦曾经理了。"

老曾摆手道："不辛苦，不辛苦。"

他当日没有在三十七层久留，很快就带着策划案告辞，回公司去召开紧急会议，为配合全新的广告策划案做了一系列调整，又跟新东家进行积极的沟通，几个部门加班加点地干了半个多月之后，最终才定下了今天这场广告拍摄。

所以，他会在路口等女主角是很正常的。

当看到叶臻的车过来的时候，老曾深深地呼出一口气，迎了上去。叶臻一个人从车上下来，身边既没经纪人，也没助理，老曾都看愣了一下。

叶臻显然早做过准备，一眼就认出老曾是广告商方面的负责人，于是主动伸手和他相握："曾经理，还有劳你亲自来接我，真不好意思。"

"不会不会。"老曾反应过来和她握了手，暂时把叶臻这么没排场的震惊抛到了脑后，转而感慨 K&S 的当家花旦果然名不虚传，居然一下子就叫出自己的身份，难怪跟她合作过的厂商对她的评价都这么高。

他转身在前面领路，这次的拍摄场地是万氏房地产开发的帝景湾，从半山腰开始到山顶，整座山上只建了十套海景庄园，有钱也未必能买得到。坐落在山顶的那一套是万家自留的一套，为了拍这次的广告而开放给 K&S，仪器一架设好就能开拍。

老曾一边走，一边和她说话，两人还没靠近那个带着泳池的花园，就已经听到里面传来的音乐声和许多尖声欢叫，俨然正在进行一场 Party。叶臻没有怎么感到意外，她的邮箱里前天就收到了来自她新经纪人的邮件，里面附来了完整的广告策划案。

那个 K&S 内部邮箱的编号只有个位数，全公司邮箱编号在个位数的都在三十七层以上，不难猜出她这位新经纪人的身份。不过当初她猜测少东亲自接手是一回事，真的确定那又是另一回事啊，叶臻很是花了一些时间来平复心情，K&S 还没有过哪个艺人是由少东来亲自担当经纪人的，这下她肯定是众矢之的了。

叶臻把电子版的策划案下载下来打印成纸质版，猜测云凛应该很快就会跟自己正式见面，等到书房里的打印机吐出最后一张纸，她才停止了对两人见面情况的各种猜想，开始翻看手上的纸质版策划案。

当她看到这次的广告策划案是由 K&S 广告部跟万氏集团联合策划的时候，顿时感到一阵心安。K&S 跟普通的娱乐公司不同，他们自带广告部，会根据厂商的需求，结合自家艺人的实际，打造出最适合双方的广告。不过公司的艺人这么多，广告部也不是次次都会出手，仅有的几个作品都成为了广告中的经典。

叶臻可没想到这次也是广告部出手，她有点受宠若惊，少东对她的安排谁都看得出用心，难怪小舟会这么放心。可是就算是他，也算不准她会突然需要一笔钱，不得不来跟戚睿求助吧？这样一想，叶臻又觉得自己接到这个广告或许只是一个巧合，特别是等她翻过下一页，看到这个广告商是万氏旗下的公司的时候，她就更觉得这只是巧合了。

万氏旗下的广告，让万嘉宝来担当女主角一向是传统，万家小公主漂亮的脸从小就在各种广告包装上出现。长大以后她要进军娱乐圈，万氏直接就给她创建了星彩娱乐，后来 K&S 提议合作才合并过来，为了给她打造一个经典广告代言，收购一家饮料生产厂商又算得了什么？

叶臻笃定这个鸡尾酒广告肯定是为万嘉宝量身打造的，只不过她在拍摄前出了车祸，云凛才把这个广告代言拿了过来，正好就给了她。五百万的代言价格，差不多也就是万嘉宝目前的身价了，叶臻自觉这个推理相当缜密。

她为自己的洞察力暗暗点头，这才又翻过下一页，等看到导演名字的时候，不由自主地把这个名字念出了声：“约翰尼·劳伦斯？”

这个广告的导演竟然请来了约翰尼·劳伦斯？看来 K&S 跟万氏集团对这次的广告合作真的是很看重啊，都下血本了。约翰尼·劳伦斯作为欧美广告界的新锐导演，指导拍摄的几支广告都非常出色，无论是古典如顶级奢侈品牌 Chanel 还是走在时代前沿的科技产品，在他的镜头中都呈现出了迷人特质。

要请动他来拍这个广告，万氏少不了要大出血啊。

|第十章|

DISHIZHANG

秋 深 终 相 会

【01】

劳伦斯的镜头喜欢捕捉自然。

他在作品里呈现出的总是人物最自然、最直接的反应，仿佛最最真实的生活情境。这个广告剧本上写的情景既然是发生在一个泳池派对上，他就在这里开起了泳池派对。泳池边上一字排开的沙滩椅，几个穿着清凉的美人躺在上面享受日光，一群年轻鲜活的肉体则在泳池里扭动欢笑。

叶臻一走进来就感受到了迎面扑来的荷尔蒙，在这里似乎连秋意都被驱散，一下就回到了热力四射的盛夏。泳池内外，无论男女都有着模特般的身材跟一副好面孔，刚刚在转角处差点跟她撞上的那个金发青年更是气质出众，伸手扶住她的举动也无比绅士。

叶臻想起那双深情款款的蓝眼睛，只觉得对方真是一点也不像是找来凑数的无名人士。只是这么多相貌出众的男男女女究竟是 K&S 悄无声息签下的海外资源，还是劳伦斯自带的旅行团？

他们出现在后花园的时候，劳伦斯正在摄影仪器后面做着调试，脸上的神情全神贯注。这位导演是英国跟意大利的混血儿，长着一副英俊的面孔，是典型的西方帅哥。他的助手看到广告商跟女主角抵达，于是上前提醒，他这才从机器后面起身，顺着助手的示意看向叶臻所在的方向。

当他看清叶臻的脸时，眼底顿时浮现出了一抹惊艳。

显然，真正的美人放之于四海都是美人，不分种族也不分肤色。

眼看女主角走近，劳伦斯有心亲近，奈何却不知对方能不能跟自己顺利交流，毕竟他对中文可是完全不熟悉。于是他对自己的助手低语了几句，示意他待会给两个人充当翻译。

叶臻一来到他们面前，还未开口，就听劳伦斯的助手用半生不熟的中文跟自己打招呼：“你好，叶小姐，劳伦斯先生向你致以诚挚的问候与赞美。”

劳伦斯在后，见助手停下了话语，于是上前一步，伸手和她相握，一面以意大利语热情洋溢地称赞了叶臻的美丽。

“谢谢您的赞美，劳伦斯先生。”叶臻先以意大利语回应了眼前微笑迷人的劳伦斯，顿了顿又换成了英语，“如果您不介意的话，英语我还是比较擅长一些，应该不妨碍我们直接沟通。”

岂止不妨碍，她的英音简直称得上是地道。

劳伦斯侧过头去，对老曾笑了笑：“真是没有想到，我们的女主角如此令人惊喜。”

这句老曾听懂了，连忙点头附和：“Yes！ Yes！”

劳伦斯转过头来，似乎能够直接跟叶臻沟通而不必假手于人这件事令他十分满意，又抛出了一串洋洋洒洒的溢美之词，大力称赞了叶臻的聪慧与演技，也不忘盛赞她的美丽。

叶臻看着他那个站在一旁不停点头的助手小哥，一边微笑心里一边后悔，早知劳伦斯这么热情又话痨，她就不说自己听得懂了，现在这样简直像在考验她的听力水平。她听着听着就进入了自动导航模式，表面上在不断对劳伦斯说的内容做出反应，实际上却走神得厉害。

劳伦斯在赞美异性这方面真是完全遗传了意大利男人的天赋，再加上那双温柔又深情的棕色眼眼睛，难怪每拍一次广告就要跟女主角传一次绯闻。

等等，传绯闻……

叶臻骤然回神，一改之前的状态，打起了十二分精神应对，以免在自己那张长得一眼望不到头的绯闻对象名单上又添一个名字。

幸好，在闲谈之后，劳伦斯马上恢复了专业的一面，站在泳池旁边给她讲了讲广告剧本。

这个广告的剧情是这样的，男主角上了一周的班之后，受朋友邀约前来参加一个泳池派对。作为一个派对生物，他心里觉得这种程度的派对非常无聊，可周末又没什么事做，于是就来了。直到推开门的那一刻起，他都还是意兴阑珊的，而就在他喝下第一口 Free 鸡尾酒后，鼻端嗅到了一股隐隐约约的诱人香气。

他的狩猎本能被激发了，一头狼悄无声息地在他身旁具象化，随着他的脚步一起往气息传来的方向走去。

被这股气息诱惑的人不止他一个，在二楼的栏杆上趴着的黑豹也灵巧地跃了下来，带着它的主人加入了探寻的步伐。

泳池里，两个高大挺拔的身影破水而出，和他们的两只一模一样的白虎一起走向了花园深处，在地上留下一串湿漉漉的脚印。

当他们绕过花园茂密的树丛，即将抵达那股诱人气息的源头时，又有一个带着雄狮的狩猎者加入了探寻队伍，五个人手中各自拎着不同的瓶子。

花园深处，女主角正坐在荆棘做成的王座上，他们之前在幻觉中看到的碎片在此刻被完整地拼凑起来，拼成了一个她。她就在那里，像是一株不可攀折的花，身上同时糅合着坚硬与柔弱，高冷的模样能激起所有人的征服欲。

当五个人蠢蠢欲动想上前时，坐在荆棘王座上的女主角拿起了手边的酒瓶，红唇微启，饮了一口，空中顿时传来一声充满了震慑力的顶级掠食者的啼声。

巨大的鹰隼从空中盘旋而下，在众人的目光中稳稳地落在了女主角伸出的手臂上，足以穿透坚硬皮毛的利爪牢牢地扣着她的臂环，鹰眸锐利地盯着这五个“狩猎者”。

女主角坐在她的王座上，同她的鹰隼一起望着眼前这些人。

在这场释放天性的游戏中，究竟谁才是真正的掠食者？

……

“那么，整个广告的拍摄大致就分为这六个场次。”

劳伦斯解说也很有个人特色，叶臻跟老曾在一起听完之后表情都很精彩，觉得他说得这跟剧本上写的完全是两回事。而老曾不大能跟上他的语速，他的惊诧主要还是归功于劳伦斯助手那不大流畅的翻译。

按照劳伦斯的意思，这拍摄的每一场都会有不同的人物出镜，除了叶臻会以侧写的方式在整个广告中连续出镜，其他人的单独拍摄部分都是一场就完，最后一幕才是大集合。这样的安排，不仅凸显了她的主角地位，也让最后那一幕猎物与狩猎者角色翻转让人印象更加深刻。

见热场已经热得差不多了，所有人都放松地进入了派对狂欢节奏，劳伦斯跟她确认：“没有问题的话，我们就开始拍摄吧。”鉴于叶臻的部分拍摄起来比较容易，而她也需要时间来化妆，于是劳伦斯打算把她的部分放在最后。

见叶臻点头，他微笑着一拍手，对摄影团队发出指令："开拍。"

第一场拍摄的是室内场景。

劳伦斯引导已经在门口就位的演员，伸手拍了拍他的肩膀："先来一遍，从门外进来，用你喜欢的方式来表现。"

那有着俊美面孔的混血青年点了点头，理了理袖口，退到了门外。

叶臻示意化妆师："稍等我几分钟。"

她站在摄像机后面，没有立刻离开。她需要先看一看其他人的表演方式，以调整自己的表演力度。

随着场记板打下，在浮动的音乐中，身穿休闲衬衫的男主角从门外走了进来。

像是准备来参加一个自己并不怎么感兴趣的派对，他的外套搭在臂间，袖子上卷，露出了结实的小臂。他一出现，就吸引了室内男男女女的眼球。

几台摄像机在室内同时运作，男主角随手接过性感的女侍应递给他的酒，跟几个上前想和他搭讪的人擦肩而过。

劳伦斯看着监视器，抬手切换了几次视角，然后抬起头来喊了一声"Cut"。

男主角看向他，劳伦斯打了个手势，示意他再来一遍："这次再多一点无趣跟厌倦感。"他具体描述了一下他需要的那种感觉，"你要演的是一个久经战场的派对生物，现在这个场合对你来说没有新意，我需要多一点这样的。"

"好的。"男主角心领神会，造型师上前替他将头发稍稍整理了一下。

等到整理好之后，他又退出了门外。

叶臻仍旧站在原地，耐心地等待着他们把这个镜头再来一遍。

男主角在音乐声中推门进来，这一次他表现得更加厌倦，神情却比第一次要收敛，很好地将那些不耐都藏在了末枝细节里。

叶臻对比他这两次的表演细节，可以肯定这是个专业演员，接受过系统专业的训练，知道如何通过两次表演来试探导演要求的一个限度。

她看了劳伦斯坐在椅子上的背影一眼。作为导演，他确实可以带挂名在他工作室的小模特们来客串，不过却带动不了这么专业的演员。所以，叶臻忍不住想，这么多演技不错的异国面孔，K&S 是什么时候储备起来的?

这推门进来的第一幕过去了，摄像机忠实地记录下了画面的推进，劳伦斯似乎觉得这第二次出来的效果不错，没有打断拍摄，任由剧情继续进行。

男主角朝着楼梯方向走，目光随处游弋，镜头随之转动，落在了站在栏杆前的第二位主角身上。此刻，两人都已经让瓶中的鸡尾酒点燃了本能，释放出了自己的精神动物，孤狼与黑豹的视线在空中交汇，隐隐对抗。

新出场的这一位气质跟前一位截然不同，犹如趴在他脚边的黑豹一样神秘。

他从楼梯上走下来，行走之间也仿佛黑豹般悄无声息。叶臻看到这里，就对整个作品的表演风格有了大致的概念，调转目光在四下搜寻片刻，走过去跟在旁边认真地看他们拍摄的老曾打了个招呼：“曾经理，我先去化妆了。”

老曾看得很投入，听到她的声音才如梦初醒，回过头来看她：“好的好的，叶臻小姐你去吧。”

叶臻出声叫醒了在旁同样完全被混血帅哥迷住的化妆师：“走吧，化妆了。”

化妆师依依不舍地“哦”了一声，一步三回头地离开了拍摄现场。

临时的化妆间设在一楼的两间客房里，把在镜头前散发荷尔蒙的美男子们隔绝在一堵墙之后，只有不同的衣服和道具堆满了整个房间。在化妆做造型之前，叶臻先去换了衣服，她穿着这身价值百万的高定长裙，一边思考着这广告到底是砸了多少钱下去，一边从里间走了出来，坐在化妆台前。

化妆师大多健谈，今天出勤的化妆师跟叶臻熟，话也就更多。她一面娴熟地给叶臻上底妆，一面发出幸福的叹息：“外面那些男模都好帅啊，简直感到自己的心灵之窗都受到了洗涤。”

“少来，你男神不帅？公司里的实习生不帅？刚空降过来的少东不帅？”叶臻感受着粉刷落在自己脸上的触感，间或睁眼就会在镜子里看到自己的脸在化妆师手下渐渐变成另一种的模样，“你在 K&S 上班，眼睛哪天不是在受美色洗涤？”

“那不一样，公司里的人看多了终究有点审美疲劳，异国风看起来就别有风味。”化妆师旋开盖子，开始给她上遮瑕，“而且敬轩哥哪是天天都能在公司见到的？还有我们那位少东，除了他来公司的第一天，我站在一群人当中远远地看了他一眼，听他说了几句话，之后就再没机会觐见圣颜了。”

“知足吧。”叶臻抬手轻拍她，“我到现在都还没见过他呢，只是听别人说他长得帅。”

“那我可以作证他们没骗你。”化妆师抖了抖刷子上的粉，倾身给她上眼影，“闭眼，少东他是真帅，要不是一早知道他的身份，我们都还以为他是公司签的新人呢。”

叶臻眼前浮现出她这个神秘靠山的模样，光看脸确实是顶级的男神，放在人人相貌出挑的娱乐圈里也耀眼无比。可她对他的印象终究只是停留在杂志抓拍的照片上，没有见过真人，想象不出他身上更具体的气质。

真是太神秘了。

她睁开一只眼睛看化妆师："那做个假设，如果把他跟 E.L.S. 的那位季总监放在一起让你选，你选谁？"

"啊，跟季崇安吗？"化妆师显然不会跟她一样消息闭塞，连季崇安是谁都要小舟科普了才知道，叶臻看着她为难地停下了动作，"太难抉择了，我可不可以两个都要？"

懂了。叶臻得到答案，又重新闭起了那只睁开的眼睛："谢谢你啊，不过我看外面那些可不是男模，全都是专业的演员，估计还是同一家经纪公司培养出来的。"

每个人学的表演方式都不尽相同，但从一些细节上还是看得出教学手法的痕迹。这样的广告作品讲求的是一个整体风格，个体与个体的表演方式之间不能有太大的出入，找同个明星工厂制造的人来演实在太正常。为了保证这一点，就连剧本里描写的那些精神动物他们都打算用后期合成上去，演员们就只需要对着空气发挥自己的演技，跟身旁虚拟的动物进行一些互动交流，玩的都是套路。

化妆师很惊奇："哪家公司会签这么多西方面孔？"

叶臻耸了耸肩，她哪知道？

【02】

叶臻在广告里的造型出乎意料地隆重，光是化妆都足足用了三个小时。

在这三个小时里，她的耳朵也没闲着，从化妆师嘴里听了不少八卦。其中最让人意想不到的莫过于乔馨想去当凌敬轩巡回演唱会的嘉宾，而显然被另有打算的姚同亮拒绝，现在两个人闹得很僵。

化妆师打理着叶臻的头发，喷了定型水之后又弯下腰来对着镜子摆弄，表情特别八卦地对她挤眼：“我看她就是被姚同亮给惯坏了，都不知自己姓什么了。”

叶臻抬眼看她：“我给你提个小建议，你去跟小舟讨论讨论这个，她对这方面的问题很有心得。”

“真的吗？那我得去找她。”化妆师终于折腾满意了，直起腰来一拍手，“好了，大功告成，准备好出去惊艳世界了吗？”

“终于弄好了？”叶臻收回目光，从梳妆台前站了起来。

她坐得两腿发麻，连站都站得摇摇晃晃。

镜子里的人变化有些大，叶臻看着自己的长发打着卷披在肩上，由原本的黑色变成了富有层次感的青灰色，不由得倾身过去认真研究了一下。她撩起了一缕头发，侧过脸去问化妆师：“这能洗得掉吧？”

看是挺好看，不过她一贯都不走这么潮的路线，潮流这种东西太多变，很多时候还是以不变应万变更明智。

造型师头也不抬地整理着化妆包：“回去洗洗就掉了，就一次性的，不过当心别碰水，怕粘到你裙子上。”

叶臻低头看看身上的裙子，打定主意绝不靠近泳池一步。

回到拍摄场地，室内的几组镜头已经完成拍摄，劳伦斯正带着团队在向室外移动。老曾自然地跟在他们身后，正走着，忽然听到左侧的人群中传来了一阵骚动。他心道这动静，肯定是叶臻出来了，于是将视线投向了骚动传来的方向。

饶是老曾已经做好了心理准备，在看到叶臻时还是感受到了那迎面而来的冲击力。她穿着造型复古的白色长裙，整个人都像泛着一层柔光，相比起出道以来的所有装扮，这一次简直美出了新高度。她的长发被造型师染成了一种轻盈的灰色，配以 Valentino 的高定长裙，完美诠释了他们 freedom 鸡尾酒系列主打的产品“Ice”，纯净，凛冽，充满了吸引力。放眼整个娱乐圈，老曾真是再想不出有谁能比她更适合这个代言——完全没错，就是这种感觉！他们这一把投资得实在是太对了！

劳伦斯的目光更是被牢牢地吸引过去，恨不得立刻用镜头将自己所见的美丽锁定，下一场原本应该是拍泳池场景，他也立刻改了主意，要先拍女主角的部分。

老曾跟着劳伦斯的助理，助理小哥还在尽心尽责地给他翻译旁边的那几个男主角说的话：“安东说叶臻小姐真是太美了，完全就是他的梦中情人，尼克认为也许等拍摄结束后他可以请她出去吃顿饭，跟她交换一下联系方式。”

老曾意味深长地看他一眼，问道：“如果有机会的话，你也想这么做吧？”

“当然了。”意大利小哥不明所以，“你们东方人看到自己喜欢的异性，难道不会去主动追求吗？”

老曾摇头：“中国的艺人跟你们可不一样。”别说是谈恋爱了，就连跟什么人传绯闻都没得选，跟那些肆无忌惮地散发荷尔蒙的安东和尼克们比起来，他们的女主角可是很没有自由的。

再退一步讲，叶臻的前男友还是萧承煜呢，老曾不觉得这些人会有什么希望。

两边碰面，叶臻毫不意外地又收到了劳伦斯的一通赞美，听他说决定先拍她的部分。

拍摄地点转移到后花园，剧组人员一早在那里搭好了景，叶臻一去就看到了那张跟她这身造型极其相配的荆棘王座。

她问劳伦斯："我坐在上面？"

劳伦斯点头，她于是提着裙子，顺着台阶走了上去，在上面坐下。

这椅子只是做得好看，坐起来可不怎么舒服，劳伦斯站在右前方纠正她的坐姿："背脊挺直，这只手摆在这里。"

叶臻照做，每一个动作都十分到位。

劳伦斯看着她搭在扶手上修长白净的手指，转向造型师，问："没有准备戒指？"

造型师忙道："有的。"说着捧出一盒戒指上来让他挑选。

劳伦斯选中了其中几个造型古朴的戒指，让人给叶臻戴上，端详了片刻之后才满意地点头："好，来拍几个镜头看看。"

无关人员立刻清场，剩叶臻一个人留在她孤独的王座上，手边摆着一瓶 Freedom。

劳伦斯坐在监视器后，场记替他喊了一声 Action。

摄影机开始了拍摄，一上来就给叶臻的手来了一个特写。画面里，她的指尖轻轻搭在瓶身上，角度毫无误差，没有挡到任何标志。这瓶酒是刚从冰箱里拿出来的，在空气里一放置，表面就出现了细小的水珠。接着镜头拉近，那些水珠就在她莹润的指尖滑过，欲坠未坠。

劳伦斯在面前的监视器上把画面一切，转到了二号摄像机。

二号摄像机镜头正对着叶臻的颈子，顺着她的下巴慢慢上移，在唇部给了她一个特写。那诱惑的红唇饱满如樱桃，白皙的指尖搭在唇边，对比分明，这美丽的身影坐在无人打扰的王座上，看上去既沉静又孤独。

劳伦斯将这画面完整地收在眼底，沉默地思索着，觉得画面里还是少了什么。

“先暂停一下。”他示意摄影机停下，目光开始在四周寻找着自己想要的人选。

叶臻就坐在原位置上没动，身上穿着这裙子，她能不动就尽量不动。在旁围观的化妆师很机智地跑了上来，把她的手机拿给她：“自拍自拍，发状态。”

叶臻一把接过手机，夸赞她：“机智。”

就在这时，花园门口来了一行人，四男一女，走在前头的那对男女尤为引人注目。劳伦斯看着那个左顾右盼的小女生，顿时眼前一亮，招手示意自己的助理过来对他说了几句话。

助理听完之后点了点头，随即转向了站在一旁的老曾，用半生不熟的中文对他说：“曾经理，我们的广告现在需要增加一个新的角色，劳伦斯先生意属对面那个小姑娘，你能过去跟他们协调一下吗？”

“嗯？”老曾本来一心看着叶臻的方向，看造型师正在打理她的发型，听到助理的话于是顺着他手指的方向看了过去，结果却看到了云凛。咦，少东居然亲自过来啊，果然是对着广告相当重视啊。不，又或者说，果然是对叶臻相当重视。

这下不必助理小哥再多说什么，老曾也飞快地迎了上去，小跑来到云凛面前，殷勤地伸出手去：“凛少好，凛少好，真是不好意思啊。没想到你今天会过来，也没有出去迎接，不好意思。”

“曾经理客气。”云凛伸手和他相握，看上去姿态随意，“今天只是想过来看看，不用在意我们。”

老曾笑着应是，目光看向站在云凛身旁的小姑娘，想着要怎么转述刚刚劳伦斯的助理说的话。外国人就是事多，这会儿突然想要增加一个新角色，还看中了云凛身边的这个小姑娘，要她来配合拍摄广告。这应该不成问题吧？照理来说会跟在云凛身边的都是 K&S 的员工，要么就是艺人，能有机会参加广告拍摄多好啊。

可不知为什么，老曾却觉得这个小姑娘的脸越看越眼熟，一时又想不起来在哪见过。

他在组织着措辞，没发现云凛的目光已经被叶臻吸引了过去，站在他身旁的万嘉宝也朝着那方向看去。

叶臻正拿着手机在找角度自拍。以前有小舟在，都是她在底下负责抓拍，每一次都能拍到很棒的照片，PO 出去引来一阵赞美，根本轮不到叶臻自己动手，所以现在她也只想随便拍了两张应付了事。但化妆师是个有追求的摄影爱好者，在旁叽叽喳喳地嫌弃个没完，好不容易叶臻选出一张两个人都满意的照片刚要发，就听化妆师的声音戛然而止，隔了几秒才又惊异地响起："啊，少东来了！"

哪儿？叶臻从手机相册里抬头，目光跟站在泳池边的云凛遥遥相撞。

秋日的阳光通过波动的水面反射在他的身上，仿佛在他周身洒下了点点的阳光碎片，叶臻下意识地把手机摄像头调回了后置模式，对准云凛拍了一张。

手机模拟的快门声惊醒了化妆师。

她看向叶臻，还以为她刚刚是无视云凛又自拍了一张，忙伸手去摇她："别自拍了，快看少东啊！"

叶臻都不知道为什么自己会下意识地拍人家的照片，连忙把照片存到了别的路径里，听化妆师兴奋地道："怎么样怎么样，是不是跟季崇安放在一起超难抉择的？"

叶臻一边应声，一边低头想道，云凛之前一直都不露面，现在却突然在这里出现，是打算做什么？

她这样思考着，目光在云凛身旁的人身上掠过，一眼就认出了她的身份——

万嘉宝。

不是说她脑震荡在医院吗？这么快就出院了？

这时，冥思苦想了半天的老曾也认出她来了，顿时把到了嘴边的邀约都吞了回去，眼底流露出一丝紧张。他就说怎么这么眼熟，这不是那个传说中飞扬跋扈又极度高傲的万家大小姐吗？这个漂亮的小姑娘从小就开始在万氏旗下的各种产品包装上出现，A 市居民可以说是看着她长大的，只不过她真人看起来跟传闻中好像不大一样，搞得老曾第一眼都没认出是她。

这下麻烦了，劳伦斯想找她来给叶臻当绿叶，她能答应吗？

见叶臻低头，云凛收回了目光，正好看见老曾踌躇地看着万嘉宝，一副欲言又止的模样。他再看劳伦斯，对方的目光一直聚焦在自己这个方向，心里便有了猜测。

“这位是曾经理。”他开口吸引回万嘉宝的目光，“是这次广告的厂商负责人。”

原本正在看叶臻的万嘉宝听到他对自己说话，茫然了片刻才转过头来，眨了眨眼睛，向老曾友好地打了个招呼：“你好，曾经理。”

老曾受宠若惊，连忙回应道：“大小姐你好。”

见万嘉宝似乎疑惑为什么自己要这么叫她，老曾解释道：“我是万氏集团旗下飞睿饮料公司企划部的负责人曾庆，大小姐叫我老曾就好。”

万嘉宝对自家集团的收购动向似乎没有了解，闻言只是点了点头，随即有些兴奋地看向云凛：“那这个广告就是给我家的了？能不能给我安排个角色什么的，让我跟叶臻师姐亲近亲近？”

云凛没有答应，也没有拒绝，而是看向了老曾：“这我做不了主，你得问问曾经理。”

老曾没想到大小姐居然会主动提出要参演，他感受到云凛的注视，看他对自己微微一笑，只觉得所有念头大概都被他给看穿了。

老曾忍不住搓了搓手，笑了一声，才对期待地看自己的万嘉宝说道：“是这样的，大小姐，我本来就是想过来问问你愿不愿意来广告里露个面，劳伦斯先生刚一看到你就觉得你特别适合演这个广告……”

“不用说了。”万嘉宝两眼发亮地打断他，“我答应。”

万嘉宝的加入没有让叶臻感到太过意外。

虽然她是今天才第一次见到云凛的真容，但这些日子下来，她已经对自己这个新靠山的作风有了初步的了解，这个男人走的每一步棋都有他的打算。他会带着万嘉宝来这里，自然不会只为了看自己新收入麾下的艺人有没有好好地工作。

哪怕临时多增加一个角色，造型团队也有足够好的应对方案，毫不慌乱。化妆师被召唤过去给万嘉宝化妆了，留叶臻一个人坐在她的王座上拿着手机，她注意到云凛已经跟劳伦斯攀谈起来，两人就站在离她并不远的地方，只要集中注意力就能听到两个人谈话的内容。

劳伦斯跟云凛显然有着不错的交情，这也解释了为什么这次的广告他们能请得动这位广告新贵。劳伦斯和他说话时比跟其他人都要放松自在，两人用意大利语交谈，跟只懂皮毛的叶臻不同，云凛在这门语言上的造诣称得上是精通。

他们说了那么多，叶臻只听懂了其中两句，劳伦斯问：“你现在接手了你父亲的公司，还有时间画你那些建筑图吗？”

云凛回答：“还好，没有想象中那么忙，归我管的人不多。”

叶臻感到他说这句话的时候，朝自己看了一眼。

大概半小时后，换了一身行头的万嘉宝回来了，劳伦斯放下跟云凛的叙旧，转身去给这个新加入的成员讲解她要饰演的角色。劳伦斯的助理这回也没派上用场，云凛在旁接手了翻译工作，而万嘉宝好歹是拍着各种广告长大的，领悟能力一流，很快就沟通完毕。劳伦斯对她表示满意，带着她来到叶臻面前，让她到叶臻身边去。

万嘉宝穿着一条浅色长裙，顺着台阶走上去，漂亮的眼睛里映出叶臻的影子。叶臻觉得她今天的状态好像有点不对头，跟之前见她的几次相比要热情得多，看自己的眼神跟她那些粉丝们没什么区别。

叶臻听她热切地叫了一声师姐，下意识地回了一句师妹。

两人一坐一立，相互凝望，没了下文。

劳伦斯用意大利语指挥她们摆姿势："你坐下，坐在她腿边，然后把手臂搭在她腿上。"

万嘉宝一头雾水，叶臻飞快地给她翻译成中文，她点了点头，马上照做。

很快，万嘉宝就小鸟依人地坐在了叶臻脚边，缱绻地依靠着她。

劳伦斯对两人呈现出来的效果感到很满意，又对叶臻讲了几句修改后的拍摄情节，就回到了摄像机后。两个人坐在一起，听到场记喊action，按照劳伦斯的意思开始聊天。

监视器画面里，叶臻保持着她那高冷的姿态，微微垂眸看趴在她腿上的万嘉宝。万嘉宝则仰着脸，清纯眼眸里满是笑意，望进叶臻的眼睛里，嘴里对她说着话。一只看不见的小鸟从她肩头飞起，飞到叶臻的手边。叶臻抬手，让它在自己的手指上站稳，然后一边回应着这只小小的精神动物，一边回应着它的主人。

她们聊天的内容跟画面那完全不是一回事。

叶臻感觉万嘉宝在出了车祸以后真的是性情大变。虽然以前两个人没正面交往过，但叶臻对她仅有的两点印象就是刁蛮和倨傲，这是有钱人家的孩子的通病。

万嘉宝现在对她怀有一种特殊的热情："师姐，你助理呢？"

叶臻说："给我拿笔记本电脑送修去了。"

昨天晚上她用了两年的那台笔记本突然黑屏了，重启也不管用，于是今天一大早章逸随王叔的车过来，来到公寓楼下远远就看到叶臻抱着电脑在等着。最后她被派去送修电脑，叶臻一个人坐上车就过来拍广告了，期盼着电脑修好晚上还能回去打两把积分赛。

万嘉宝趴在她腿上，叶臻看着她，两个人各自入戏，聊起天来也少了几分不自在。

叶臻问道："我听说你之前住院了，现在没有大碍了吧？"

万嘉宝答道："没什么，就是撞到了安全气囊——"叶臻点头，刚要说没事就好，就听万嘉宝说完了一整句话，"把以前的事全忘了。"

叶臻："……"

这还叫没什么？那得怎么样才叫有事？

万嘉宝还在自顾自地说道："据说我从小就是拍着广告长大的，我哥就让云凛带我来看你拍广告，看能不能刺激一下让我想起什么。"她抬起眼，兴奋地道，"师姐你知道吧，我也签了 K&S，现在的经纪人跟你一样是云凛。"

叶臻恍然，怪不得她一口一个师姐，叫得这么亲热，原来是一条船上的。

但叶臻还是为她这不同寻常的热情感到疑惑，谨慎地问："师妹，既然你失忆了，为什么还会记得我？"

万嘉宝眼睛一亮，看着她说道："我在医院住的那几天看了你的系列电影，好棒好喜欢啊，一听云凛是过来看你拍广告我就跟来了。"

叶臻没想到她失忆之后居然是被自己的电影重塑了世界观，一时间很感慨，怜爱地伸手摸了摸她的脸，摄像机忠实地拍下了这一幕。

【03】

广告剩下的部分拍摄得很顺利，等到广告拍完，叶臻跟万嘉宝也迅速建立起了新的友谊。

万嘉宝毕竟是刚出过车祸，家里长辈并不让她在外面久呆，很快就有车来接她回去。而云凛也在拍摄中途接到了电话，先回了 K&S，他传了一条简讯到叶臻手机上，让她拍完广告到他办公室去找他。

叶臻刚坐上车就接到章逸打来的电话，说是电脑还在修，问题不大，很快就能修好，总赶得上她今晚打积分赛。叶臻对她的高效率表示满意，挂断电话之后才想起自己的照片还没发出去，结果刚一打开微博，就看到自己的状态更新了。

她最新的微博配了图，图片上分明就是 Freedoom 广告的造型，把她坐在荆棘王座上的样子拍得朦胧又梦幻，转眼就有了几万条转发。叶臻打开大图看拍摄角度，发现这应该是站在对面拍的——那不就是云凛刚才站的位置吗?

她拿自己手机里的自拍照跟这张比较，不得不承认还是这张拍得好，真不知他是什么时候拍的。不过作为不比一般领公司薪水经纪人的 K&S 少东，云凛竟然也会兼顾到这些细节，叶臻觉得自己对这个新靠山的认知还是不够全面的。

她把刚刚拍下他在泳池边的照片调出来，看了两眼，摇了摇头打算删掉，可最终又还是没删。她靠在后座上，在车子行驶规律的轻微晃动中闭上了眼睛，王叔见状调小了车载音响的音量。

叶臻在车上做了一个短暂的梦。

她很少记得自己做过的梦，但这一次梦的内容她却记得很清楚，大概因为这个梦境是她记忆的复刻。

她梦见的是以前的事情。

那时候她才刚上大一，大学校园通常都非常大，她的方向感又不怎么好，在自己的校本部都会迷路，更别提是在别的学校。她们的校芭蕾舞团受邀来H大的音乐厅参加比赛，叶臻没有跟上大部队，很自信地一个人跑过来，还觉得自己不会迷路。她的理由也很简单，因为今天H大有团体比赛的地方就只有音乐厅，知道了大致方位，只要跟着人多的地方走就是了。结果万万没想到，H大那天还有一场讲座举行，叶臻在羽绒服底下穿着演出的裙子，跟着人流走，结果来到了演讲厅这边，看着台上的布置傻了眼。

更糟的是手机还在这时候没电了，无法向霍希求助。

在这样的学术演讲厅里，像她这样为了演出而做的妆容和打扮实在是太显眼了，简直就像是误入了羊群的鹿一样。眼下这个情况，要靠自己来找到音乐厅的位置是不可能了，想着既来之则安之，叶臻干脆就在这个学术厅里找了个位置坐下。她们的节目是有后备演员的，为的就是应付像今天这样有人到不了的突发状况，叶臻坐在柔软的沙发椅上，感到冰冷的手脚因为室内的暖气渐渐暖起来。

她左顾右盼，然后感到有人在自己身旁落座。

她下意识地去看对方，结果却没有看清对方的脸，只看见他的眼睛。

再然后，她就醒了，车子刚好停在K&S大门口，这场短暂的梦境如同烟云般消散。

叶臻下了车，从大门进去，坐电梯上了三十七层。

去云凛的办公室出了电梯要往左走，她看到办公室的门虚掩着，远远就感到了紧张。毕竟是第一次正式跟靠山见面，作为受他庇护的一方，心里很难不忐忑，所以叶臻在门外站了好几秒，这才抬手准备敲门。

不想她手刚一抬起来，门就从里面自己开了。

叶臻惊了一下，整个人往后缩了缩，看到云凛垂着眼睛从里面出来。

他脱掉了身上的西服外套，衬衣外面只套着一件马甲，越发显得整个人挺拔修长。

叶臻的视线往他手上的文件瞥去，又落回他脸上，他推门出来的时候还微微低着头，任何看见他的人第一眼注意到的都是他手上的那个文件，然后才是他高挺的鼻梁跟浓密的睫毛。

察觉到有人挡住去路，云凛抬头，一双眼深邃，洞若观火。

他合上文件，简短地道："进去等我。"

看着他高大的身影从自己面前走过，叶臻忙追问："你去哪里？"

"隔壁。"

云凛说话的风格向来这么简洁，而且相处久了还会发现他有毒舌属性，往往只需要用很简洁的几个字，就可以把人噎到一句话都说不出来。

叶臻不知为什么，突然有些同情跟他做邻居的姚同亮。

她走进云凛的办公室，顺手把门带到了墙上，然后坐到了云凛的椅子对面。

K&S少东的办公场所看起来没有任何彰显他身份的东西，他既没在室内吊起沙包，也没有在隔壁开辟独立空间，摆上King size大床藏起穿着男友衬衫的平凡女主。室内装修风格是全公司统一，办公桌上的事物也没有什么特殊，只有一个很小的建筑模型，整个办公室里，大概最超出规格的存在就是云凛自己了。

叶臻坐在椅子上掩着唇打了个哈欠，感到困意又侵袭了上来。

她有些模糊地思考着她的新靠山要让自己等多久，然后就发现他并没有让自己等太久，起码他回来之前，她还没有彻底睡着。

门开着，云凛走了进来，不过看起来不是一个人回来的。姚同亮也跟在他身后进来了，而且情绪感觉有点小激动。

叶臻背对着门口坐着，听到两个人的动静一下子精神了起来，兴致勃勃地竖起了耳朵。

姚同亮：“凛少，等等，听我说——”

云凛“嗯”了一声，开口道：“你说，我在听。”

姚同亮：“……”

云凛的态度似乎刺激到了他，叶臻听姚同亮深呼吸了几次，才勉强能够心平气和地跟她的新经纪人说话。

他说：“我打算让叶臻去当敬轩世界巡回演唱会起始站的嘉宾。”

他一口气用最简单的句子说完了自己的来意，似乎也意识到了绕弯跟铺垫对面前的人来说没用，单刀直入才是正确的谈话方式。

果然，云凛这一次从正面回应了他。

他转过身来，冷漠地道：“我记得我没有通过你的这个‘打算’。”

姚同亮：“所以我才追过来问你为什么啊！”

即使不用看，叶臻也想象得出姚同亮的表情肯定很悲愤，她拼命克制才没探出头去验证。

云凛似乎还思考了片刻才答复他：“她没档期。”

姚同亮被这么正当的理由噎了一下，下意识地去扯自己的领结，说道：“这个，没有档期我们可以调整。”

云凛平静地道：“如果只是让她去给凌敬轩献个花，不用占太长时间，不调整也可以。”

姚同亮跟他对视了片刻，终于在屈辱中爆发了。

他松开领结，挥舞着双手咆哮道：“如果只是让她去献花，那她去当这个嘉宾有什么意义！”

云凛反问："那你还想要她去做什么，给凌敬轩伴舞？"

如果无视云凛说出这话的语气，这个建议听起来还是挺有参考价值的。

就在姚同亮开始下意识地去思考这个方法的可行性的时候，云凛直截了当地给了他当头一击："不过最好不要这么做，如果你还想要她跻身一线女星行列的话。虽然我回国不久，但在我印象当中，没有哪个一线女星会到别人的演唱会上去抢伴舞的饭碗。"

"我知道！"姚同亮叫了起来，随即气势一弱，"不过我是要让叶臻去唱歌，别一门心思放在演戏上，我想给她更多的发展空间。"

姚同亮这是转性了？叶臻坐在椅子上，有些惊讶，原来乔馨就是为这个事跟他闹翻了。她不由得思考起来，如果姚同亮真要让自己再唱歌，给她机会一雪前耻，那还是可以考虑的。

反观云凛，听了姚同亮的说法之后只是波澜不惊地看他，又反问道："上一次你也让她去唱歌，那张唱片难道还没让你在新领域里开拓出足够的发展空间？"

姚同亮："……"

这个问题简直戳中了死穴，他一时间心虚得都说不出话了。

但姚同亮显然比叶臻想象的要更顽强，他在短暂的沉默之后马上换了一种进攻方式，声音低沉地道："凛少，你应该知道，叶臻正在走下坡路——"

被形容成正在走下坡路的人莫名其妙地躺了一枪："……"

她？下坡路？

在说下半句之前，姚同亮特意顿了顿，然后才深沉地继续："这娱乐圈里没有什么是永恒的，人气也一样。"

见云凛没有第一时间反驳，只是用一种高深莫测的目光看着自己，姚同亮觉得自己终于顺到了这位少东的毛，连忙话锋一转："叶臻是公司力捧的艺人，我相信凛少也不希望她就这样归于平寂吧？"

云凛没搭话。

姚同亮舔了舔嘴唇，开始细数叶臻的成长史："你看，叶臻是从偶像剧开始红起来的，近些年转战大银幕，造成了一定程度上粉丝的流失。按照她现在的情况，当然不可能再回去拍偶像剧，所以她应该在全新的领域发展自己，重新唤回粉丝对她的热爱……"

他越说脸上的表情越感慨，结果却被云凛打断："任何人的爱都是有限的，让她再唱歌只会挥霍掉粉丝们那少得可怜的爱，趁他们还没完全变成黑之前快点吃药，也许还有救。"

云凛说完，面无表情地示意他可以出去了，

姚同亮反应了半天才反应到云凛这是在说他有病，顿时气疯了，但对着少东又不好发作。他憋了半天，最终才憋出一句："我还是认为你不适合兼任叶臻的经纪人。"

云凛的目光落在他脸上，似乎是在重新对他的智商进行评估，看得姚同亮恼火起来才慢慢地道："我也觉得我不适合当经纪人，但公司一直安排不了新的经纪人给她，我也只好勉为其难担起这个责任了，还有问题吗？"

姚同亮找不出话来反驳，于是愤怒无比地"哼"了一声，一甩手从这间办公室里出去了。

叶臻坐在办公桌前，听到云凛关了门。

他走回办公桌后，在她对面坐下，问道："心动了？"

叶臻张了张嘴，还没说话，就听云凛说道："别放弃治疗。"

叶臻："……"

她打起精神，努力让自己看上去不那么像一被忽悠又想去唱歌的重病患："今天特意叫我来有什么事吗？"

"没什么，主要是跟你见一面，你不是一直想见自己的新经纪人？"云凛拿过桌面上摊开的另一份文件，随手翻了翻，在上面签下了自己的名字，"姚同亮说得对。"

话音落下之后，坐在对面的人半天没有回应。

他抬起头，看到叶臻莫名的眼神，她开口解释："我主要没想到你会赞同他的观点。"

尤其是在刚还叫人家赶紧去吃药的时候。

云凛点头，又垂眸去翻另一份文件："那我纠正，瞎猫偶尔也会撞上死老鼠，你确实需要拓宽发展空间。"

叶臻闻言感到更加惊讶，他们的第一次正式会面居然不像她想象中那么紧张，估计主要是因为自己都顾着被惊讶了，她试探着问："凛少这是想让我继续唱歌？"

不当凌敬轩演唱会的嘉宾，那是要……给她开个人演唱会？她没什么信心啊。

大概是她表现得太过期待，成功地让云凛再度抬起头来看她，开口道："水。"

要喝水？叶臻第一反应就是伸长手臂去按内线电话："不要咖啡吗？"

云凛："我喝咖啡，你喝水。"

叶臻："我也喝咖啡，那要两杯咖啡。"

云凛高深莫测地看她跟秘书通话，等她放下电话以后才问："你习惯用咖啡送药？"

叶臻："……"

明白了，她以后都不会再提"唱歌""专辑""演唱会"这样的字眼。

两杯咖啡到底还是送了进来，云凛终于也处理完他的文件，开始了今天见面的主题。

他开门见山："以后如果没有意外情况，我会一直担任你的经纪人，今天万嘉宝你也见过了，我直接负责的就是你们两个。"

叶臻若有所思，也就是说除了她们两个之外，在他手里还有别的牌。她开口问了自己从开始就挺在意的一个问题："选择万嘉宝我可以理解，但你当初为什么会选择我？"

云凛迎着她的目光，神色不动，答道："K&S 能上台面的艺人比我想象中更少，选择你是最可行的一个方案，我能让你跳出困境，你能帮我赢下这一局。"

云凛说得没错，K&S 现在成气候的艺人确实没有几个，可听到这个理由叶臻还是忍不住自嘲。

她搅起了手边的咖啡，心道自己靠脸吃饭那么多年，这一次居然是靠才华入了少东的眼，真是万万没想到啊。

见她接受了这个解释，云凛便不再多继续，而是换了工作上的话题："离股东大会还有一段时间，我给你安排了几项工作，时间上比较紧，压力也比之前大，不过我想凭你足以胜任。"他说着，征询地看了叶臻一眼，"有问题吗？"

叶臻搅着咖啡的手一停，谨慎地选择自己的措辞："问题是没有，不过如果可以让我先知道都给我安排了什么工作的话，我可能会更能做好心理准备。"

"好，Gvienchy 和 Valentino 明年都需要签新的亚洲地区代言人。"云凛修长的手指轻轻敲击着桌面，叶臻眼角的余光跟着他的指尖一上一下一上一下地浮动，"到时我会去跟他们谈。"

"什么？"叶臻简直怀疑自己是不是走神听错了，震惊地看云凛，

“我已经红到能让Gvienchy和Valentino签我当他们亚洲地区的代言人了？”

质疑自己的人气地位实在不是她的风格，只是叶臻清楚对这两个世界顶级的奢侈品牌来说，自己实在还够不上代言人的资格。

云凛只是看着她，叶臻很顺利就从那张俊美的脸上读出了“你当然不够红”这样的讯息。

那说这个有什么意思？她无语地放下勺子，端起咖啡喝了一口。

等等……这杯咖啡里是放了几包糖？

她一皱眉，把过于甜的咖啡放回了桌上，心道早知就要杯水了。

云凛看到了她的小动作，没有说什么，只是开口解释自己的打算：“他们现在是不会考虑你，不过等你拍完《白色领主》之后，他们就要重新审视你的价值了。”

叶臻下意识地跟着他念了一遍：“《白色领主》……”那是什么？

她在脑子里飞快地搜索着对应的信息，然而能够跟这个联系起来的东西太少了，她想了半天也得不出有用的结论。云凛不是无的放矢的人，他做事从来都是目标明确计划周详，既然他说自己接了这部戏之后就能瞬间飞跃成Gvienchy和Valentino的亚洲地区代言人候选，那就肯定是。

所以，他说的到底是哪个《白色领主》？

云凛看着她的表情从困惑变成茫然，又从茫然变成了吃惊。

半天，她才犹疑地看向他：“是我想的那个《白色领主》吗？”

云凛点头，看到她的美目里骤然放出光彩，整张脸的表情都在一瞬间变得生动起来，一改之前犯困走神的模样。

真的？

真的是《白色领主》？

【04】

叶臻坐不住了，她激动得简直想在云凛的办公室里跑圈！

《白色领主》，天啊，那可是《罪域》系列！

她知道K&S一直在跟寰宇谈判，试图拿回前传的拍摄权，可是……这简直像做梦一样！

对于国人来说，《罪域》系列就等同于大洋彼岸的《星战》系列。

这不仅是中国科幻作品史一座无可逾越的高峰，在世界科幻史上也产生过深远的影响。

叶臻出身在K&S，对它的前身“云氏电影公司”也做过一番功课，她记得很清楚，《罪域》系列的诞生在二十世纪九十年代末期，是当时K&S的前身凌氏电影想要打破科幻题材在国产影视圈内的僵局，跟美国电影巨头派拉蒙影业公司联手，意图打造出一个影响深远的科幻系列。

他们选择了旅美科幻小说家步宇寰的代表作《罪域》系列，买下了《罪域》系列的剧本改编权和拍摄权，采用了好莱坞的特效技术跟编剧手法，打造了一个充满未来科技的科幻世界。

《罪域》首先在1997年推出了第一部，之后又分别在1999年和2001年推出了《罪域2》和《罪域3》，2003年拍摄的《罪域4》更是在全球范围内同步上映，将整个系列推向高潮，成就了科幻电影史上最辉煌最耀眼的殿堂级作品之一。

而此时，步宇寰也完成了整个系列的前传，完善了宏大的框架设定，令《罪域》的电影迷们对新的三部曲充满了期待和幻想，激发出了整个影迷圈的创作热情和高峰。

然而，好景不长，随着云家掌权人过世，兄弟之间的矛盾爆发，直接导致了电影公司的解体。《罪域》系列的拍摄被迫终止，版权也被一分为二，K&S 所持有的是七部正传的版权，而前传三部曲的拍摄权则落入云凛的四叔云天行的手中，由他带到了寰宇影业。

叶臻激动的心情稍稍平复，激动过去之后，弥漫上心头的就是紧张跟焦虑。

云凛看她无意识地又端起咖啡喝了一口，似乎半点没觉得甜到齁嗓子。

见她冷静下来，有心思听自己说后面的话了，云凛才再度开口："《白色领主》是《罪域》前传三部曲的开端，也是整个故事的起源，它真正揭开了罪域的面纱，揭晓前面的故事中留下的谜底。如果你看过《罪域》系列电影的前四部，就会知道它们是围绕罪域星的第二代住民伊森－埃尔来展开的故事。一个在由黑暗与罪恶构成的星球上出生的人，身世成谜，在人生的前十六年都像一个罪犯之子那样被抚养长大，最终却成了真正的英雄、救世主，看上去很有激励意义。"

"可事实上，他却是'白色女皇'的儿子。"叶臻开口说道，这是所有看过原著小说的罪域迷都了解的内情，"步老借笔下角色的口评价过他，说这个生长在黑暗与罪恶之中的男人注定不凡，他的身体里生来就流淌着传承自'白色领主'的正义与不屈。"

那是罪域，是一颗黑色的星球，这里羁押着宇宙中最穷凶极恶的罪犯。

没有电网，没有围墙，这颗星球本身就是一个牢笼，漂浮在银河系的边缘，与世隔绝。

震慑着这颗星球上所有罪犯的典狱长，就被宇宙称为是"白色领主"。

她所代表的是正义，是不屈，也是光明。

云凛的声音仿佛从很远的地方响起："你准备好演这位'白色女皇'了吗？"

叶臻吸气，答："准备好了。"

这样的机会摆在面前，再艰难她也要抓住，不然绝对要后悔一辈子！

"很好。"云凛没有再说其他工作安排，就这么一个消息已经足以让叶臻晃神好几天，"目前来看，我只需要你在这部戏中有足够好的表现。如果你的表现够出色，那么《罪域》的前传三部曲就可以让你进一步打开国际市场，到时我也可以拿到更多更好的资源，你想拿几个影后都不是问题。"

叶臻对影后头衔有执念的事对他来说显然不是什么秘密，云凛十分懂得要怎样才能激发出她的动力。叶臻被他所描述的前景激得两眼发亮，热血沸腾——有几个人能出演这样殿堂级科幻作品的绝对女主角？还有谁？

到时就算不需要这样的头衔加封，她也是天后！

云凛看叶臻的神色，觉得她大概已经脑补到在好莱坞的星光大道上刻名字的画面了，开口打断道："关于《白色领主》，还有一件事需要告诉你。"

叶臻沉浸在自己的美好想象中，简直要忍不住笑出声，想也不想就点头道："你说。"

"这次我们是跟寰宇合作重启《罪域》系列，寰宇方面已经确定了《白色领主》男主角人选。"云凛观察她的神色，"是萧承煜。"

叶臻："……"

听到这个名字的瞬间，她的心里就狠狠地一突，感到所有愉快的、明亮的感情都从身体里褪去了。她看到云凛说完这个名字以后就坐在对面静静地看着自己，那种洞察人心的目光再次出现在他深邃的眼睛里。

叶臻不由得希望自己现在不要坐在这个办公室里，随便来个什么怪兽把她从三十七楼拖出去好了，因为自己现在的表情一定很滑稽。

云凛的声音还是一贯的冷静："有什么问题，你现在可以提。"

叶臻觉得脑子里一时间冒出了很多声音，然后听到最清晰的那个声音发自自己的喉咙里。

"没，没有问题。"

云凛不再逼她："今天就到这里，回去好好休息。"

这一休息就是两天。

广告的酬劳打到了叶臻账户里，叶臻第一时间就让秦修把钱转了过去，同时向他说了自己想找私家侦探调查二叔叶子元的事。叶子元那天的表现实在是很有问题，岑丽芳的未竟之语也让叶臻很是在意，秦修听完她的话以后让她不必插手，一切交给他来安排。

叶臻便把这件事放到一旁，准备去上云凛给她安排的通告。

在这个世界上，所有东西都有保质期，感情是，艺人也是。

在网络媒体还没发展起来之前，娱乐圈里的所有人都卯着劲要争取上通告、访谈、杂志，甚至不惜放下身段去参加一些电视台的整人节目，被整得再想哭也好，能够抢到曝光率，咬着牙也要上。别看萧承煜现在什么场合都不是随意出席，要请他来还要看他有没有兴趣，当年也一样在整人节目里被整得淡定不能，金身被毁。

隔了十年再看自己当年在电视上的表现，萧承煜觉得十分有趣。

这段视频最近不知为什么又在网上流行起来，单一天的点击都过百万，粉丝们对着过往的影像怀念着年轻时的男神女神，他们其中有些已经退出了娱乐圈，有些则转到了幕后，不再在镁光灯前露面。

坐在云凛的办公桌后，即使穿着最简单的白衣黑裤，萧承煜的气场也是完全挡不住。他的长发剪短了不少，依旧扎在脑后，越发显得轮廓深邃迷人。电脑里的节目不知播放到了哪个镜头，让他对着手里的平板电脑嘴角一勾，在太阳眼镜的遮挡下微微地笑了起来。云凛推门进来，一抬眼看见坐在自己位置上的人，跟秘书说话的声音也停了。

秘书下意识地抬起头，顺着他的目光看过去，正好看到萧影帝坐在办公桌后，看到他们进来，便摘下了鼻梁上架着的太阳眼镜，朝他们潇洒地挥了挥手。

她深吸一口气，把失礼的尖叫硬生生地憋回了嗓子里——

萧承煜!

男神!

活的!

云凛把手上的文件合起来，脸上的表情没什么变化："你先回去吧，剩下的我回头再跟李总说。"

秘书不甘地看着他，可少东根本不看她。

她苦着脸点了点头，说道："那我先回去了，凛少。"说着最后恋恋不舍地看了难得出现在这里的男神一眼，踩着高跟鞋哀怨地离开了少东的办公室。

萧承煜还没从大屏幕上退下去之前，就已经成立了个人工作室，跟K&S不存在雇佣关系。那时他明面上忙着拍电影开演唱会发专辑，暗地里又在筹划转型的事，即使跟云凛是至交好友，也很少来他位于三十七层的办公室。

更何况那段时间里，他们之间还产生了一道裂痕，两人的关系变得不再像从前那么好。

时隔数年再见，萧承煜忽然觉得也许直到今天那条裂痕也没有彻底消失，只不过被时间冲淡了，变得不再那么显眼罢了。

“怎么过来了？”云凛把手里的文件扔到了桌上，伸手去按旁边的内线电话，在接通之后开口道，“两杯咖啡。”

“我是重情义的人，回国当然先来探望好友。”即使主人回来，萧承煜也没有起身把他的椅子让回给他的意思，依旧放松地靠在椅背上，一双桃花眼带着笑意看他。

他曾入围全球最性感男士前十名，这双充满迷惑性的眼睛给了他很大程度上的加分，据说任何跟萧承煜对戏的人在他深情款款的目光下都坚持不到十秒就会脸红败退，无论男女。而这个男人最可怕的一点，就是你永远分不清他什么时候是真心，什么时候是在演戏。

云凛拉出了椅子，在他对面坐下：“没病没灾，劳你挂心。”

气氛有点冷场。

两人对视片刻之后，萧承煜终于问了一句：“臻臻最近怎么样了？”

从神情到语气，他都表现得很自然，就像在闲谈中问起他们的另一个朋友一样。

云凛对着他看了几秒，淡淡地开了口：“已经跟她说了，让她准备接新戏。”顿了顿，又补充了一句，“你自己承诺的事，要真的做到才好。”

萧承煜没有反驳什么，他略略低头，稍长的刘海垂下来挡住了眼睛，重新戴上了太阳眼镜：“放心，凛，她现在人在哪里？我想见见她。”

云凛看了一眼手上的表：“今天她上通告，增加曝光率，顺便透露一点新戏的事。”

萧承煜起身的动作一顿：“什么通告？”

“《淑妮人生》。”

《淑妮人生》是个人物访谈节目，属于A市电视台的王牌节目，主持人兰淑妮挖料手段独到，煽情功力一流，上过她节目的嘉宾无一幸免，统统失态。

叶臻之前从来没有上过这个节目。

现在国内娱乐访谈节目普遍收视低迷，《淑妮人生》0.8的收视率在一片惨淡中可以说是鹤立鸡群。上一次节目就可以回到主流媒体的视野中，树立起积极正面的形象，还能顺便把她跟萧承煜要合作的新戏炒起来，真是一举数得，让人毫无反对的理由。

叶臻准时来到摄影棚，跟兰淑妮一见面就先来了个礼节性的拥抱。

兰淑妮是个气质美人，跟现下的许多女主持走着不同的路线，从不搏出位。光是看她的脸，你完全看不出她是个言语犀利、三言两语就会挖坑给你跳的人。

叶臻看她笑语盈盈地握着自己的手，亲昵地道："我很喜欢看你演的戏，叶臻，你在戏里跟现实看起来是完全不一样。"

"人生如戏，全靠演技。"叶臻笑了起来，握着她的手没松开，"有时候我自己都会忘记自己该是个什么样的人，多谢小兰姐的赞誉了。待会等节目开始以后你可千万要手下留情，要不然我下次都不敢来了。"

兰淑妮微微一笑。叶臻是个具有话题性的人物，最近因为唱片的事又被推上风口浪尖，对娱乐节目来说完全是收视率的保证。她听出了她的潜台词——只要她照着剧本来，不要太离谱，那么双方还会有合作的机会。

她唇边的笑意加深："那我们可说好了，回头不管是《帝王策》也好，《城堡》也好，一旦准备上映了就记得要再上来宣传，我们都去给你贡献票房。"

叶臻道："一定。"

这般如此，双方算是达成协议，后面的节目都按照剧本来，一切都按计划走。

不用在节目里被人用意外来惊吓的感觉就是好，叶臻站在原地，还有余裕四处张望了一下，看着演播厅里在进行最后的调整布置。她跟兰淑妮还说了会儿话，然后就让章逸拉着去化妆间补妆了。

兰淑妮低头看了看表，时间差不多了。

她刚要到化妆间里再去检查一遍自己的妆容，结果一抬头就看到监制站在对面朝自己招手。见他一脸掩饰不住的激动，兰淑妮觉得有些奇怪，便走了过去："怎么了，监制？"

监制满面红光，激动得语速都快了一倍："我们这场的收视率绝对要翻倍！"

这是怎么了，怎么莫名其妙就说起收视率了？

兰淑妮正想问他为什么，就看到演播厅门外一前一后地进来了两个人。

这两人看身形都是修长挺拔的类型，气质却截然不同，靠近门的方位光线不大好，她隐隐约约只看得清两人的轮廓。仔细辨认了一番之后，兰淑妮认出其中一个是 K&S 的少东云凛，另一个则是——

监制的声音里透着压抑不住的兴奋："萧承煜来了！"

兰淑妮看着这位传奇影帝在昏暗的光线中露出的半截下巴，不由自主地点头认同了他的这个说法："这回收视率要爆了……"

至于另一边，叶臻被完全蒙在鼓里，什么都不知道，还以为接下来会完全按着剧本走。

节目准时开始，兰淑妮坐在橘红色的单人沙发上，对着一号摄像机说了一段观众们耳熟能详的固定开场白："各位观众朋友们，晚上好。欢迎收看每周四晚播放的《淑妮人生》，我是兰淑妮。"

观众席上响起掌声，兰淑妮微微一笑，又大家介绍了今天的嘉宾。等画面切到四号摄像机，给了叶臻一个正面特写时，观众席上坐着的许多年轻观众纷纷拍起手来，克制地没有发出太大的欢呼声。兰淑妮心道如果不是《淑妮人生》的格调向来比较严肃，他们说不定还会带上偶像的名牌跟巨幅海报进来，像开演唱会一样令人尖叫晃动。

叶臻的人气之旺，从来不作假。

叶臻对着镜头，微微一笑，跟他们挥了挥手。

镜头随即切向了三号摄像机，兰淑妮跟她有来有往地寒暄几句，做了热身，然后就正式开始了今天的节目。

兰淑妮微笑着说："出道四年，拍了那么多作品，跟你传过绯闻的男星可不少。"

叶臻像是为这个问题沉思了一下，随即笑开了："好像确实是不少，可惜一个都没成真。"

兰淑妮开始把话题往原定计划上引，笑着说道："没记错的话，出道以来你唯一一段承认的恋情就是跟萧承煜？"

叶臻先是点了点头，然后又摇了摇头，笑道："这都过去好长时间了。"

"你们那时确实很般配，后来分手的消息传出来我还可惜了很久。"扯完旧事，兰淑妮开始挖坑了，"你们分手那么久，你都没有再定下来，我可不可以认为是你对萧影帝还余情未了？"

叶臻打了个哈哈，内心疯狂地 OS：这是什么鬼问题！

双方确定好了访谈的主线，具体问题却还要看主持人自己的问话风格跟现场发挥。这样有商有量都能问得那么辛辣，要是没有商量就上来做访谈，那不是自寻死路？

只是内心吐槽欲喷涌归喷涌，表面上叶臻还是要配合的，正色道："没有，只是工作忙，没空再谈恋爱，你们也知道我在圈内有个外号叫'拼命三娘'。"她微微侧过脸，对着镜头笑了笑，"当然，或许也是缘分没到，等真的再恋爱我一定会记得告诉你们。”

观众席上传来粉丝给她加油的声音：“臻宝加油！我们爱你！”

叶臻笑了，兰淑妮看着她美丽的脸，只觉得有些人天生就适合待在聚光灯下。

等待了片刻之后，她再次把话题绕了回来：“可是说真的，你们当年分手大家都觉得很可惜。”

叶臻配合地做出惋惜的表情：“是的，我也觉得很可惜。”

兰淑妮双手交叠放在腿上，微微倾身看她：“有句话叫不成恋人还可以做朋友，你跟萧影帝这么长时间没有再合作，你们之间现在的关系怎么样？还是像这句话说的一样，是朋友吗？”

叶臻嘴上说是的，心里想着谁跟前男友分手之后还能心平气和地做朋友？

兰淑妮坐直了身体，看向摄像机，脸上露出了神秘的笑意：“我很荣幸地向大家宣布，今天有位神秘嘉宾。”

叶臻有点意外，这句话剧本上可没有。

在她反应过来之后，很快就顺着兰淑妮的话开玩笑般地说了一句：“等等，不是说今天是我的专场吗？我来之前你们可没有跟我说还有别的人要来跟我抢戏。”

兰淑妮笑了，从沙发上站了起来：“所以说来的是你朋友啊。”

叶臻不明所以，看场边又没有提示，只好跟着从座位上站起来，等着看他们到底安排了什么坑让她跳。

演播间的门慢慢打开，灯光恰到好处地聚焦过去，一道颀长挺拔的身影出现在门外。

观众席上先是寂静，然后不知从哪里爆发出了一声尖叫，接着全场沸腾起来。

萧承煜的俊脸特写出现在镜头中，他微微一笑，深邃的眼里仿佛带着无限深情，瞬间引发了新一轮尖叫。

即使已经离开大屏幕和舞台那么久，他的出场依然可以引爆粉丝的热情。

演播厅里沸腾一片，电视机前因为他的出现而尖叫的观众更是多得可怕，哪怕是这个时间没有看电视的习惯的人，在听到萧承煜在《淑妮人生》里作为嘉宾登场的消息以后，也立刻打开了电视或者别的直播网站，开始蹲守在这个节目前一脸惊喜地看了起来。

收视率的数字连连突破，一下从0.8跳到了1.9，还在不停地往上蹿。

监制激动得双手握成了拳："涨啊！涨啊！"

叶臻的脑子里一片空白，听兰淑妮在旁笑着说道："欢迎萧影帝！"

萧承煜穿着十分简单的白衬衫跟黑色长裤，仍旧俊美得让人无法将目光从他身上移开。他在一片尖叫和掌声中穿行而来，来到了她们面前，十分自然地跟兰淑妮拥抱："好久不见。"

兰淑妮因为这么近距离地接触到萧影帝的极品男色而感到呼吸都有些困难，脸颊有些发红，等到萧承煜松开她朝着叶臻走去的时候，她才回过神来，松了一口气。

而叶臻站在原地，目不转睛地看着朝她走来的萧承煜，希望自己的表情看起来不要太过异样。

她此刻无比想要发挥自己的演技，哪怕稍微掩饰一下这种心情也好，但萧承煜已经走过来了。他站在叶臻面前，什么也不用做，只消一个朝她张开双臂的动作，就把她辛苦建起的防卫彻底击碎。

就像飞蛾扑火一般难以抗拒，叶臻在自己的大脑反应过来之前，已经一头栽进了火里，朝着他的怀里扑了过去。

——然后，狠狠地揍了他一拳！